추리의 민족

일러두기

하나. 모든 표기는 출판사 편집 매뉴얼의 교정 규칙에 따르되, 작가의 의도에 따라 필요하다 판단될 경우 절충하여 표기하였습니다.

둘. 단행본 제목은 『 』로, 텍스트 작품 제목은 「 」로, 그 외 저작물은 〈 〉로 표기하였습니다.

셋. 채팅, 통화 등 통신 매체를 이용한 대사는 ─로 구분하여 표기하였습니다.

넷. 본 작품은 픽션이지만 실존하는 단체나 기업의 상호가 배경 및 소재로 등장합니다. 이는 소설에 현실성을 부여하기 위한 장치이며, 작품에 등장하는 인물 및 사건 등은 완전한 허구임을 밝힙니다.

추리의 민족

범인은 여기요

박희종 장편소설

TXTY

등장인물 소개

온종일

코로나바이러스로 인해 다니던 회사에서 정리 해고 당한 후 음식 배달을 시작한 배달 기사. 어쩔 수 없어서 시작한 일이지만 누구보다 성실하게 배달 일을 하고 있다. 자신의 환경과 불안한 미래 때문에 너무나 사랑하는 여자 친구의 프러포즈를 거절했다. 성실하고 우직한 사랑꾼.

정정석

한때 대기업에서 근무하다가 야비한 사내 정치를 견디지 못하고 나와, 동네에서 편의점을 운영하는 편의점 오너. 온종일과는 중학교 때부터 친한 친구로, 좋게 말하면 똑똑하고 이성적이며, 나쁘게 말하면 지나치게 현실적이고 냉정하다. 삼총사 사이에서 확고한 브레인.

진순경

몇 년째 온갖 공무원 시험을 돌아가면서 준비하고 있는 공시생. 항상 친구들의 일에 관심이 많고 오지랖이 넓다. 때와 장소를 가리지 않는 단순함이 장점이자 단점이다. 온종일, 정정석과는 중학교 때부터 친구로 항상 함께 다니며, 특유의 명쾌하고 단순한 성격으로 사건을 풀어 가는 데 감초 같은 역할을 한다. 삼총사 사이에서 분위기 메이커.

한다정

온종일의 여자 친구. 고등학교를 졸업하자마자 고향을 떠나 도시에 정착했다. 그후 정정석의 편의점에서 야간 아르바이트를 하며 사이버 대학에 다녔다. 결국 학위와 자격증을 취득해 중견기업의 계약직 직원이 되었고, 심지어 2년 동안 근무하며 능력과 성실함을 인정받아 정규직 전환에도 성공한다. 배달 일을 하는 온종일을 부끄러워하지 않고, 온종일과의 미래를 꿈꾼다. 변함없이 온종일을 사랑하는 순정파.

장강우

온종일과 같은 배달 대행 사무실에서 일하던 선배 라이더. 젊은 나이에 장사를 시작해서 큰 성공을 경험했지만, 결국은 돈도 가족도 친구도 모두 잃게 된다. 새로 시작하는 마음으로 배달 일을 시작하고 여자 친구인 민정과 핑크빛 미래를 꿈꾼다. 아무것도 쉽게 놓지 못하는 미련한 낙관주의자.

목차

우리 그만하자.

프롤로그 하나

3년을 이어 온 우리의 사랑을 끝낸 것은 단 한 줄의 메시지였다. 여느 연인들처럼 사랑의 유효 기간이 끝났다고 말할 수 있을 만큼 우리는 서로에게 조금 무뎌졌고, 미래에 대한 불안이 우리의 관계를 조금씩 뒤틀고 있었다. 하지만 그렇다고 해도 나는 우리가 이렇게 끝나게 될 줄은 몰랐다. 적어도 우리가 아직 서로를 간절히 원한다고 믿었으니까.

스무 살 때 이 도시로 올라와 줄곧 혼자 살던 다정이는 어느 순간부터 내가 가족이 되어 주기를 바랐다. 처음에는 단순히 자신의 방에서 자고 가는 것으로 만족했지만, 점점 더 많은 시간을 나와 함께 보내고 싶어 했다. 나도 다정이와 함께 살고 싶었다. 좁은 원룸이었지만, 나는 우리가 함께라면 어디든 상관없다고 생각했다.

다정이는 퇴근 후에 장을 보고 저녁을 차렸다. 그리고 항상 퇴근이 늦는 나를 위해 자신의 식사를 미루고 쪽잠을 자며 기다렸다. 나는 그런 다정이를 위해 마지막 콜은 받지 않고 적당한 야식거리를 챙겨서 다정이의 집으로 가곤 했다.

"잤어?"

"어. 그래도 빨리 왔네. 별일 없었어?"

"어. 그럼."

"그래도 조심해. 과속하지 말고, 신호 위반 하지 말고, 오토바이 타면서 폰 보지 말고."

"예, 알겠습니다."

밤 12시가 다 되어 내가 집에 들어서면 다정이는 항상 침대에 누워 다리 사이에 베개 두 개를 끼우고 텔레비전을 보며 졸음을 참고 있었다. 꾸벅꾸벅 졸다가도 나를 보면 벌떡 일어나 오늘도 별일 없었냐며 안부를 묻고, 항상 기분 좋은 잔소리를 더하곤 했다. 다정이의 작은 아일랜드 식탁에는 항상 소박하지만 맛있어 보이는 식사가 차려져 있었는데, 그곳에 내가 다정이를 생각하며 싸 온 야식이 더해지면 우리만의 만찬이 완성되는 기분이었다. 나는 그 밥상을 내려다보는 것을 좋아했다.

"오늘은 뭐야?"

"순대볶음."

"오예!"

다정이도 내가 들고 오는 야식 봉지를 좋아했다. 마치 퇴근길에 아버지가 사 오시던 따뜻한 치킨이 생각난다고 했다. 우리는 항상 밤 12시가 넘어서야 밥을 먹었다. 좋아하는 영화나 드라마를 틀어 놓고 밥을 먹은 후에, 다정이는 살이 찐다며 어김없이 그 좁은 방에서 요가를 하기 시작했다. 나는 움직이는 다정이의 다리 사이로 영화를 보고, 다정이는 희한한 자세로 요가를 하며 가끔 나에게 영화 내용을 묻곤 했다. 나는 이런 상황도 너무 재미있었다.

"산책할까?"

그날은 갑자기 다정이의 웃는 모습이 보고 싶다는 생각이 들었다. 누구보다 웃는 표정이 예쁜 다정이를 웃게 만드는 것은 그리 어려운 일이 아니었다. 다정이의 행복 포인트는 무척 사소했다.

"진짜? 괜찮아? 내일 주말인데?"

"괜찮아. 요즘 좀 덜 바쁜 시기야. 우리 다정이 내일 회사도 안 가는데, 좀 달려야지! 코노까지 콜?"

"당근! 콜!"

신난 강아지처럼 침대에 올라가 방방 뛰는 다정이를 보자 내 기분이 더 좋아졌다. 금요일 밤은 직장에 다니는 다정이에게는 항상 기다려지는 날이겠지만, 나 같은 라이더에게는 일이 많아지는 힘든 날이었다. 그래서 다정이는 항상 내 눈치를 보며 빨리 자자고, 그만 쉬자고 말하곤 했다. 하지만 나는 알고 있었다. 다정이가 얼마나 불금을 기다리고 있는지, 나와 밤에 산책하는 것을 얼마나 좋아하는지. 그래서 그날은 다정이가 원하는 걸 해 주고 싶었다.

우리는 조금 쌀쌀한 밤기운을 핑계로 서로에게 딱 붙어서 밤길을 걸었다. 새로울 것도 특별할 것도 없는 익숙한 길이었지만, 이렇게 함께 걷고 있으면 모든 것이 근사했다. 줄줄이 서 있는 가로등도, 그 사이사이를 채우고 있는 가로수도, 반짝이는 눈으로 팔짱을 끼고 나를 보며 웃는 다정이도. 그 모습을 보고 있자니 이게 뭐라고 자주 해 주지 않았나 후회가 되기도 했다. 우리는 밥을 아주 든든하게 먹었지만 길에서 파는 떡볶이도 지나칠 수 없었고, 꽉 찬 배를 해결하려면 코인 노래방을 건너뛸 수도 없었다.

"오빠! 나 그거 불러 줘."

들어오자마자 유행하는 아이돌 노래를 다섯 곡이나 혼자 부르고 나서야 다정이는 나에게 마이크를 건넸다.

"뭐?"

"임재범의 〈고해〉!"

"야!"

"아, 왜! 나는 그게 제일 좋은데!"

다정이를 처음 만났던 날에도 우리는 노래방에 갔었다. 그리고 나는 다정이에게 잘 보이겠다는 일념으로 부르지 말아야 할 곡을 불러 버렸다. 〈고해〉. 대한민국 여자들이 제일 싫어하는 노래방 곡 1위! 그 노래를 소개팅 첫날 불러 버린 것이다. 나는 내가 노래를 부르는 내내 이를 악물고 웃음을 참던 다정이의 표정을 아직도 기억하고 있다.

"나는 엄청 감동받았다니까! 감히 저를 꼬셔 보겠다고 최선을 다해 노래 부르던 오빠의 애절함에, 어찌하지 못하고 사귀게 된 걸 아직도 모르신단 말입니까?"

나는 결국 다정이 앞에서 또 〈고해〉를 예약했다. 대충 부르기가 더 힘든 그 노래를 나는 또 최선을 다해 불렀고, 다정이는 이제 내 모습을 보며 참지 않고 대놓고 웃었다. 그리고 애국가 4절 같은 1절을 끝내고 노래를 끊으려는 순간, 다정이가 마이크를 잡고 나에게 말했다.

"온종일! 우리 같이 살래? 온종일! 우리 그냥 같이 살자!"

간주가 흐르고 다정이가 신나서 내뱉은 말이 좁은 코인 노래방 부스 안을 울렸다.

우리는 사실상 이미 같이 살고 있었다. 나는 하루 중 일하지 않는 시간의 대부분을 다정이의 집에서 보냈고,

이미 내 옷도 우리 집보다 그녀의 집에 더 많았다. 그런데 그날. 다정이는 새삼 나에게 같이 살지 않겠냐고 제안했다. 그것도 최선을 다해 임재범의 〈고해〉 1절을 부른 후 얼굴이 빨개져 있는 나에게 말이다.

나는 그때 바로 대답했어야 했다. 아니, 그냥 아무 말이라도 했었어야 했다. 그것이 그 상황을 얼버무리는 바보 같은 말들이라도, 반드시 했었어야만 했다. 하지만 나는 못 들은 척했다. 그러면 그 순간을 넘길 수 있을 것만 같아서. 그대로 그 밤도 흘러갈 것만 같아서. 나는 간주 점프 버튼을 누르고 어색하게 노래를 이어 부르기 시작했다. 가사는 내내 내 심장을 주먹으로 때리는 것 같았다. 그래서 나는 더 최선을 다해 불렀다. 생각해 보면 내가 다정이의 질문에 답을 하지 못했던 건, 너무 슬퍼서였던 것 같다. 그녀의 질문이 "우리 결혼할래?"가 아니라, "우리 같이 살래?"였기 때문에. 이미 이렇게나 오랫동안 함께 살아온 나에게 건넨 말이 겨우 "같이 살래?"여서. 그녀는 이미 나의 마음을 알고 있었던 것이다. 결혼에 대한 나의 마음을.

프롤로그 둘

　김밥이 참 싫었다. 엄마의 김밥 가게에 내 이름이 들어간 것도 싫었다. 내가 어렸을 때 엄마는 항상 집에 없었다. '다정한 김밥집', 그 작은 김밥 가게를 위해 엄마는 새벽부터 가게에 나가 일했다. 밥을 하고 재료를 준비하고 김밥을 싸고 가게를 열기 위해서. 엄마의 아침에 나의 몫은 없었다.

　아침에 일어나면 나는 혼자 씻고 학교 갈 준비를 마친 후 동생을 깨웠다.

　"야. 일어나."

　나보다 세 살 어린 동생이 잠에서 깨면 나는 동생을 씻기고 옷을 입혔다. 아침은 항상 어제 팔다 남은 김밥에 계란물을 입혀 부친 것이었다. 반찬 투정을 할 수 있는 상황은 아니었지만, 싫은 것은 있었다. 김밥과 계란에 부친 김밥. 나는 김밥 두 조각을 입에 넣고 씹다가 물을 마셨다. 마치 알약을 먹듯이 물로 밥을 삼켰다. 그렇게 나의 아침이 지나가는 동안 아빠는 항상 자고 있었다.

아빠의 사연은 좀 더 나이가 든 후에 알게 되었다. 장남에 대한 기대가 컸던 할머니의 등쌀에 여기저기 회사를 옮겨야만 했던 상황들. 그러다 결국 아무 곳에도 적응하지 못하고 공사판만 전전하던 삶. 아빠는 일당을 받으면 꼭 소주 두 병과 복권 두 장을 샀다. 그리고 남은 돈 중 일부를 나에게 용돈으로 줬다. 복권만이 유일한 희망인 삶. 그런 아빠의 삶과 모습이 지금의 나를 만들었다.

작은 김밥 가게의 수입으로 딸 둘을 대학에 보낼 수 없다는 것 정도는 알 수 있었다. 나보다 조금 더 머리가 좋은 동생을 위해 내가 대학 진학을 포기하기로 했다. 그렇다고 내가 돈을 벌어 동생 뒷바라지를 해 줄 만큼 착하지는 않았다. 나는 스무 살이 되자마자 집에서 떠나주기로 했다.

'딸 하나는 어떻게든 하겠지.'

그렇게 생각하고 독립 계획부터 실행까지 한 순간도 망설이지 않았다. 나는 몰래 들고나온 내 돌 반지를 팔아 고시원 보증금과 두 달 치 월세를 해결했다. 그리고 편의점 야간 아르바이트를 하며 사이버 대학에 다녔다.

2년 만에 학위를 따고, 두 개의 자격증 시험에도 합격했다. 하루에 낭비하던 시간이 10분도 되지 않았다. 그리고 그 삶이 중견기업 계약직 입사라는 결과를 내게 선물했다.

아무도 나에게 기대하지 않았다. 그저 2년짜리 계약직이었으니까. 하지만 오직 나만은 나를 무시하지 않았다. 2년이면 충분하다고 생각했다. 나는 2년 동안 누구보다 열심히 일했다. 시키는 일도 시키지 않은 일도 마다하지 않고 최선을 다했다. 그리고 사내 아이디어 공모전이 개최되었을 때, 마침내 기회가 왔다고 생각했다.

나는 2년 동안 복사를 하고 서류들을 정리하며 눈여겨봤던 문제점들을 분석해 효율적인 업무 시스템을 제안했다. 비용도 비용이지만, 쓸데없는 업무 프로세스들을 개선해 좀 더 효과적으로 성과를 낼 수 있는 방법을 제시한 것이다. 일개 계약직의 아이디어는 관리자들 사이에서 큰 이슈가 되었고, 결국 나는 공모전 입상뿐 아니라 정규직 전환이라는 큰 성과를 이룰 수 있었다.

정규직이라는 꿈을 이루자마자 새로운 꿈이 생겼고 곧바로 적금을 하나 더 늘렸다. 다음 목표는 내 선택으로 이루어진 가정을 꾸리는 것이었다. 조금씩 쌓이는 통장 잔고를 볼 때마다 내가 그토록 바라던 미래가 점점 다가오는 것 같았다. 조금씩 꿈을 이루어 나가는 내 모습에 나는 흥분하고 있었다. 그래서는 안 됐는데. 조금 더 신중했어야 했는데. 나를 위해 목이 터지라 노래 부르는 오빠의 모습에 조바심이 났다. 내가 가장 사랑하는 사람과 내가 선택한 가정을 이루고 싶었다. 오빠도 같은 마음일 거라고 생각했다.

오빠는 아빠를 닮았다. 키도, 생김새도, 나에게 말할 때 그 무뚝뚝한 말투와 따뜻한 눈빛까지도. 하지만 단 한 가지 다른 점이 있었다. 성실함. 나는 아빠를 좋아했다. 다만, 아빠의 게으름은 견딜 수 없었다. 무기력하게 방에 누워 술만 마시던 아빠의 모습은 아빠가 나를 예뻐해 주던 기억들마저 함께 지워 버리고 싶을 만큼 싫었다.

"원래 중소기업에 다니던 놈인데, 코로나 때문에 회사가 힘들어지면서 일을 못 하게 됐어. 지금은 배달 일을 하고 있어."

편의점 사장님이 자신의 친구를 소개해 준다며 건넸던 그 말. 난 그 말이 참 좋았다.

"다른 건 몰라도 애가 참 성실해."

그거면 됐다고 생각했다. 무슨 일이 있어도 포기하지 않는 사람. 가만히 누워 시간만 보내지 않는 사람. 아무리 힘들어도 끝까지 책임지는 사람. 무슨 일이든 성실하게 해 나가는 사람. 오빠는 그런 사람이었다. 내게는 상대방의 직업이 중요하지 않았다. 그저 자신의 삶을 성실하게 살아가는 사람이라면 아무리 힘든 일이 있어도 서로 기댈 수 있다고 생각했다. 그래서 나는 오빠와 살고 싶었다. 가족이 되고 싶었다.

"온종일! 우리 같이 살래? 온종일! 우리 그냥 같이 살자!"

내가 내 조급함을 참지 못하고 던졌던 말. 그러나 조급한 내 마음과는 달리 오빠는 아무런 대답도 하지 않았다. 그저 간주 점프 버튼을 누르고, 〈고해〉의 다음 부분을 목이 터지라 부를 뿐이었다. 나는 이해가 되지 않았다. 그래서 리모컨을 들고 취소 버튼을 누른 후 오빠에게 다시 말했다.

"왜 못 들은 척해?"

"싫어."

당시의 나는 이해할 수 없었다. 처음에는 잘못 들었다고 생각했다. 하지만 아니었다. 나는 다시 한번 오빠에게 물었다.

"왜?"

"싫으니까."

답답했다. 무엇이 싫다는 것인지 이해할 수 없었다. 나와 같이 사는 것일까? 아니면 그냥 내가 싫은 걸까?

"그러니까 뭐가?"

"이렇게 사는 거."

이렇게 사는 것. 그게 싫다는 오빠의 그 한마디에 내
마음이 무너져 버렸다.

프롤로그 셋

엄마는 아직도 방 두 개짜리 좁은 빌라에 살고 있다. 미용 유튜버가 되겠다고 방에 틀어박혀 컴퓨터만 하는 여동생과 함께. 이미 성한 곳이 없을 정도로 온갖 질병이 가득한 몸이지만, 엄마는 단 하루도 마음껏 쉬지 못한다. 너무 일찍 우리 곁을 떠나 버린 아빠. 마음도 체력도 약한 엄마. 그리고 철이 없는, 아니 철이 무엇인지도 모르는 동생. 나는 그런 가정에서 장남으로 자랐다. 다행히 삐뚤어지지 않고 내 앞가림은 하며 산다지만, 겨우 엄마에게 손을 벌리지 않을 정도일 뿐. 나는 엄마 어깨에 쌓여 있는 짐들을 단 1그램도 나눠 들지 못하는 아들이었다.

현관문을 열면 바로 보이는, 주방과 붙어 있는 좁은 거실이 내 방이었다. 엄마는 본인이 동생과 같이 방을 쓰겠다고 했지만 여동생은 죽어도 자기 방이 있어야 한다고 소리를 지르며 울었고, 그러면 본인이 거실을 쓰겠다던 엄마에게는 내가 소리를 지르며 화를 냈다. 자기만의 방 한 칸조차 없으면 엄마가 온전히 편하게 누울 수 있는 공간은 이 세상 어디에도 없을 것만 같아서였다.

내 방이 없는 집. 그곳에서의 삶이 지겨워질 때쯤 다정이를 만났다. 언젠가부터 나는 퇴근 후에 다정이의 집으로 향했고, 그곳에서 다정이와 함께 잠들었다. 다정이가 출근하고 나면, 나는 조금 더 자고 일어나 집으로 향했다. 또 일을 하기 위해 어딘가로 나간 엄마의 빈자리는 뭘 하고 있는지도 알 수 없는 동생의 낄낄대는 웃음이 대신 채웠다. 엄마는 내가 들어오는 시각을 알고, 그 바쁜 아침에도 나를 위한 밥상을 차려 놓곤 했다. 나는 집에 들어오면 거실에 서서 한동안 그 밥상을 내려다봤다. 다리가 고장 나서 접히지도 않지만 버리지는 못하는 양은 밥상에, 반찬 통째 놓여 있는 초라한 상차림. 그나마 나를 위해 새로 끓인 국과 새로 지은 밥이 정성이라는 이름으로 그 초라함을 감추고 있었다. 그 밥상은 엄마의 인생이었다. 고된 하루를 감당하러 가는 그 순간에도 누군가의 끼니를 챙겨야 하는 그 질긴 책임감. 그리고 그 책임감에는 내 그림자가 가장 검고 길게 드리워져 있었다.

결혼.

머릿속에 이 단어가 벽돌처럼 떨어졌다. 다정이가 내

게 같이 살자고 했을 때, 드디어 그 좁은 빌라에서 벗어날 수 있다는 생각이 가장 먼저 들었다. 하지만 다음 순간, 갑자기 숨통이 조여들었다. 혹시 나도 다정이를 엄마처럼 만들어 버리는 것은 아닐까? 어쩌면 몇 년 후 다정이의 모습이 지금 엄마의 모습과 닮아 있지 않을까? 아침마다 내 앞에 놓이는 밥상이 다정이 앞에도 놓이게 되면 어떡해야 할까? 그제야 처음으로 다정이의 고단한 삶이 보였다. 나에게 감추고 싶어 꽁꽁 싸매 두었던, 하루 종일 아등바등 살고 있을 다정이의 삶이.

"왜 못 들은 척해?"

다정이는 취소 버튼을 눌러 노래를 끄고 내 대답을 재촉했다. 나의 못 들은 척은 아무 소용이 없었다. 뭐라 말해야 할까? 이 상황에서 어떻게 말해야 우리의 관계가 다치지 않고, 이 순간을 잘 넘어갈 수 있을까? 그 순간 내 머릿속은 답을 찾기 위해 엄청 빠르게 돌아가고 있었지만, 아무리 생각해도 답이 떠오르지 않았다. 고민 끝에 내뱉은 대답은 처참했다.

"싫어."

"왜?"

"싫으니까."

"그러니까 뭐가?"

"이렇게 사는 거."

　무슨 말이 하고 싶었던 것일까? 아니, 무슨 생각이었던 걸까? 나는 하지 않아도 될 말을 해 버렸고, 다정이는 받지 않아도 될 상처를 받아 버렸다. 그날 우리는 처음으로 아무 말도 하지 않고 길을 걸었다. 손도 잡지 않고, 아무 말도 하지 않고, 그렇게 집에 돌아와 잠자리에 들었다. 다행인 건 그래도 함께 돌아왔다는 것. 하지만 둘 다 쉽게 잠들지 못해 뒤척였고, 서로에게 말을 걸지 않았다.

　언제 잠들었는지는 알 수 없지만, 눈을 떴을 때는 오전 10시가 넘은 시각이었다. 그리고 그 작은 아일랜드 식탁에는 언제나처럼 소박한 아침상이 차려져 있었다. 나는 멍하니 서서 그 밥상을 바라봤다. 왜인지 자꾸만 엄마의 양은 밥상과 다정이의 아일랜드 식탁이 겹쳐 보였다.

　그리고 바로 그날이었다. 언제나처럼 콜을 받고 배달하던 중이었는데, 문자 한 통이 왔다. 귀에 꽂고 있던 블루투스 이어셋으로 AI가 읽어 주는 문자의 내용이 들렸다. 전혀 다른 목소리인데도 발신인이 누구인지 바로 알 수 있었다.

　—우. 리. 그. 만. 하. 자.

　나는 그날, 3년 만에 처음으로 라스트 콜까지 모두 받았다. 그리고 포차 사장님께서 챙겨 주신 오뎅탕을 들고 좁은 빌라로 향했다. 그리고 울었다. 한없이. 아무 말도 하지 못하고, 큰 소리도 내지 못하고, 그렇게 아주 오래 울다가 나도 모르게 잠이 들었다.

　정신을 차리고 눈을 떴을 때는 여동생이 방에서 키보드를 두드리는 요란한 소리만 들려왔다. 너무 울어서인지 머리가 아팠다. 천천히 몸을 일으키자 머리맡에 짧은 편지 한 통이 놓여 있었다.

무슨 일인진 모르지만, 오늘은 좀 쉬는 게 나을 것 같아. 어디 여행이라도 다녀와도 좋고. 엄마가 미안하다.

　다 먹은 약봉지 뒷면에 쓴 엄마의 편지는 내 울화를 더 치밀어 오르게 했고, 그 편지와 함께 놓여 있는 5만 원짜리 지폐 두 장은 내 속을 더 쓰리게 만들었다. 감추고 싶던 내 눈물이 엄마에게 닿았다. 아픈 나를 보며 엄마는 얼마나 아팠을까? 나는 그대로 집을 뛰쳐나왔다. 그리고 오토바이에 앉아 멍하니 앞을 쳐다봤다.

　'우리 바다 보러 갈까?'

　3년 동안 만나면서 딱 한 번, 다정이가 내게 가고 싶은 곳을 말한 적이 있었다. 하지만 나는 바쁘고 피곤하다는 핑계로 다정이와의 약속을 미뤄 버리고 말았다. 이렇게 모든 것이 끝나 버린 순간, 그때 가지 못했던 바다가 떠오른 것은 참 미련한 일이었다. 하지만 그 바다 말고는

딱히 생각나는 것도 없었다. 나는 그냥 바다에 가기로 했

다. 그곳에 가면 혹시라도 다정이를 볼 수 있을 것만 같
아서. 그렇게 2시간을 넘게 달려 바다에 닿았다.

바다에 왔다고 뭐가 달라질까? 여전히 하릴없는 시간
이 흘러가고 있었고, 혹시나 했던 다정이의 모습도 찾을
수 없었다. 그렇게 멍하게 앉아 있다 보니 어느새 해가
지고 추워지기 시작했다. 추위는 나의 처지를 더 처량하
게 만들었고, 내 어깨를 더 오그라들게 했다. 나는 그 무
엇 하나 활짝 펼 수 없는 사람이었다. 내 꿈도, 내 삶도,
심지어 허세마저 부리지 못하는 사람. 그래서 나는 움츠
린 어깨로 그녀와의 이별마저도 그대로 받아들여야 할
것 같았다. 그런데 그때 배달 대행 앱에서 호출이 왔다.

'봉이 닭발' 배달 호출.
진성4로 20 애플하우스 401호.

나는 순간 내 눈을 의심했다. 지금 내가 보고 있는 것
이 맞나? 도저히 믿을 수 없었다. 콜이 들어온 그 주소는
바로 다정이의 원룸이었다. 망설일 틈이 없었다. 그저 이
배달은 꼭 내가 가야 한다는 생각만 들었다. 바로 콜을
잡은 나는 미친 듯이 오토바이를 몰기 시작했다. 지금 이
게 무슨 일인지. 다정이의 의도가 무엇인지. 나는 도대체

뭘 기대하고 있는지. 그런 건 생각하지 않았다. 미친 것
같았지만, 다정이의 집으로 가는 내내 임재범의 〈고해〉가
귓가에 들리는 것 같았다.

애플하우스

종일은 심장이 터질 것만 같았다. 차로 2시간이 넘게 걸릴 거리를 오토바이로 50분 만에 도착한 탓도 있겠지만, 그보다는 어제 헤어진 여자 친구의 집에 배달을 왔다는 사실 때문이었다. 오토바이를 타고 시속 150킬로미터가 넘는 속력으로 달리며 신호를 위반할 때마다 그녀의 걱정 가득한 잔소리가 귓가에 들리는 것 같았다.

"그래도 조심해. 과속하지 말고, 신호 위반 하지 말고, 오토바이 타면서 폰 보지 말고."

종일은 오히려 더 속도를 높이고 신호를 무시하며 달렸다. 지금 이 배달을 놓치면 다시는 그 잔소리를 들을 수 없을 것 같아서. 그래서 앞으로는 정말 오토바이를 아무렇게나 막 타고 다닐 것만 같아서. 종일은 이를 악물고 달렸다.

"아니 그렇게 멀리 있었으면 콜을 받지 말아야지. 이게 뭐 하는 짓이야? 음식은 진작 나와서 다 식어 가는데, 다 왔다 다 왔다 하더니, 지금 몇 시냐고!"

야식집 사장님에게는 이미 크게 한 소리 들었다. 하지만 사장님의 잔소리 따위가 종일의 마음에 주는 영향은 전혀 없었다. 그때는 오로지 다정의 집에 빨리 가야겠다는 생각만 가득했기 때문이다. 고객이 클레임을 걸면 다 배상하기로 했다. 더 문제가 되는 것이 있다고 해도 종일이 다 책임지겠다고 했다. 솔직히 종일은 지금 그 어떤 이유로든 다정과 엮이고 싶었다. 이제 와서 그녀와 다시 만난다고 해도 어제의 그 질문에는 여전히 아무런 대답도 못 하겠지만, 종일은 절대 이대로는 끝낼 수 없었다. 그래서 다정의 집으로 가는 배달을 무조건 잡았고, 이렇게 그녀의 집 앞에 도착했다.

절대 초인종 누르지 마세요. 절대.

배송 메시지가 이상했다. 평소 다정의 말투가 아니었다. 하지만 그대로 따를 수밖에 없었다. 배달 기사로서 당연히 그래야 하는 것도 있었지만, 지금은 그 작은 부탁이라도 꼭 들어주고 싶은 마음이 더 컸다. 막상 먼 바다에서부터 달려온 노력에 비해 다정을 볼 수 없다는 사실이 실망스러웠지만, 그렇다고 이대로 돌아갈 마음은 없었다. 종일은 연이어 들어오는 모든 콜을 거절했다. 그리고 멀리서라도 다정의 모습을 보고 싶은 마음에 그녀의 집 앞에 음식을 두고 비상계단에 숨어 그녀가 나오기를 기다렸다. 종일의 심장은 미친 듯이 뛰었고, 작은 소음 하나에도 갑자기 확 쪼그라들었다. 모든 세포가 하나하나 다 깨어나 숨 쉬고 있는 것만 같았다. 그렇게 5시간 같았던 5분이 흐른 뒤에 드디어 다정의 집 현관문이 열렸다.

철컥.

현관문 열리는 소리가 나는 순간, 종일은 숨을 쉴 수 없었다. 어떻게 해야 하지? 다정이를 보면 뭐라고 하지? 머릿속에서 아무것도 정리가 되지 않은 탓에 종일은 손발을 부들부들 떨며 손톱만 뜯었다. 그런데 그때, 조금 열린 문틈으로 남색 옷을 입은 팔 하나가 쑥 나와서 음식을 가지고 들어갔다. 종일은 너무 순식간에 일어난 일이라 아무것도 할 수 없었다. 아니, 너무 놀라서 그대로 굳어 버렸다는 말이 더 정확할지도 모르겠다. 그가 그 짧은 순간에 그렇게 놀란 이유는 그가 본 남색 옷을 입은 팔이 남자 팔이었기 때문이다.

"어?"

착각했을 수도 있다. 잘못 본 것일 거라고 몇 번이나

생각했지만, 아무리 다시 떠올려 봐도 그것은 분명히 남자의 팔이었다. 종일이 그렇게 확신하는 이유는 옷 아래로 보인 손목시계가 자신이 언젠가 꼭 차고 싶어서 잡지까지 찢어 간직하고 있던 명품 시계였기 때문이다.

종일은 그대로 계단을 걸어 내려왔다. 지금 무슨 일이 일어난 것인지 도무지 정리가 되지 않았다. 4층부터 1층까지 내려오면서 종일은 자신의 자존감도 함께 내려앉고 있는 듯한 느낌을 받았다. '이렇게 살기 싫다'며 다정의 제안을 거절한 그는, 새롭게 시작될 그녀의 삶을 축하해 주지도 못했다. 세상에서 가장 찌질한 남자가 되어 버린 기분이었다.

종일은 친구인 정석이 일하는 편의점으로 향했다. 아직 일할 시간에 좀비 같은 표정으로 편의점에 들어선 종일을 본 정석은, 뭔가 심상치 않은 일이 벌어졌다는 것을 바로 알 수 있었다. 그래서 아무 말 없이 그가 카운터로 오기만을 기다렸다. 종일은 말없이 주류 냉장고 앞으로 가서 맥주 하나를 들고나와 카운터에 있는 정석에게 보여 주고는, 편의점 앞에 있는 간이 테이블로 향했다. 그리고 말없이 500밀리리터짜리 맥주를 따서 원샷했다. 그 모습을 본 정석이 간이 테이블로 같은 맥주 세 캔과 과자 한 봉지를 들고나왔다.

"손님. 계속 드실 거라면 그 제품은 네 캔을 구매하시는 것이 훨씬 저렴해서요. 제가 세 캔을 더 가지고 나왔습니다. 그리고 이왕 드시는 거 안주랑 좀 같이 드시라고, 서비스 스낵 하나 갖고 왔고요."

"예. 고맙습니다."

종일은 여전히 무표정한 얼굴로 맥주 한 캔을 더 따서 마시기 시작했다. 정석은 그런 종일을 보면서 아무런 말 없이 과자 봉지를 뜯어 건넸다. 종일은 아무 말도 하지 않았지만, 정석은 모든 말을 들은 표정이었다. 이미 이들 사이에는 말하지 않아도 통하는 뭔가가 있었다. 그리고 그때 저 멀리서 시끄럽게 뛰어오는 순경의 모습이 보였다. 그에게도 있었다. 직접 연락하지 않아도 이렇게 알아서 찾아오는 그 뭔가.

"아, 저 새끼는 또 어떻게 알고 온 거야?"

정석은 딱 보기에도 촐랑거리면서 달려오는 순경을 보며 눈살을 찌푸렸다. 그런 정석의 반응과는 상관없이 순경은 자리에 앉아 앞에 놓인 맥주 캔부터 땄다. 곧바로 맥주를 길게 한 모금 들이켠 뒤 아주 큰 소리로 시원하게 트림을 뿜었다. 그런 다음 물색없이 과자를 한 움큼 입에 넣고 씹으면서 말했다.

"봐 봐. 내가 오늘 뭔가 이럴 줄 알았다니까. 이 의리 없는 새끼들은 꼭 나만 빼고 이렇게 자기들끼리만 처마셔요. 야! 어차피 마시는 거 나 좀 부르면 안 되냐? 어?

내가 어디 멀리 있어? 어디 1,000리 밖에 있냐고? 진짜 엎어지면 코 닿을 곳에 있는데, 꼭 그렇게…… 나를 쏙 빼고 마셔야만…… 너희들 속이…… 후련했냐!"

"야! 또 시작이냐? 종일이도 이제 왔어. 너도 알잖아. 다 보고 왔으면서 왜 지랄이냐고!"

"그러니까 너. 온쫑 이 새끼가 문제야. 야! 일 째고 오늘 달릴 거면, 쨀 때부터 나한테 말하면 얼마나 좋냐? 나 오늘 째고 석이네서 달릴 거니까, 너 진도 조절 잘하고 시간 맞춰 나와라, 하고 말이야. 그럼 내가 이렇게 불안하게 창문으로 지켜보고 있을 필요도 없고, 미리미리 집중해서 진도 빼고 딱 와서 기다리고 있었을 거 아니냐고!"

"아나, 너 분위기 파악 안 하냐? 지금 얘가 뭐 놀려고 일 쨌 거 같아? 넌 눈치가 그렇게 없어서 어쩌려고 그러냐? 어? 그리고 너. 요즘도 공부 안 하고 창문으로 우리 편의점만 보고 있지?"

"아니? 아닌데! 나 졸라 열심히 공부했는데!"

"야! 지랄! 우리 낮 알바 또 관둔대! 자기가 낮에 알바하고 있으면 이상하게 소름이 돋는데, 그게 꼭 누가 감시하고 있는 것 같다던데! 그거 너 아니냐고!"

"그게 왜? 뭐? 야! 그 여자애가 뭐 신기가 좀 있나 보지? 내가 자기를 보고 있는지 걔가 어떻게 알아? 어?"

"그렇지! 보고만 있으면 어떻게 알겠냐! 네가 되지도 않는 원 플러스 원 맥스봉으로 고백만 하지 않았다면!"

정석에게서 맥스봉 이야기가 나오자 갑자기 순경이 얼굴을 붉히며 당황했다. 그리고 흥분해서 말까지 더듬었다.

"야! 걔……걔……걔가 그것도 말해?"

"그럼 안 말하겠냐? 너 때문에 관두는데?"

"아! 진짜 웃긴 애네. 야! 내가 힘들게 일하는 알바 출출할까 봐 맥스봉 하나 챙겨 준 게 죄냐? 친구네 직원 간식 좀 준 게 죄냐고! 아주 내가 핫바라도 줬으면 어디 신문에라도 났겠네! 어?"

"그게 다면 죄였겠냐? 그 원 플러스 원 맥스봉을 사면서도 통신사 카드 할인은 왜 안 되냐고 따지고, 잔고 없는 티머니 카드를 냈다가 안 되니까 나 팔아서 외상으로 샀다면서! 그 맥스봉! 그래 놓고 뭐? 그 맥스봉을 수줍게 내밀면서 알바 끝나고 건너편 고시원으로 놀러 오면 땡스봉? 땡스봉? 이거 아주 미친 새끼라니까! 죽어야 해 그냥! 죽어! 그냥!"

"아! 왜! 맥스봉이니까 땡스봉! 라임 죽이잖아!"

"라임이 죽이지! 그러니까 나도 오늘 너를 죽인다고. 이 새끼야!"

"이 새끼 라임 보소! 정정석 씨! 당신은 저희와 함께 갈 수 있습니다!"

종일은 순경과 정석이 다투는 이 상황이 익숙한지 전혀 신경 쓰지 않았고, 그들의 다툼도 시끄럽기만 했지 종일이 말없이 맥주를 마시는 데 지장을 주지는 않았다.

"아, 알바 관둔 건 관둔 거고! 내가 진짜 공부 안 하고 너희 편의점만 보고 있었던 게 아니라, 창문 열고 바람 쐬며 공부하고 있는데 온쫑 이 새끼가 편의점으로 들어가길래. 어? 이 새끼들 봐라, 하고 바로 달려온 거라고!"

"그니까! 종일이가 온다고 네가 왜 오냐고!"

정석과 순경이 옥신각신하는 동안 종일은 세 번째 캔을 따고 있었다. 세 번째 캔을 따는 순간, 종일의 상태가 심상치 않다고 느낀 정석은 바로 순경의 뺨을 한 대 툭 때렸다. 얼떨결에 뺨을 맞은 순경이 멍해져서 대화가 멈춘 사이, 정석이 스마트폰을 꺼내 전화를 걸었다. 정신을 차린 순경이 정석에게 달려들려고 하자 정석은 자연스럽게 스마트폰을 가리키며 가만히 있으라고 속삭이듯 말했다.

"야! 전화! 전화! 가연아! 혹시 오늘 좀 일찍 나와 주면 안 될까? 지금. 진짜 미안하다. 뭐? 1.5배? 야, 너 진짜 너무 한 거……. 아니다. 알았어. 콜. 그래. 나 지금부터 친구들이랑 테이블에서 한잔할 거니까 최대한 빨리 와 줘. 고마워."

정석은 자신의 통화가 끝났는데도 계속 멍하게 있는 순경을 보고 웃으며 가볍게 순경의 뺨을 한 대 더 때렸다.

"땡!"

두 번째 충격에 정신이 든 순경이 정석에게 달려들어 머리카락을 뜯었고, 정석은 달려드는 순경의 배를 깨물었다.

"아. 아파. 아프다고! 알았어. 알았어. 알았다고!"

정석에게 배를 깨물린 순경은 머리끄덩이를 놓으며 아프다고 말했고, 순경의 말에 정석이 입에 힘을 빼자 순경은 그대로 손가락을 정석의 콧구멍에 쑤셔 넣었다.

"이 치상항 새끼야. 빼랑공."

정석의 콧소리만큼이나 유치한 몸싸움에도 종일은 네 번째 맥주 캔을 따고 있었다. 이 상황을 정리하고 싶었던 정석은 자신의 귀를 깨물려는 순경에게 비명을 지르듯 말했다.

"냉동 두 개!"

신기했다. 그렇게 미친개처럼 날뛰던 순경이 한 방에 얌전해졌다. 그대로 행동을 멈춘 순경이 심호흡을 크게 하고 조용히 물었다.

"아무거나?"

"아니! 유통 기한 얼마 안 남은 걸로 골라서."

순경은 치열하게 고민했다. 유통 기한 얼마 안 남은 냉동식품 두 개로 뺨 두 대를 퉁칠 것인가? 아니면 여기서 지랄을 좀 더 해서 핫바까지 노려볼 것인가? 그때 순경의 머리를 빠르게 스치는 것이 하나 있었다. 너비아니!

케첩과 머스터드만 있다면 천상의 맛을 경험하게 해 주는 그 너비아니의 유통 기한은 25일 전부터 체크했던 것이었다. 오늘 자신이 지켜본 바로는 너비아니를 먹을 만한 위인이 편의점에 왔던 것 같지는 않았다. 그래서 순경은 그동안 줄곧 먹고 싶었지만 너무 비싸서 유통 기한이 다가올 때까지 팔리지 말아 달라고 빌고 빌었던 그 너비아니를 먹을 수 있다면, 이쯤에서 정석의 제안을 받아들여도 좋겠다고 생각했다.

"콜!"

"그리고 라면도 세 개 물 부어 와. 이 새끼 지금 빈속이다."

"오케이!"

순경이 와서 다소 정신없어졌지만, 정석은 종일이 계속 신경 쓰였다. 중학교 때부터 봐 온 사이였지만 이런 분위기를 내는 것은 처음이었기 때문이다. 그래서 다음 타임 아르바이트생이라도 일찍 불러 일하게 하고 자신이 종일의 옆자리를 채워 주고 싶었다. 정석은 말없이 냉장고에서 맥주를 잔뜩 가져왔다. 종일은 정석이 맥주를 가져오자마자 맥주 한 캔을 또 땄다. 정석도 말없이 종일을 따라 맥주 캔을 따서 마셨다. 그렇게 10분이 넘는 시간이 흐르는 동안 둘은 아무런 대화도 하지 않았다. 그저 성실하게 맥주를 비워 가고 있었을 뿐. 그사이에 편의점 아르바이트생인 가연이 도착했고, 순경도 정석이 시킨 음식들을 모두 가지고 왔다.

"무슨 일인데?"

아무 말도 하지 않고 같이 맥주를 마셔 주던 정석은 순경이 자리에 앉자 종일에게 물었다. 종일은 정석의 질문에 마치 정지 버튼이 눌린 것처럼 그대로 맥주를 든 채 멈춰 버렸다. 그리고 갑자기 울기 시작했다. 처음에는 눈물만 흘리던 종일이 점점 어깨까지 들썩였고, 결국 어린아이처럼 엉엉 소리를 내며 울었다. 정석과 순경은 너무 당황했다. 종일이 이렇게 우는 모습을 본 것이 처음이라, 어떻게 달래야 할지도 몰랐기 때문이다. 그래서 그 둘은 그냥 가만히 있었다. 편의점 앞에서 어린아이처럼 울고 있는 30대 남자를 그냥 지켜보며, 그저 다 울기를 기다렸다. 종일은 한참을 운 후에야 들고 있던 맥주를 비워 내고 말했다.

"나 다정이랑 헤어졌다."

정석은 어렴풋이 예상하고 있었다. 종일이 이렇게까지 힘들어할 만한 일은 다정과 관련된 일밖에 없었기 때문이다. 하지만 전혀 눈치를 못 챘던 순경은 깜짝 놀라 일어서며 말했다.

"야! 너 바람피웠냐? 도박했어? 아니면 너 설마…… 코인했냐?"

"야! 이 미친 새끼야! 종일이가 너냐!"

정석은 말도 안 되는 말을 하는 순경에게 화를 냈다. 하지만 순경은 진지했다. 순경도 이 상황이 도저히 납득 가지 않았기 때문이다.

"그게 아니면 왜 헤어져, 너희가? 온종일 다정한 너희 가 왜 헤어지냐고! 안 그래? 나도 알아! 이 새끼가 그럴 새끼가 아니라는 건! 그런데 그렇잖아! 그런 게 아니면, 얘들이 헤어질 이유가 없잖아! 안 그래? 야 뭔데? 너 뭔 데? 왜 헤어졌는데? 왜!"

그런데 순경이 진심으로 화를 내자 종일은 갑자기 웃기 시작했다. 진짜 미친 사람처럼. 아까는 울다가 이제는 큰 소리로 웃는 모습을 보고, 순경은 순간 '울다가 웃으면'으 로 시작하는 농담을 하고 싶었지만 참았다. 그런데 그렇 게 웃던 종일이 벌떡 일어나 정석과 순경에게 말했다.

"그렇지. 아무리 생각해도 내가 잘못을 했겠지? 다정 이가 잘못해서 우리가 헤어질 일은 절대 없는 거지? 그렇 지?"

종일이 하는 뻔한 질문에 순경이 어이없어하며 대답 했다.

"당연하지! 빙신아."

"정정석 너도 그렇게 생각하지?"

"당연하지!"

"그렇지! 내가 생각해도 우리가 헤어지면 무조건 내 잘못이야! 못난 내 잘못이라고!"

"그러니까, 당연한 말을 왜 하냐고. 자, 솔직하게 말해! 얼마나 날렸는데? 종목이 뭔데?"

"진순경 좀 닥치라고 왜 또 코인 타령이야! 얘가 너냐고!"

"야! 정정석 두고 봐라! 내가 탄 코인, 대박 나면 넌 진짜 국물도 없어!"

"너 지난달 학원비로 산 그 코인 말하는 거지?"

"그래! 이 코인 개당 1,000만 원만 가면 너 다 죽었어!"

"너 몇 개 샀는데?"

"0.1개."

순경은 아주 당당하게 말했다. 학원비 삥땅해서 20만 원어치 산 코인이 다섯 배나 뛰길 바라는 순경의 순수한 눈을 보며, 정석은 좀 짠했다. 그가 바라는 대박이 고작 100만 원이라는 사실에.

"아…… 예……. 제발 대박 나세요!"

"다정이 집에 남자가 있었어…….."

틈만 나면 다투는 정석과 순경의 대화 속에 기어들어가는 종일의 목소리가 끼어들었다. 목소리는 작았지만 그 내용은 정석과 순경의 대화를 멈추게 할 수 있을 정도로 충분히 강렬했다.

"뭐?"

순간, 순경은 화가 나서 자리를 박차고 일어났다. 일어난 후에도 화를 어쩌지 못하고 그 자리에서 방방 뛰고 있었다. 그런데 그런 그와는 다르게 정석은 차분했다. 종일의 말에 놀란 것은 같았지만, 오히려 뭔가 다른 상황을 추측하려는 것 같았다. 그리고 잠시 후 정석이 차분한 목소리로 물었다.

"확실해? 네가 직접 확인한 거야?"

순경은 종일이 대답할 틈도 주지 않고 바로 이어서 물었다.

"그래! 네가 봤어? 네 눈으로 직접 본 거야? 다정이 집에 다른 놈이 있는 거 봤냐고! 다른 집 아냐? 옆집이나 아래층, 위층 이런 데 아니야? 아니면 혹시 애플하우스 말고 다른 원룸 간 건 아니고? 너 진짜 확실해? 확실하냐고! 혹시 술 마시고 간 건 아니냐고!"

"어! 분명히 내 두 눈으로 봤어."

종일은 순경의 질문에 멍하게 허공을 바라보며 힘없이 대답했다. 순경은 그런 모습에 더 화가 나서 동동거리고 있었다.

"어떻게 봤는데? 뭘 봤는데? 집에 들어가는 걸 봤어? 너…… 설마……? 에이, 아니지? 진짜 아니지? 진짜 뭐…… 막…… 벗고…… 못 볼 거 보고 그런 거 아니지?"

순경이 또 점점 선을 넘자 정석이 순경의 허벅지를 주
먹으로 세게 때려서 자리에 앉혔다. 그리고 순경이 너무
아파서 자신의 허벅지를 빠르게 비비는 사이, 정석은 차
분하게 종일에게 물었다.

"상황을 정확하게 말해 봐. 어떻게 헤어졌고, 넌 또 뭘
어떻게 본 건데?"

종일은 또 대답을 하지 않고 맥주를 집어 들었다. 그런
종일에게 화가 난 정석은 종일이 집어 든 맥주를 뺏어 테
이블에 세게 내려놓으며 말했다.

"온종일! 똑바로 말하라고! 뭔데? 너희 왜 헤어졌는데!
한다정 집에 다른 남자가 있었다는 말은 또 뭐냐고!"

종일은 정석의 다그침에 또다시 눈물이 났다. 종일의
눈물에 순경은 화가 누그러지고 눈시울이 빨개졌지만,
정석은 단호했다. 지금은 종일의 감정을 달래는 것보다
정확한 사실 관계를 파악하는 일이 더 중요하다고 생각
했다. 그런 정석의 눈을 보고, 종일은 눈물을 닦으며 그
동안 있었던 일을 말하기 시작했다.

"그저께 밤에 다정이가 나보고 같이 살자고 했어. 같
이 밥 먹고, 내가 싸 간 순대볶음도 먹고, 오랜만에 다정
이랑 산책도 하고, 코노도 갔는데, 갑자기 나한테 노래를
불러 달라고 하는 거야. 그래서 불렀어. 열심히 불렀는

데. 1절 끝나고 나서 갑자기…… 같이 살자는 거야. 우리 같이 살자고. 뭐가 그리 신났는지. 해맑게 웃으며 같이 살자는데, 그런데…… 그 말에 내가 대답을 못 했어. 아무 말도. 나는 그냥 그렇게 못 들은 척 넘어가려고, 간주 점프하고 계속 불렀는데. 노래 끄고 다시 묻더라. 왜 대답 안 하냐고. 왜 대답은 안 하고 노래만 부르냐고. 그래서 싫다고 했어. 왜냐고 묻길래, 이렇게 사는 거 싫다고, 그렇게 대답했어."

종일의 말에 정석은 숨이 막혔다. 그 상황이 너무 눈에 보여서. 그 당시의 상황과 각자의 마음이 다 느껴져서 뭐라고 말해야 할지 알 수 없었다. 그런데 순경은 좀 달랐다.

"야! 너 똑바로 대답해."

갑자기 종일의 말을 듣고 있던 순경이 진지하게 물었다.

"뭘?"

"너 무슨 노래 불렀어?"

종일은 순간 순경의 말에 주춤했다. 순경은 그 주춤거림만으로 대답을 들은 것 같았다. 그래서 하늘을 향해 욕을 내뿜었다.

"하! 씨! 발! 진짜!"

그러고 나서 순경은 미친 듯이 종일에게 쏘아붙이기 시작했다.

"야! 내가 진짜 〈고해〉는 아니라고 했지? 내가 〈고해〉

는 절대 안 된다고! 내가 말했냐, 안 했냐? 그건 진짜 아니라고! 그거 여자들이 진짜 극혐하는 노래라니까. 그 좋은 분위기에서 그걸 왜 불러서 이 사달을 내냐고! 어? 차라리 〈다행이다〉를 부르지!"

순경의 어이없는 포인트에 정석은 쌓였던 감정이 싹 사라졌다. 그래서 순경에게 할 수 있는 한 최대한 차갑게 물었다.

"〈다행이다〉는 좀 낫고?"

"낫지, 그럼! 어디 〈고해〉랑 〈다행이다〉를 비교하냐 이 빙신아!"

"그래 진짜 다행이다 븅신아. 졸라 다행이야!"

순경의 말을 대충 넘겨 버리고 나서, 그제야 화가 끓어오르기 시작한 정석은 종일에게 말했다.

"야! 됐고! 넌 뭔데? 왜 그렇게 대답한 건데!"

"그럼, 내가 뭐라고 하냐? 겨우 배달이나 하는 내가 어떻게 얼씨구나 하고 좋다고 말하냐고!"

종일은 말하는 내내 뭔가 불안한 듯 정신없이 머리카락을 만지고 있었다. 말을 하면 할수록 종일의 머리는 점점 더 헝클어져 갔고, 그 모습이 지금 종일과 친구들의 마음 같았다.

"알아. 내가 못나서 그런 거. 다정이가 뭘 원하는지도 알고. 내가 무슨 대답을 해야 했는지도 진짜 다 알고 있는데……. 답은 알고 있었는데, 그러지 못했다고. 다정이가 너무 좋은 애라서 차마 같이 살고 싶다는 말을 못 했다고. 그런데……."

종일의 말이 이어질수록 정석과 순경은 아무런 타박도 할 수 없었다. 종일과 다정이 각자 어떤 마음이었는지, 그들은 잘 알고 있었기 때문이다. 이런 상황이 아니었다면 그냥 시원하게 욕하며 가서 빌라고 했을지도 모르겠다. 가서 싹싹 빌라고, 앞으로 무조건 잘하겠다고 말하라고 등 떠밀었을 그들이었다.

"그런데 뭐? 그래! 그냥 그렇게 보내지는 않았을 거 아니야! 어?"

종일의 말을 그냥 듣고만 있던 순경이 다시 물었다. 종일은 심호흡을 하고 나서 다시 말을 이어 갔다.

"그렇게 헤어졌는데, 그래서 너무 답답해서 오늘! 내가! 바보처럼 다정이가 가고 싶다던 바다에 혼자 가서 청승을 떨었거든. 근데 다정이네 집으로 배달 콜이 들어온 거야."

"뭐? 진짜? 다정이가 부른 거네, 그럼!"

"진짜 미치는 줄 알았지. 그래. 나도 너처럼 다정이가 일부러 날 부르는 줄 알았어. 당연히 자기네 주소로 배달을 부르면 나한테 콜이 뜨는 걸 아니까. 배달을 핑계로 나를 부르는 줄 알았지. 그래서 콜을 잡고 미친 듯이 밟았거든. 좀 늦더라도 그 배달은 꼭 내가 가야 할 것 같아서."

"그래서 갔어? 가니까 뭐래?"

"진짜 미친 듯이 갔는데, 물건을 받고 보니까 그냥 문 앞에 두고 가라는 거야. 절대 초인종도 누르지 말라고. 배달을 핑계로 날 부른 게 아닌 거지."

종일의 말에 순경은 다시 그에게 다가가 다그치듯 말했다.

"그래서 그냥 온 거야? 아니지? 그냥 얌전히 배달만 하고 온 거 아니지?"

잠시 종일이 대답이 없자 순경이 더 흥분해서 날뛰었다.

"왜? 왜 그랬는데? 헤어진 김에 후기라도 좋게 받고 싶었니? 시키는 대로 다 해 주고 좋아요라도 받아야 마음이 편할 것 같았어? 진짜 그랬어? 좋아요 하나를 위해 다정이를 버린 거냐고!"

종일은 그제야 화를 내며 대답했다.

"기다렸다고! 기다렸어! 나도 얼굴이라도 보려고, 아니 혹시 말이라도 다시 걸어 볼 수 있을까 봐. 음식만 두고 숨어서 기다렸다고! 그런데!"

"아! 또 그런데야? 뭔 이야기가 이렇게 클라이맥스가 많냐!"

종일은 거기까지 말하고 목이 타서 도저히 견딜 수가 없었는지 다시 맥주를 마셨다. 듣고 있기에 답답했던 순경도 같이 맥주를 들이켰다.

"남자 손이었어. 음식을 가지러 나오는 손이 남자 손이 었다고."

순간, 정석과 순경은 아무 말도 할 수 없었다. 전혀 예 상하지 못했던 말이었기 때문이다. 그런데 이어지는 종 일의 말은 더 어이없는 것이었다.

"심지어 내가 미친 듯이 갖고 싶어서 집에다 사진도 붙 여 놓은 그 시계를 차고 있더라! 다른 놈이 생긴 거야. 그 사이 다른 놈이 생긴 거지. 아주 돈 많고 근사한 놈으로. 아니 어쩌면 이미 그놈이 생긴 지 꽤 됐는지도 몰라. 그 래서 내가 어떻게 대답할지도 알고 그런 질문을 한 거라 고. 분명히."

그 순간, 정석이 종일의 뒤통수를 때렸다. 한 대. 두 대. 세 대. 정석은 점점 세게 종일의 뒤통수를 때리다가 결국은 온 힘을 다해 내리쳤다. 종일은 정석에게 뒤통수 를 맞고 그대로 넘어지며 바닥을 뒹굴었다. 그리고 바로 일어나 정석에게 달려들었다. 순경이 종일의 허리를 잡 고 말리고 있었지만 이미 종일과 정석은 엉망으로 엉켜 있었다. 서로 왜 주먹질을 하고 있는지는 몰랐지만, 그들 은 그저 지금 자신들에게 남아 있는 감정을 모두 쏟아 내 는 것처럼 몸싸움했다. 그런데 이상한 건 그중에서 가장 많이 맞고 있는 사람이 순경이라는 것이었다.

"그만해요! 안 그러면 경찰 불러요, 진짜!"

결국 편의점 아르바이트생인 가연의 목소리에 몸싸움은 어색하게 끝났다. 다행히 세 명은 요란한 몸짓에 비해 많이 다치지 않았다. 다만, 그중에 순경의 상태가 가장 엉망인 것은 참 우스운 상황이었다. 모두 기운이 빠져 그대로 의자에 기대듯이 앉아 있는데, 정석이 종일에게 말했다.

"네가 그동안 만났던 한다정이 그런 여자야? 너 돈 없다고 차고! 하루 만에 돈 많은 다른 남자를 집에 불러들일 만한! 그런 여자냐고. 맞아? 내가 너한테 그런 여자를 소개해 준 거야? 나도 그런 새끼였냐? 친구한테 고작 그런 여자나 소개해 주는 그런 친구냐고!"

종일은 정석의 말에 고개를 들지 못했다. 정석이 자신에게 무슨 말을 하려고 하는 건지 다 알고 있었기 때문이다. 정석이 왜 저렇게 화가 났는지도 너무 잘 알고 있었다. 종일이 사랑한 여자는 결코 그런 여자가 아니었다. 그 사실은 누구보다 자신이 가장 잘 알고 있었다. 그래서 다시 눈물이 났다.

"야. 다정이가 너 3년 동안 저녁밥 챙기면서 일주일에 두 번은 여기도 왔었어. 말은 너무 많이 해서 싸 왔다고는 했지만, 맨날 편의점에서 유통 기한 지난 도시락 먹는다고 따뜻한 밥 차려서 여기까지 배달을 왔었다고! 그리고 와서 뭐라고 했는지 아냐? 3년 동안 내내 나한테 고맙다더라. 너 만나게 해 줘서 고맙다고. 평생 고마워하면서 살겠다고. 평생 나를 은인으로 생각하며 살겠다고! 다정이가 그런 애라고. 네가 좋아서! 편돌이 하는 네 친구 새끼까지 챙기는 그런 애라고. 근데 그런 애를 네가 못 믿어? 네가 못나서 헤어졌으면서 걔 탓을 해? 야! 너는 3년이지만, 나는 걔가 여기서 알바할 때부터 6년을 봤다고! 6년! 이 미친 새끼야!"

종일은 정석의 말에 아무 대꾸도 할 수 없었다. 모두 사실이니까. 종일은 알고 있었다. 자신뿐만 아니라, 편의점을 하는 정석과 몇 년째 공무원 시험공부를 하고 있는 순경의 밥까지 다정이 모두 챙기고 있었다는 것을. 그래서 더 화가 났다. 자신은 한없이 받기만 한 것 같은데, 정작 다정에게는 아무것도 주지 못하고, 이렇게 헤어져 버린 것이 너무 아프고 쓰려서 죽을 것만 같았다.

"그럼 어떡하라고! 나는 봤는데! 분명히 다정이 집에서 나오는 남자 손이랑, 그 시계를!"

그런데 그 순간 순경의 표정이 이상해졌다. 뭔가 이 상황이 좀 이질적으로 느껴졌기 때문이다. 순경은 이 커플이 헤어졌다는 것도 실감이 안 났지만, 다정이 헤어진 지 하루 만에 배달 음식을 시켜서 먹었다는 것 자체가 이해되지 않았다. 게다가 남자가 있다니, 그건 더 말도 안 되는 일이었다.

"야. 근데 다정이가 시킨 거 맞아? 진짜?"

"왜?"

갑자기 진지한 순경의 태도에 흥분해 있던 정석도 조금 진정하고 물었다. 문득 정석도 이 상황 자체가 너무 이상하다는 생각이 든 것이다.

"그냥 좀 이상해서, 내가 너희만큼은 몰라도 다정이를 좀 알거든. 근데 왠지 다정이가 종일이랑 헤어지고 나서 그다음 날 바로 배달 음식을 시켜 먹을 그런 캐릭터는 아닌 거 같아서. 안 그래? 네 말대로 일부러 너 만나려고 그런 거면 또 몰라도."

그 순간, 종일의 머리를 때리는 것이 있었다. 왜 몰랐을까? 3년 동안 그렇게 붙어 있었는데, 누구보다 그녀에 대해 제일 잘 알고 있다고 생각했었는데, 왜 그런 상황을 눈치채지 못했는지 스스로 한심하다는 생각이 들었다. 종일은 갑자기 말없이 자신의 뺨을 때리기 시작했다. 정석이 그런 종일을 말렸다. 자신의 뺨을 몇 대나 때린 종일은 정신을 차린 듯 친구들에게 말했다.

"봉이 닭발."

"뭐?"

"다정이가 시킨 게 봉이 닭발이었다고. 그것도 1인분 세트."

"이런 븅신아!"

순간 정석은 종일을 향해 소리를 질렀다. 종일은 바로 머리를 움켜쥐고 고개를 숙였다. 이 상황을 이해하지 못한 순경은 혼자 어리바리하게 있었다. 그런 순경에게 정석이 귀찮다는 듯 설명했다.

"야! 다정이 닭발 못 먹어! 안 좋아하는 게 아니라, 아예 못 먹어!"

"야! 그럼 그 남자가 먹나 보지."

종일은 순경의 말에 고개를 들지도 않은 채 대답했다.

"그 남자가 먹는다고 해도 그걸 시켜 줄 애가 아니라고! 둘이 있는데, 한 명이 못 먹는 걸 시킨다는 건 혼자 먹겠다는 거잖아. 그런 걸 진짜 싫어했어, 다정이가. 배려도 없고 양심도 없는 짓이라고! 근데 더 중요한 게 있어!"

"뭔데?"

종일의 진지한 표정과 말투에 순경은 바로 집중했다.

"1인 세트."

"뭐? 그건 또 왜?"

이번 질문에는 다시 정석이 대답했다. 마치 너무 당연한 사실을 말하듯이 차분하고 진지하게 설명해 주었다.

"한다정은 절대 1인분 따위에 배달비를 쓸 사람이 아니야! 아무리 배가 고프고 몸이 아파서 움직이지 못하는 상황이라도 1만 3,000원짜리 1인 세트를 시키면서

5,000원의 배달비를 쓸 위인이 아니라고."

하지만 정석의 대답에 종일이 고개를 저으며 말했다.

"아니야. 넌 아직 한다정을 잘 몰라."

"뭐가?"

"한다정은 배달비가 아까워서 1인분 배달을 안 시키는 게 아니야!"

"그럼?"

"원래 1인분 따위는 머릿속에 없는 아이지. 일반 식당에서 파는 기준으로 1인분은 양에 차지 않는 아이야! 그러니까 당연히 1인분을 시킬 이유가 없는 거지! 겉으로는 항상 1인분만 시키기 아까워서라고 말하지만, 실은 항상 부족한 게 싫은 아이였어."

"그럼 지금까지 다정이가 싸 준 도시락 양이 많은 것도……."

"어……. 그게 걔 기준으로 1인분이야."

맞았다. 그들이 아는 한다정은 비록 체구가 작고 마른 편인 여자였지만, 먹성은 누구보다 좋았다. 그리고 자신이 그렇다 보니 언제나 먹는 것은 넉넉하게 만들거나 시키곤 했다.

그들은 다정에 관해 얘기하면서 다시금 그녀가 어떤 사람인지를 떠올렸다. 항상 잘 웃고, 잘 먹고, 따뜻했던 다정은 칙칙하기만 한 그들에게 언제나 봄날의 햇빛 같은 사람이었다. 그들은 서로 말하지 않아도 뭔가 같은 것을 느끼고 있었다. 심장이 갑자기 빠르게 뛰기 시작했다. 이제 진짜 그들이 다정을 위해서 무엇인가 해야 할 순간이라고 생각했기 때문이다.

"아무래도 뭔가 있는 것 같지?"

정석의 말에 순경이 대답했다.

"두말하면 입 아프지!"

그리고 종일이 마지막으로 말했다.

"그럼. 파 봐야지."

GS25

종일과 정석, 순경의 술자리는 계속 이어졌다. 하지만 어느 순간부터 술은 더 이상 아무도 마시지 않았고, 그날 종일에게 일어난 일에 관한 대화만 나눴다. 편의점 안에 있던 가연은 그들이 대화하는 모습이 〈100분 토론〉 같다고 생각했지만, 크게 신경 쓰지 않았다. 30대 중반의 남자들이 편의점 간이 테이블에서 하는 이야기가 뭐가 그리 대단하겠냐는 생각 때문이었다. 하지만 그런 가연의 생각과는 다르게 그곳에서 이뤄지는 대화의 실체는 꽤 진지하고 무거운 것들이었다.

"그러니까 뭐야. 정리하자면 다정이에게 무슨 일이 생겼을 수도 있다는 말이야?"

"그렇지. 생각해 봐. 너도 이렇게 하루 종일 정신 못 차리고, 안 어울리게 바다까지 갔다 왔는데, 다정인들 멀쩡

하겠냐고?"

"그렇지. 그럴 리가 없지."

"그렇다는 말은 정말 남자가 생겼다기보다는 다른 가능성도 생각해 봐야 한다는 말이야."

정석의 말이 끝나고 순경이 바로 말을 이었다.

"야. 그럼 혹시 뭐 오빠나 동생 그런 거 아냐? 가족일 수도 있잖아. 누나나 동생이 실연당해서 슬프다고 하면 와서 달래 주고 같이 술도 한잔하고 그럴 수도 있잖아."

순경의 말에 정석은 어이가 없다는 듯이 그를 쳐다봤다. 순경이 왜 그러냐는 표정을 짓자, 정석은 정말 몰라서 묻느냐는 얼굴로 천천히 말했다.

"너희 누나 지금 뭐 해?"

"우리 누나?"

"어."

순경은 한동안 무엇인가를 떠올리려고 노력하는 듯했다. 하지만 머릿속에 떠오르는 것이 전혀 없는 듯 건성으로 정석에게 대답했다.

"몰라."

"회사 다니셔?"

"그럴걸?"

"결혼은?"

"했나? 아! 안 했다. 남자 친구가 있다고 했던 거 같기도 하고?"

"그럼 넌. 너희 누나가 남친이랑 헤어졌다고 하면 위로
해 주려고 누나 집에 갈래?"

"미쳤냐?"

순경은 자신의 대답에 아무런 반응도 하지 않는 정석
을 째려보다가, 곧 깨달았다. 정석이 자신에게 무슨 말을
하려고 했는지. 다정의 집에 있던 남자가 동생이나 오빠
같은 친인척일 리 없다는 말이었다.

"그리고 어차피 없어. 다정이 남자 형제도 없고, 아버
지도 스무 살 때 돌아가셨다고 그랬어. 어머니랑 여동생
만 있다고."

"그러면 진짜 누구지?"

순간 세 명은 다시 말이 없어졌다. 그들은 각자 다정의
집에서 남자의 손이 나올 수 있는 경우의 수를 모두 찾아
보려 했지만 아무것도 떠오르지 않았다. 그때, 순경이 또
별생각 없이 가볍게 말을 던졌다.

"아. 진짜 모르겠는데, 그냥 물어보면 안 돼?"

순간 정석의 표정이 변했다. 정석은 자신을 포함해 여
기 모인 세 사람의 장단점을 너무 잘 알고 있었다. 같은
문제에 직면했을 때, 정석 자신은 너무 진지하고 고지식
했다. 그래서 문제의 원인과 해결 방법만을 먼저 생각한
다. 종일은 좀 감정적이다. 그래서 그 상황의 분위기나

감정에 많이 치우치고 감성적으로 행동하는 경향이 있다. 그리고 순경은 가장 단순하다. 깊이 생각할 머리도 없고, 격하게 공감할 감성도 없다. 아주 단순하고 명확하다. 그래서 꼭 쉬운 답을 찾는다. 그런데 지금은 순경의 그 단순함이 필요했다. 궁금하면 물어본다는 아주 단순한 방법.

"그래. 물어보자."

표정이 밝아진 정석과 순경과는 다르게 종일의 표정은 여전히 굳어 있었다. 다정에게 전화해서 물어본다는 상황 자체가 달갑지 않았던 것이다.

"야. 걱정하지 마. 내가 물어볼게. 어차피 이 일이 아니어도 한 번은 연락했을 거야."

정석의 말에 순경이 화들짝 놀라며 말했다.

"야. 네가 왜? 너 지은이 있잖아?"

"아, 나. 진짜! 누가 전화해서 찝쩍댄대? 아까 말했잖아. 내가 얘보다 다정이를 안 시간은 더 길다고. 난 얘랑 다정이랑 헤어져서 앞으로 다정이를 못 보게 되면, 마지막 인사 정도는 할 수 있는 사이라고."

"아, 알았다고. 왜 화를 내고 그러냐. 더 이상하게."

"진짜 미쳤냐? 내가 너냐? 이 맥스봉 같은 새끼야!"

종일로서는 자신이 직접 연락하지 않는다고 해도 마음에 걸리는 것은 매한가지였다. 이렇든 저렇든 이제 다정의 입장에서 정석은 전 남자 친구의 친구인 것이니까. 종일은 여전히 마음이 불편했다. 그래서 '정석이 알아서 하겠지'라는 믿음이 있었음에도 불구하고, 헤어진 다정에게 연락한다는 것, 그리고 집에 있는 남자가 누구냐고 물어보는 것이 전부 마음에 걸렸다. 그런 종일의 심란한 마음을 알고 있다는 듯 순경이 대신 정석에게 물었다.

"야. 넌 전화해서 뭐라고 하게?"

"그냥 솔직히 물어봐야지. 왜 헤어졌냐고. 혹시 남자 생겼냐고."

"그렇게 직접적으로?"

"이럴 때일수록 그냥 직구가 나아."

정석은 주저하지 않았다. 오히려 여기서 주저하는 시간이 아까웠다. 그래서 뜸 들이지 않고 스마트폰을 들어 다정에게 전화를 걸었다. 수화기 너머에서 신호음이 들려오는 동안, 모두에게 흐르는 시간은 상대적으로 더 느리게 느껴졌다. 그리고 마침내 누군가가 전화를 받았다.

"여보세요? 다정이니? 나야. 정정석."

—…….

"여보세요? 안 들려? 나라고, 정정석"

—…….

"여보세요? 다정아?"

딸깍.

전화가 끊겼다. 모두의 궁금증을 풀기 위해 스마트폰을 테이블 위에 올려 두고 스피커폰으로 전화를 걸었고, 그 때문에 모두가 상황을 들을 수 있었다. 바로 통화할 수 있을 것이라는 기대를 한 것은 아니었지만, 그래도 너무 예상치 못했던 상황이라 모두 당황했다. 그런데 생각해 보면 이 상황에서 제일 이상한 것은 다정이 전화를 받았다는 사실이었다. 전화를 받지 않는 것도, 심지어는 종일의 친구인 정석의 번호가 차단된 것도 충분히 예상 내의 일이었지만, 전화를 받은 후에 아무 말도 하지 않고 그냥 끊어 버리는 행동은 이상했다. 정석의 번호를 알고 있음에도 전화를 받았고, 받았는데도 아무 말도 하지 않았다고? 종일은 평소의 다정이라면 절대 그러지 않았을 것이라는 생각이 들었다. 그래서 정석에게 메시지를 보내 보자고 했다.

> 다정아. 나야 정석이. 종일이한테 들었어. 혹시 통화 가능해? 별건 아니고, 어쩌다가 그런 건지. 내가 다 아쉽고 그래서. 또 물어볼 것도 있고.

잠시 후 숫자 1이 없어졌지만 답은 오지 않았다. 말 그대로 읽씹이었다. 순간 종일은 이상한 기분이 들었다. 어제 이별 이후부터 지금까지 다정의 반응이 뭔가 어색했기 때문이다. 다정의 행동이나 태도가 이상하다기보다는 그냥 종일에게 와닿는 느낌이 다른 것 같았다. 3년 동안 가족처럼 붙어 살았다. 종일은 숨소리만 들어도, 짧은 메시지만 봐도 다정의 상태를 알 수 있었다. 그런 종일에게 느껴지는 어색함은 위화감으로 다가왔다. 그러나 종일이 지금 가장 답답한 것은 이 모든 것을 설명할 수 있는 말이 없다는 것이다. 누군가 종일에게 뭐가 다른지, 어떻게 다른지, 왜 그렇게 느꼈는지를 물으면 대답할 말이 없었다.

계획이 허무하게 끝나자 종일과 정석은 조금 의기소침해졌다. 처음부터 바로 반응이 있을 것이라는 기대는 없었지만, 막상 쓸 수 있는 방법을 다 써 봐도 남은 것이 아무것도 없어 기운이 빠진 것이다. 그런데 이런 둘과는 다르게 순경의 눈은 뭔가 반짝이는 기운이 돌았다.

"야. 이제 남은 방법은 딱 하나밖에 없어."

순경의 말에 정석은 아무런 기대도 하지 않았지만 종일은 지푸라기라도 잡는 심경으로 반응했다.

"뭔데?"

"쓸데없는 거 하지 마라."

순경은 냉소적인 정석의 말에 정석을 한번 째려보고는 다시 분위기를 잡았다. 그리고 의미심장한 표정으로 천천히 말했다.

"잠복."

"뭐?"

"야, 내가 그래도 나름 경찰 공무원도 준비했었잖아. 다 감이 있다고. 지금 이 상황은 우리가 다정이 집 앞에서 딱! 잠복을 때려야 하는 상황이야!"

"야! 푸시업을 스무 개도 못 해서 포기한 걸 준비했다고 말할 수 있는 거냐?"

"그러니까. 내가 몸이 안 따라 줘서 포기한 거지, 이 소프트웨어는 훌륭했다고!"

"누가 그래?"

"고시원 총무 형이."

"야. 그 새끼 단골 빠질까 봐 약 친 거야. 너 당장 옮겨, 고시원."

"왜? 총무 형이 자신의 뒤를 이을 총무 내정자라고 얼마나 밀어주는데!"

"너 바보냐? 그게 칭찬이야?"

"야, 그게 왜?"

"너 목표가 고시원 총무냐? 네가 지금 준비하는 게 고시원 총무 9급이야? 그냥 너 놀리는 거잖아. 너 가능성 없다고. 자기는 합격해서 나갈 테니까 넌 남을 거라고 저주하는 거라고!"

정석은 순경에게 또 훈계했다. 하지만 수시로 이어지는 이 훈계는 기분에 따라 아무렇게나 쏟아 내는 무책임

한 공격은 아니었다. 정석은 몇 년째 공무원이 되겠다며 고시원에 살고 있는 순경을 걱정하고 있다. 특별한 꿈이 없어 시작한 공부가 매년 애먼 사람들의 한마디에 달라지곤 했으니까. 처음에는 9급으로 시작한 공부가 7급이 되었다가, 경찰 공무원이 되었다가, 소방 공무원을 거쳐 다시 9급으로 오는 데 6년이 걸렸다. 겹치는 과목이 있다고는 하지만 처음부터 9급만 준비했다면 이미 붙었을지도 모른다. 이 모든 과정을 알고 있는 정석은 그래서 순경에게 더 모질게 대했다.

"근데 내 생각에도 가 보는 게 맞을 것 같아."

종일은 정석과 순경이 티격태격하는 동안 자기 혼자 생각에 잠겨 있었다. 아무리 생각해도 정리될 것은 없었지만, 그래도 확실한 것 하나는 있었다. 다정을 직접 만나야겠다는 것. 만나서 직접 묻든 무릎을 꿇고 빌든 뭐라도 해야겠다고 생각한 것이다. 그래서 답답한 마음에 화를 내듯 말했다.

"지금이 벌써 새벽 3시야. 4시간만 있으면 다정이 출근 시간이야. 무슨 일이 있어도 회사는 안 빠지는 애니까 꼭 나올 거야. 그러니까 내가 다정이 집 앞에서 기다리다가 물어보면 되잖아. 그 새끼 누구냐고 그냥 물어보면 되는 거 아니냐고!"

정석은 지금 종일의 마음이 이해가 갔다. 본인도 종일

의 입장이었다면 분명히 그랬을 테니까. 하지만 그런 마음이 드는 한편 걱정도 되었다. 혹시라도……. 정석도 아니라고 믿고 있지만, 정말 만에 하나라도 진짜 다정에게 누군가가 생긴 것이고, 그 상황을 직접 목격하게 된다면 종일은 더 무너져 버릴지도 모른다. 정석은 그렇게 될까 봐 겁이 났다.

"그러다 진짜 웬 남자랑 같이 나오면."

"그 새끼가 누군지 확인해야지!"

하지만 종일의 머릿속에 다정의 새로운 남자는 없었다. 다시 확인한 사랑일 수도 있고, 이제야 생긴 믿음일지도 모르지만, 지금 종일의 머릿속은 의심이나 질투가 끼어들 틈이 없었다. 오로지 다정에 대한 걱정뿐이었다.

"뭐?"

"네가 아니라며! 다정이는 그런 애가 아니라며! 맞아! 그런 애가 아니야! 절대 아니라고! 그렇다면 지금 다정이 옆에 누가 서 있든 그 사람이 이상한 거 아니야? 그러면 그 새끼를 확인해 봐야지!"

정석은 순간, 커다란 망치로 뒤통수를 맞은 기분이었다. 자신이 종일에게 그렇게 화를 내며 다정에 대한 의심의 불씨마저 날려 버려 놓고, 친구를 위한다는 핑계로 다시 불을 붙이려 한 것이다. 한심했다.

"하여튼 정정석 저 새끼는 말이 너무 많아! 야! 종일아!

이쯤 되면 갈 데까지 다 가 봐야 하는 거 아니냐? 안 그래?"

"그럼! 갈 데까지 가 봐야지!"

또 분위기를 가볍게 만들어 버리는 순경의 말에 종일은 처음으로 미소를 지으며 말했다. 순경은 처음으로 종일이 자신의 말에 호응해 줘서, 또 자신이 조금이나마 종일에게 힘이 되어 준 것 같아서 기분이 이상했다. 그냥 그 순간이 좋기도 하고, 어색하기도 했다. 그래서 순경이 종일에게 헤드록을 걸었다.

"온종! 이 엉아는 지구 끝까지 같이 가 준다!"

"야! 뭐야!"

그런데 정석의 마음에는 여전히 걸리는 것이 하나 있었다. 친구들의 걱정 섞인 행동들이 남들 보기에는 스토킹으로 보일 수도 있다는 것이었다. 다만, 그런 그의 걱정이 저들의 순수한 마음에 찬물을 뿌리는 것이 될 수도 있었다. 그래서 정석도 순경의 목에 똑같이 헤드록을 걸며 조금은 가볍게 말했다.

"야. 너는 경찰 공무원 준비했다는 놈이 그것도 몰라? 지금 네가 하자는 짓이 스토킹이야. 알아? 헤어진 남자 친구가 전 여자 친구 집에 가서 숨어 있는 거. 그거 범죄라고."

"아 씨! 아프잖아! 놓고 말하라고! 누가 감시하재? 걱정돼서 가는 거잖아! 온종일! 아니야?"

"아! 맞아! 그러니까 좀 놔라! 이 새끼야!"

"야! 정정석! 놓으라잖아! 안 들려?"

"너! 놓으라고! 너! 진순경 이 새끼야!"

편의점 안에서 그 모습을 보고 있던 가연이 한마디 했다.

"우와. 이제 기차놀이를 하네?"

가연은 고개를 저으며 조용히 스마트폰을 꺼내 112를 눌렀다. 그리고 통화 버튼을 누르려다가 잠시 멈췄다.

"아니야. 경찰이 해결할 일이 아니야. 저 사람들은 아파. 맞아. 아픈 거야!"

가연은 112를 지우고 119를 눌렀다. 그런 편의점 안의 상황과는 상관없이 겨우 서로의 헤드록을 푼 셋은 다시 삼각형 꼴로 서서 말싸움을 하고 있었다.

"스토킹으로 잡힌 새끼들 100이면 100 다 너처럼 말해! 걱정이라고! 사랑이라고! 알바가 출출할 것 같아서 맥스봉이나 하나 주려고 했으봉! 이러면서!"

"작작 해라! 확 맥스봉으로 콧구멍을 막아서 치즈 냄새만 맡으며 살게 하는 수가 있다!"

"그러니까! 네가 맥스봉 하나 준 것도 상대방이 기분 나빠서 신고한다고 난린데! 이런 세상에서 집 앞에 진을 치고 있는 게 말이 되냐고!"

그때 종일이 정석에게 갑자기 차분하게 물었다.

"진짜 말이 안 되냐? 내가, 3년이나 만난 내가, 걱정이

돼서 잠깐 집 앞을 서성이는 것도 말이 안 되는 거야? 진
짜?"

정석은 종일의 마음을 알고 있었다. 하지만 그래도 막고
싶었다. 종일이 다정의 스토커로 오해받는 것도, 혹시라도
지금 상황보다 더 힘든 상황을 대면하는 것도 싫었다.

"우리 마음이야 걱정이라고 말할 수 있지만, 상대방
이나 제3자 입장에서는 그냥 스토킹이라고. 이게 그렇게
간단한 문제가 아니야."

종일에게는 모두 맞는 말 같았다. 정석의 말도, 순경
의 말도 들을 때마다 다 옳은 것 같아서 선택하기 힘들었
다. 그런데 그것보다 더 힘든 것은 지금도 시간이 흐르고
있다는 사실이었다. 자신은 지금 다정이 너무 걱정되는
데, 이렇게 걱정하는 것 말고는 아무것도 하지 못하고 시
간만 흐르게 두는 것이 제일 답답했다. 그때 문득 언젠가
다정과 나눴던 대화가 스쳐 지나갔다.

"동성애를 법적으로 인정하는 게 그렇게 중요해?"

"중요하지!"

"뭐가 중요해? 나는 솔직히 동성애를 좋아하지 않아. 뭐
딱히 남들 일에 반대하고 싶은 마음은 없지만, 그래도 그
냥 조용히 자기들끼리 알아서 살았으면 좋겠어. 조용히."

"그건 좋아하고 말고의 문제가 아니야. 사람의 삶에 관

한 얘기라고. 사람이잖아. 서로를 보호하고 보호받을 수 있어야지."

"무슨 말이야?"

"동성혼이 제도적으로 인정되지 않으면 둘 중 누군가가 아플 때 서로의 보호자가 될 수조차 없어."

종일은 그때의 그 대화가 어떻게 끝났는지 기억나지 않는다. 다만, 그의 기억에 남은 것은 다정이 서로에게 보호자가 되어 주고 싶다고 말하는 것 같았다는 것이다. 종일은 어제 다정의 프러포즈를 모른 척했다. 그리고 지금은 남이 되어 버렸다. 그래서 3년 동안 사랑했던 연인이 걱정되어 집 앞에 서 있는 것조차도 범죄로 오해받을 수밖에 없는 상황이 됐다. 종일은 후회하고 있다. 이제야 진짜 피부로 그녀가 자신에게서 멀어졌다는 것이 실감 났다. 어제까지만 해도 누구보다 가까운 사이였지만, 한순간에 남보다 못한 사이가 되었다는 것이.

"온종일! 자! 너 솔직히 말해. 지금 마음은 정확하게 뭐야? 질투야? 걱정이야?"

머릿속이 잡념으로 가득 차서 혼란스러웠지만, 순경의 질문에는 망설임 없이 대답했다. 종일은 믿고 있었다. 여전히 자신이 사랑하는 그녀를.

"걱정."

"야. 정정석 넌? 넌 뭔데? 걱정 아니야?"

순경이 순간 멈춰 있는 정석의 정곡을 찔렀다. 순경의 단순함은 이럴 때 제일 날카로웠다.

"맞아."

"야. 솔까. 지금 우리 중에 한다정 의심하는 놈 있어? 너랑 나는 그냥 친구 여친이었는데도, 3년 동안 가족보다 더 자주 만났잖아. 밥도 더 많이 얻어먹고. 안 그래? 그러니까 몰라! 난 갈래! 가서 내 두 눈으로 보고, 이 새끼보다 좋은 놈이랑 나오면 이 새끼 정신 차리라고 뺨이라도 한 대 갈기고 오고. 혹시 뭔가 오해라도 있었으면 이 새끼 빌 때 옆에 같이 무릎이라도 꿇어 줄라니까!"

정석은 마음이 이상했다. 자신이 수만 가지 생각을 하면서 걱정하고 고민하던 것들을 순경은 아주 단순하게 정리해 버렸다. 그래서 정석도 이제 단순하게 생각하기로 했다.

"그래. 나도 모르겠다. 우리 2차 가자."

"아, 갑자기 뭔 헛소리야!"

"네 말대로 하자고요! 애플하우스 앞에 GS25 있잖아!"

종일은 정석의 말을 바로 알아들었지만 순경은 한 3초 후에야 알아들었다. 이해를 마친 순경이 씩 웃으며 말했다.

"이 새끼! 콜!"

모두 동의하자 정석은 괜히 누군가 들으라는 듯이 말했다. 이왕이면 가연이 자신들이 가는 곳이나 목적을 알고 있었으면 하는 마음에서였다.

"자! 진성로에 있는 사장님 오늘 매출 좀 올려 드려야겠다. 거기 야외 테이블이 바람도 잘 불고 경치도 맘에 들더라고! 자! 가자!"

그렇게 세 명이 테이블에서 일어나 사라지자, 가연이 휴대폰을 꺼내 정석에게 메시지를 남기며 편의점 문을 열고 나왔다.

> 사장님, 테이블 치우는 거 5,000원 추가. 라면 국물이랑 건더기 정리 3,000원 추가입니다.

편의점 사장(GS)
야... 너 진짜...

> 그럼 그냥 둘게요. 치우고 2차 가실래요? 저야 뭐 그냥 둬도 되고요.

편의점 사장(GS)
알았다고.

> 그리고 낮 알바가 맥스봉을 다 쓰레기통에 버리고 갔어요. 빨간 네임펜으로 낙서까지 하고요. 발주 넣을게요.

편의점 사장(GS)

> 하... 진짜... 알았다.

가연은 협상이 끝나자마자 주머니에서 빨간색 맥스봉을 꺼내 까먹으면서 어디론가 전화를 걸었다.

"야, 이 새끼들 마이 아파! 분명해. 아프지 않고는 이럴 수가 없어. 지금까지 자기 가게 앞에서 처먹다가 이제 2차로 다른 GS에 간대. 야. 이런 건 119에 신고할 때 뭐라고 해야 하지? 아. 소름 돋아. 쟤들 보고 있으면 내가 미칠 것 같아……."

통화가 끝난 후 가연은 자신의 SNS에 사진 한 장을 업로드했다. 사진 속에는 세 명이 어깨동무를 하고 다른 GS25로 가는 뒷모습이 찍혀 있었다.

#찐바삼형제
#편의점성애자
#gs25에서1차하고2차는다른gs25
#어디가아파서이러는지아는사람손
#와시발사장인데1도안부러워

휴가

종일과 정석, 순경은 애플하우스의 공동 현관이 보이는 진성로 GS25 야외 테이블에 자리를 잡았다. 정석의 입장에서는 매일 먹는 음식들이었지만, 그래도 동종 업계 동료를 도와준다는 마음으로 유통 기한이 아슬아슬한 제품들로만 봉지 가득 담아 나왔다.

"아니 정 사장이 여긴 웬일이야?"

"아, 그냥요. 저희 가게에서 친구들이랑 술 좀 마시다가 2차를 가고 싶은데, 문 연 데가 편의점밖에 없어서요."

"아니 그렇다고 편의점 하는 양반이 다른 편의점으로 2차를 와? 그것도 같은 브랜드로?"

"어때요? 좋잖아요. 1차에서 우리 매장 재고 정리 좀 했으니까. 2차에서는 우리 사장님 매장 재고 관리 좀 해 드리면 좋죠."

"나야 땡큐지, 뭐. 나도 유통 기한 지난 것들 좀 가져다 줄 테니까 실컷 먹어."

정석은 사람 좋은 표정으로 웃으며 말했지만, 자신이 사 온 음식에는 손도 대지 않았다. 심지어 매장 사장님이 서비스로 건네신 김밥은 보기도 싫어서 검은 봉지에 다시 넣어 놨다. 그런데 그 봉지를 보자 문득 다정이가 가져다주던 따뜻한 김밥이 생각났다.

"김밥은 또 다정이가 기막히게 쌌는데……."

"그러니까……. 나는 걔가 차라리 김밥집을 하는 게 좋겠다고 생각했어……."

"다정이 어머니가 이미 하고 계셔……. '다정한 김밥집'이라고……."

순경은 자신이 농담으로 한 말이 진짜라고 하자 깜짝 놀라며 좋아했다.

"진짜? 역시! 내가 왠지 다정이가 준 김밥을 먹을 때마다 밥알 수가 한 150개쯤 되는 것 같았다니까! 역시 배운 사람은 달라. 한다정 인정! 원래 동네 스포츠도 선출은 대우해 주거든!"

"배우기는 개뿔. 다정이가 세상에서 제일 싫어하는 음식이 김밥이야. 엄마가 김밥집 하는 거 싫다고. 근데 엄마한테 배웠겠냐? 아마 우리한테 만들어 준 것도 다 인터넷 레시피일걸?"

"뭐? 그런데 김밥을 왜 그렇게 많이 싸 줬어?"

정석은 다정의 엄마가 김밥집을 하고 있다는 사실보다 다정이 김밥을 싫어한다는 말에 더 놀라서 종일에게 물었다.

"내가 김밥을 잘 못 먹었다고 했거든. 엄마가 바빠서 소풍 때 한 번도 김밥을 싸 간 적이 없다고, 그래서 맨날 너희 거 뺏어 먹었고 나중에는 너희 어머니들이 내 것까지 싸 주셨다고 하니까, 그때 그 김밥도 다 갚는다고 항상 너희까지 먹인 거야."

순경은 종일의 말에 순간 할 말을 잃었다. 자신이 전혀 생각하지 못했던 부분이었기 때문이다. 새삼 다정이 종일을 생각하는 마음이 얼마나 깊고 따뜻한지 느낄 수 있었다. 그리고 정석은 문득 그들의 중학교 시절이 떠올랐다.

"생각해 보니까. 우린 또 김밥이냐?"

그들이 아직 서로 친하지 않았던 중학교 3학년 봄 소풍날이었다. 2년 동안 같은 반이었지만 자리도 다르고 어울리는 무리도 달라서 전혀 친해질 기회가 없었던 셋은 그날도 서로에게 관심이 없었다. 종일로서는 딱히 아무런 기대가 없었던 소풍이었지만, 남들은 다 싸 온 김밥도 없다는 사실이 그의 심기를 더 불편하게 하고 있었다. 저마다 삼삼오오 모여서 김밥을 먹는 공간에 함께 있는

것이 불편했던 종일은 아이들의 시선을 피해 사람이 없
는 산속으로 들어가 혼자 멍때리고 있었다. 그런데 잠시
후 아이들의 김밥을 뺏어 먹으며 돌아다니던 일진 무리
가 담배를 물고 선생님들의 감시를 피해 종일이 있던 곳
으로 왔다.

"야! 넌 파는 거라도 사 오지! 이런 데 짱박혀서 지지리
궁상이냐."

그들의 입장에서는 별 감정도 없이 툭 던진 말이었지
만, 그 말이 종일의 스위치를 건드렸다. 종일은 갑자기
일진들에게 달려들어 주먹질을 하기 시작했다. 예상치
못했던 종일의 행동에 일진들은 당황했지만, 이내 정신
을 차리고 일제히 달려들어 종일을 구타하기 시작했다.
그때 어디선가 호루라기 소리가 들렸다.

"휙! 휙!"

호루라기 소리에 당황한 일진들은 그대로 멈춰서 주변
을 두리번거렸고, 정석은 말없이 그들을 향해 카메라 셔
터를 눌렀다.

"빼박."

종일을 팬 일진들은 단순히 싸움만 잘하는 애들이 아
니었다. 싸움도 잘하고, 공부도 잘하고, 집도 잘사는 아
이들. 선생님들도 좋아하고 어쩌지 못하는 아이들. 이대
로 있다가는 갑자기 덤벼든 종일만 덤터기를 쓰게 될 것

이 뻔했다. 그래서 정석은 그 사진이라도 필요하다고 생각했다. 산속에서 혼자 쭈그려 몰매를 맞아 피를 흘리고 있는 종일과 그들 주위에 서 있는 다섯 명의 일진. 그들보다 싸움도 못 하고 집도 못살지만, 공부만큼은 더 잘하던 정석이 그 사진을 증거로 제출하며 말한다면 선생님들도 어쩌지 못할 것으로 생각했다.

"쟤들이 먼저 애들 김밥 뺏어 먹고 다녔어요. 그리고 종일이한테 김밥도 못 싸 오는 그지새끼라고 놀렸고요."

순경의 호루라기 소리에 달려온 선생님께 정석은 약간의 거짓말을 섞어서 설명했다.

"야! 우리가 언제!"

"나도 들었는데? 완전 그지새끼라고, 냄새난다고 그랬잖아."

정석의 말에 화를 내던 일진에게 옆에 있던 순경도 한마디 거들었다. 그래서 결국 그들은 교무실로 쓰던 텐트로 끌려가 기합을 받았고, 정석과 순경은 종일을 부축해 한쪽에서 쉬게 하고는 김밥을 나눠 먹었다. 그 뒤로 일진들은 몇 번이나 그들에게 복수하겠다며 기회를 엿봤지만, 눈치가 빠른 정석이 그들의 계획을 눈치채면 겁이 많은 순경이 바로 선생님들에게 알리거나 경찰에 신고하고는 했다. 그때부터 그들은 친구가 되었고, 이후 오랜 세월을 함께 보냈다.

"또 김밥이네."

종일의 대답에 처진 분위기를 순경이 다시 환기하며 다른 이야기로 화제를 돌렸다.

"야. 근데 저거 3시리즈야? 원래 있었어? 저기에?"

"어. 저거 203호 카 푸어 거야. 차 졸라 아껴서 토요일마다 화장실 창문으로 호수 떨어뜨려서 손 세차하거든. 전에 내 오토바이에 비눗물 튀어서 한판 해 봐서 알아."

"저 마세라티는 이 동네서 못 본 거 같은데?"

"아. 몰라. 누구 건지는 모르겠는데, 요즘 이 동네에 이상하게 마세라티가 많이 다니더라."

"야! 혹시 다정이가 마세라티를 좋아했어?"

그 순간 순경은 또 눈치 없이 머릿속에 있는 말을 했다. 그리고 그 말에 종일은 눈빛으로 쌍욕을 하며 천천히 대답했다.

"아니! 다정이는 저 차 이름도 몰라. 내가 한 다섯 번은 말해 줬는데, 뭐라고 불렀는지 아냐? 마가렛, 마요네즈, 세랑치타? 뭐 별의별 단어를 다 말하다가 결국은,"

"뭐라고 했는데?"

"세렝게티."

셋은 또 한 번 다정 덕에 웃었다. 계속 긴장감을 가지고 있어서 그런지 웃음이 훨씬 쉽게 터지는 것 같았다. 그러나 처음 순경이 마세라티를 말했을 때부터 셋은 같은 생각을 했다. 혹시 그 시계를 찬 남자가 저 차의 주인 아닐까? 하지만 셋 중 누구도 그 말을 입 밖으로 꺼내지 않았다. 누군가 그 말을 꺼내면 진짜 사실이 될까 봐. 그래서 그들은 급하게 화제를 바꿨다.

"그러면 저 카니발은?"

"저건 진짜 처음 보는 찬데? 누가 이사 왔나?"

"저거 차체 높은 거 보니까 연예인들이 많이 타는 건데? 혹시 이 건물에 연예인이 이사 온 거 아니야?"

"이 원룸에?"

그렇게 셋은 해가 떠오를 때까지 그 원룸에 주차되어 있는 차들을 하나씩 다 캐 보며 쓸데없는 시간을 보냈다. 오전 7시가 지나자 길에 사람들이 하나둘씩 지나다니기 시작했다. 다정이 사는 애플하우스는 원룸 건물들이 모여 있는 골목에 있었기 때문에 혼자 사는 직장인들이 많았다. 거리는 출근을 하기 위해 집을 나서는 사람들로 순식간에 가득 찼다. 그리고 그중 꽤 많은 사람이 술을 마시고 있는 세 사람을 지나 편의점으로 들어갔다.

"지금 이 사람들이 보기에는 우리가 졸라 한심해 보이겠지?"

"꼭 이 사람들이 아니어도 사람들 대부분은 너를 졸라 한심하게 봐."

"아. 뼈 맞았어. 야! 그럼 너는?"

순경은 자기 혼자 비참해지기 싫어서 바로 정석에게
되물었다. 그런데 정석은 언제 꺼냈는지 점장 명찰을 달
고 있었다.

"나는 졸라 열심히 일한 사장으로 보겠지!"

"아, 재수 없어! 그럼 너는?"

순경은 그럴 분위기가 아니라는 것을 알았지만 본능
을 참지 못하고 집중해서 다정을 찾고 있는 종일에게 물
었다. 그런데 종일도 언제 올려 놨는지 배달 앱 스티커가
붙은 헬멧을 테이블 위에 올려 두고 그 위에 팔을 얹고
있었다.

"난 라이더!"

"아, 나만 직업 없어! 왜 나만 없어! 야! 그래! 두고 보
자. 나도 다음 달에는 국민을 위해 봉사하는 공무원이 되
겠어!"

"그래, 제발 국민을 위해 봉사하자. 고시원을 위해 봉
사할 생각 말고."

"야! 너 우리 총무님의 진심을 무시하지 말라고!"

"예, 알겠습니다, 고시원 총무 내정자님!"

정석과 순경이 또 습관적으로 티격태격하는 동안 종일
은 엄청난 집중력으로 애플하우스를 지켜보았다. 생각보
다 많은 사람이 오가다 보니 완전히 집중하지 않는다면
다정의 모습을 놓칠 것만 같았기 때문이다. 그런 종일의

불안함과 집중력은 출근 인파가 늘어날수록 더 높아지고 있었다.

"아직 안 나왔지?"

"어…….."

"이미 지나간 거 아니야? 다정이 출근 시각이 언제지? 9시 아니야? 그럼 벌써 나갔겠는데……."

"어. 원래는 그런데 혹시 늦잠 잤으면…… 지금이라도 택시 타면 늦지 않고 갈 수 있는 시각이긴 해."

종일은 말을 하면서도 이상했다. 다정이 시간에 쫓겨 택시를 타고 회사에 간다? 정말 말도 안 되는 일이었다. 지금까지 지각은 한 번도 한 적이 없었고 택시를 타는 일은 더더욱 없었다. 그런 사실을 누구보다 잘 알고 있는 종일이었지만, 그럼에도 불구하고 더 기다려 보고 싶었던 것이다. 무슨 핑계를 대서라도 말이다.

"그런 적이 있어?"

정석의 질문에 종일은 다시 한번 숨이 막혔다. 생각해보니 그 말도 안 되는 일이 한 번은 있었다. 그것도 지난달에.

"어. 딱 한 번."

"언제?"

"나 아팠을 때."

종일은 눈물이 났다. 그 눈물은 다정이 떠올라서 흐른

것이 아니라, 혹시라도 다정의 모습을 놓칠까 봐 눈도 깜빡이지 않은 탓에 흐르는 눈물이었다. 분명히 다른 종류의 눈물이었지만 정석과 순경이 느끼기에는 같은 눈물이었다. 이미 늦어 버린 일에 대한 후회가 미련한 성실함 탓에 눈물이 되어 흐르고 있는 것이다. 그리고 시각은 아침 9시를 지나고 있었다.

"혹시 다정이 회사에 아는 사람 없냐?"

정석이 물었다. 그러자 종일은 고개를 숙이며 대답했다.

"어. 없어."

순경은 종일의 대답에 또 화가 나서 버럭버럭했다.

"넌 뭐 했냐? 3년 동안 애인 회사 사람이랑 인사도 안 했어?"

"어떻게 인사를 하냐? 다정이 퇴근 시간에 나는 한창 콜 들어오는 시간인데……."

"아……."

"그리고 쉬는 날에 나간다고 한들 내가 뭐라고 인사를 하냐……? 배달 대행하는 온종일입니다. 그럴까?"

순간 움찔했던 순경이 일부러 목소리를 높이며 떠들기 시작했다.

"왜? 네가 어때서? 그런 거 있잖아. 방송 프로 출연자 버전 자기소개. 그렇게 하면 되지!"

"그게 뭔데?"

"왜, 연애 프로그램들 보면 직업 소개하잖아. 카페 알바생은 바리스타, 영상 촬영 알바는 영상 디자이너, 주부는 하우스키퍼 이런 거."

"그럼 나는 뭐냐?"

"너야 뭐 스토어 오너지. 나는 퍼블릭 오피서 챌린저쯤 되나?"

"나는 그럼 푸드 딜리버리 매니저냐?"

"아니 푸드 스페셜 메신저."

순경의 말도 안 되는 농담에 셋은 바보처럼 웃었다. 처음에는 진짜 어이가 없어서 터진 웃음이었지만, 셋은 그저 '지금은 웃고 싶다'는 마음으로 영혼 없이 웃음을 이어 나갔다.

자존심의 문제는 아니었다. 한 번 정도는 다정의 퇴근길에 마중 나가서 함께 맛있는 것을 먹고 싶은 마음도 있었지만, 종일은 그 한 번의 서프라이즈가 그녀를 더욱 힘들게 하리라는 것을 알았다. 종일이 아는 다정이라면 결코 감추거나 속이지 않고 직업을 비롯한 종일에 관한 것을 다 말할 것이고, 그렇다면 그 이후에 다정의 회사 사람들은 모두 쑥덕거리거나 새로운 사람을 소개해 주겠다고 난리일 테니까. 굳이 겪어 보지 않아도 충분히 예상 가능한 일들이었다. 종일이 배달 일을 하며 수많은 선배에게 들었던 이야기고 종일 자신도 납득이 갔으니까. 그래서 종일은 그녀의 회사 사람을 알지 못했다.

"야. 그냥 내가 가 볼게."

종일이 정석과 순경에게 말했다.

"뭐? 야! 무작정 들어가서 뭐 하게? 아니 뭐라고 하게?"

정석은 종일을 말렸다. 지금 이대로 다정의 집에 가는 것이 좋은 방법은 아닌 것 같았다.

"그럼 어떻게 해? 그냥 이대로 있어? 출근을 했는지 안 했는지도 모르는 채?"

종일이 점점 불안해하자, 순경이 종일에게 말했다.

"그럼 회사에 전화라도 해 보자!"

그러자 정석이 순경의 말에 반박했다.

"전화해서 뭐? 뭐라고 하게?"

"어차피 이렇게 된 거, 출근했는지만 물어보면 되지!"

"대뜸 묻는다고 대답을 해 주겠냐?"

"그럼 이건 어때?"

"뭐?"

"카드사! 카드 만들 때 회사에 확인 전화하잖아."

"너 그거 어떻게 알아?"

"내가 왜 몰라?"

순간 정석의 다그침에 순경이 움찔하며 대답했다.

"너 혹시 카드 만들었어?"

"아니야! 안 만들었어!"

"솔직히 말해라!"

정석이 다 알고 있다는 눈빛으로 뚫어지게 순경을 바라보자 오히려 순경이 화를 내며 말했다.

"아, 쓸데없이 예리한 새끼. 카드 하나 만드는데 뭐가 되게 복잡하더라고. 회사도 대충 쓰면 안 된다고 하고."

"너 직장 뭐라고 썼는데?"

"GS25 부점장……."

"뭐?"

"어차피 못 만들었다고!"

"야. 만들 수도 없겠지만 카드 만들지 말라고. 시도도 하지 마. 제발! 왜 카드를 만들려고 한 건지는 이따가 말하자!"

"아. 잔소리는 됐고, 방법은 좋지 않아?"

"나쁘지는 않아. 나쁘지는 않은데…… 우리 중에 누가 전화를 해야……."

종일은 또 이렇게 흘러가는 시간이 아까웠다. 이대로 뭔가 소중한 것이 손가락 사이로 빠져나가는 느낌이 들었다. 친구들과 밤을 새운 시간, 이곳에 와서 다정을 기다리던 시간. 그 모든 것이 의미 없는 일처럼 느껴졌다. 더 고민하기 싫었다. 할 수 있는 것이 있다면 뭐라도 해야 한다는 생각이 들었다. 그래서 종일은 그냥 스마트폰을 꺼내 전화를 걸었다.

"혹시 한다정 씨와 통화할 수 있을까요?"

"야!"

정석은 예상치 못한 종일의 행동에 깜짝 놀라 소리쳤다. 종일은 혹시 그 소리가 들어갈까 봐 스마트폰의 마이크를 손으로 가리며 등을 돌렸다. 순경은 정석과는 다르게 재빨리 종일의 옆에 가서 귀를 기울였다.

—어디시죠?

"가족입니다."

—예. 잠시만요.

종일은 자신이 무심코 뱉은 가족이라는 말에 또 스스로 상처받았다. 내가 과연 그런 말을 해도 되는 사람일까? 가족이 되자고 고백한 여자에게 싫다고 말한 본인이, 그 여자가 걱정된다는 핑계로 이렇게 태연하게 거짓말을 해도 되는 것일까? 그런 생각들이 다정의 목소리를 기다리는 내내 가시가 되어 가슴을 찌르고 있었다.

—오늘 한다정 씨 휴가라고 하는데요. 모르셨나요?

"예? 휴가라고요? 언제까지요?"

—저, 혹시 정확히 어떤 관계시죠? 저희가 직원들의 개인 정보를 알려드리면 안 돼요.

종일은 순간 놀라서 전화를 끊어 버렸다. 다정과의 관계를 파고들어 오는 그 질문에 덜컥 겁이 났기 때문이다.

통화 때문인지 심장이 요동치기 시작했다. 다정의 출근 여부를 알아냈기 때문에 그가 원하는 소기의 목적은 달성한 셈이었지만, 지금 상황이 뭔가 미안하고 찝찝했다. 그리고 동시에 떨리고 겁이 났다. 무슨 감정일까? 종일은 자신의 감정을 쉽게 이해할 수가 없었다.

"왜? 뭐래?"

"휴가래. 오늘."

"뭐? 왜? 무슨 휴가? 오늘만?"

"몰라. 말해 줄 수 없대……. 뭐지?"

"뭐지? 뭔가 불안한데……."

그들 사이에 잠시 정적이 흘렀다. 그리고 종일은 더 이상 참을 수 없었다. 이제 다정의 원룸으로 들어가 볼 수밖에 없다고 생각했다. 종일은 벌떡 일어났다. 그리고 무작정 애플하우스로 뛰었다. 정석과 순경은 그냥 종일을 따라 뛸 수밖에 없었다. 이미 공동 현관의 비밀번호를 알고 있던 종일은 망설임 없이 건물 안으로 들어섰고, 거침없이 계단을 올라 4층으로 향했다.

401호 앞에 선 종일은 잠시 멈춰서 숨을 골랐다. 그 순간 종일의 멈춤은 망설임이 아니라 각오를 다지기 위함이었다. 이 문을 열었을 때, 어떤 광경이 펼쳐지더라도 당황하지 않겠다는 각오. 또 다정이 이곳에 있는지가 제일 중요하다는 사실을 스스로에게 확인했다. 종일은 길게 심호흡한 후 도어 록에 비밀번호를 입력했다. 그런데 문이 열리지 않았다.

"뭐야? 비밀번호도 바꾼 거야?"

종일은 화가 나서 자신이 알고 있는 모든 경우의 숫자 조합을 짜내기 시작했다. 자신과의 기념일, 다정의 생일, 자신의 생일, 자신의 전화번호 뒷자리까지. 하지만 아무 것도 맞지 않았다. 비밀번호를 다섯 번 틀린 탓에 도어 록은 자동으로 잠금이 걸려 버리고 말았다.

"5분 기다려야 해."

그런데 그때, 미세하지만 문 안쪽에서 인기척이 났다. 정확히 무슨 소리인지는 알 수 없었지만, 분명히 문 안쪽 에 누군가가 있었다. 종일은 그 소리를 듣자마자 정석과 순경이 말릴 틈도 없이 문을 두드리기 시작했다.

"다정아! 안에 있지? 너 맞지? 무슨 일 있는 거야? 왜 비 밀번호를 바꿨어? 다정아. 잠깐만 문 좀 열어 줘. 나 잠깐 얼굴만 보고 갈게. 아니다. 목소리만 들려줘도 돼. 너 아 무 일 없는 것만 확인하고 갈 테니까. 제발 뭐라고 대답만 좀 해 봐. 다정아! 나야! 온종일! 문 좀 열어 보라고!"

종일은 미친 듯이 문을 두드리며 소리를 질렀다. 그의 간절함을 너무도 잘 알기에 정석과 순경도 그를 말릴 수 없었다. 하지만 정석은 걱정이 가득했다. 지금 상황은 누 가 봐도 스토킹으로 보일 수 있었기 때문이다. 아니나 다를까 순간 402호의 문이 살짝 열리고 누군가의 머리가 나왔다가 소리 지르는 종일을 보고 들어갔다.

"종일아, 그만해. 가자."

"야! 왜! 너도 들었잖아. 다정이 안에 있어! 다정아! 나야, 나! 온종일!"

"야! 가야 된다고! 너 이런다고 저 문 안 열려. 너만 괜히 경찰서에 끌려간다고! 벌써 신고가 갔을 거야. 닥치고 좀 따라와."

정석의 말에 그제야 정신이 든 순경은 바로 종일을 끌고 건물을 빠져나왔다. 그리고 그들이 건너편 편의점 옆 골목으로 들어서자마자 먼 골목에서 경찰차가 사이렌을 울리며 나타났다. 경찰차가 애플하우스 입구에 서자, 402호의 창문이 열리더니 한 여자가 소리를 지르며 경찰에게 그들의 위치를 알렸다.

"저기요. 그 난동 부리던 놈들 저기로 도망가요."

경찰은 그 여자의 말을 듣자마자 세 사람이 있는 방향을 쳐다봤고, 셋은 누가 먼저랄 것도 없이 무작정 뛰기 시작했다. 멀리서 들려오는 사이렌 소리와 서로의 숨소리, 미친 듯이 골목을 울리는 발소리가 세 사람의 귓가를 가득 채웠다. 그들은 뒤에서 누가 쫓아오는지 확인도 하지 못하고 골목길을 따라 무작정 뛰고 또 뛰었다.

코너를 수십 번 돌고, 좁은 건물 사이를 지나고, 구석에 있는 주차장 기둥에 몸을 숨기고 나서야 세 사람은 자신들을 뒤쫓는 사람이 없다는 것을 알게 되었다. 그렇게 힘이 빠진 그들은 자리에 주저앉아 숨을 몰아쉬었다. 심장이 미친 듯이 뛰었다. 세 사람은 아무것도 할 수 없었다. 복잡한 골목을 쉬지 않고 달려오느라 지친 육체와 어디로 가야 할지 알 수 없다는 정신적 막막함이 더해진 것이다. 아무리 숨을 몰아쉬어도 호흡이 쉬이 돌아오지 않았다. 그런데 그때, 종일에게 모르는 번호로 전화가 왔다.

　—혹시 한다정 씨 남자 친구분 전화가 맞나요?

　"네, 맞습니다. 누구시죠?"

　아주 젊고 여린 여자의 목소리는 가늘게 떨리고 있었다. 그리고 전화를 받고 있는 종일도 그 모습을 보고 있는 정석과 순경도 떨리기는 마찬가지였다.

실종

　—혹시 한다정 씨 남자 친구분 전화가 맞나요?

　"네, 맞습니다. 누구시죠?"

　—아. 저는 다정이 회사 동료 이미주라고 합니다.

　종일은 미주의 이름을 기억하고 있었다. 다정이 회사 이야기를 할 때면 언제나 등장하던 이름이었다. 입사 시기도 비슷하고 바로 옆자리여서 항상 점심을 같이 먹는다고 했었다. 실제로 얼굴을 본 적은 없었지만, 다정에게 워낙 오랫동안 많은 이야기를 들은 사람이어서 왠지 잘 아는 사람 같다는 생각이 들 정도였다. 잠시 멍해 있는 사이에 순경이 종일의 전화기를 스피커폰으로 바꿨다.

　"아. 안녕하세요. 다정이한테 얘기 많이 들었습니다."

　—저도요. 아까 회사에 다정이 가족이라고 전화가 왔었다는데, 왠지 남자 친구분이실 것 같아서 전화드렸어요.

"아. 감사합니다. 그런데 제 번호는 어떻게……?"

—그때 기억나실지는 모르겠지만, 지난번에 배달 앱 이벤트 할 때 다정이가 자기 남친한테도 보내도 된다고 해서 제가 저장하고 초대한 적이 있었거든요.

"아…… 예. 맞아요. 기억나요…….."

—뭐 여하튼 그것보다요. 다정이가 좀 이상해서요.

"예? 뭐가요?"

—다정이가 오늘 아침에 갑자기 휴가 좀 대신 올려 달라고 연락이 왔거든요. 그것도 5일이나요.

"오늘 아침에요? 다정이가요?"

—예. 갑자기 남자 친구랑 여행을 가기로 했다고 하면서…… 근데…….

미주의 말이 잠시 끊겼다. 무언가 망설이는 듯하던 미주가 조심스럽게 다시 말을 이었다.

—저……. 헤어지셨잖아요…….

종일은 헤어졌다는 미주의 말에 다시 심장이 굳어 버렸다. 그 말이 이제는 다정과의 관계를 다시 되돌릴 수 없다는 증거처럼 들렸다. 하지만 잠시 후 종일의 생각은 바뀌었다. 어차피 종일은 다정을 포기할 마음이 없었고, 오히려 점점 더 그녀를 걱정하고 있었다. 그리고 다정과의 이별을 다른 사람이 알고 있었다는 사실이 오히려 다행으로 느껴졌다. 자신에게 정석과 순경이 있는 것처럼 다정에게도 하소연할 사람이 있다는 것이니까.

"아…… 예……. 들으셨어요……?"

—예……. 물론 진짜 헤어질 거라고는 생각 안 했어요. 둘이 얼마만큼 사랑하는지 워낙 많이 들어서요. 근데 아무리 그래도 헤어졌다고 한 다음 날, 평소에는 잘 가지도 않던 여행을 갑자기 간다는 게 전 이해가 되지 않았거든요. 그리고 심지어…….

"심지어 뭐요?"

—문자가 이상했어요. 그냥 뭐라고 딱 말하기는 그런데, 마치 다정이가 아닌 것 같은? 다정이가 아닌데 다정이처럼 문자를 보내고 있는 것 같은 느낌? 그런 거요.

미주는 자신이 말을 하면서도 말이 안 된다고 생각하는지 아주 어색해하고 있었지만, 종일은 그녀가 무슨 이야기를 하는지 정확히 알 수 있었다. 그 역시 헤어진 다음부터 다정의 모든 행동과 메시지에서 느꼈던 것이기 때문이다. 종일은 본인만 이상하다고 느낀 것이 아니라는 사실이 반가우면서도, 진짜 다정에게 무슨 일이 생긴 것은 아닌지 더 걱정되었다.

—그런데 제일 이상한 건요.

"예……."

—통화가 안 된다는 거예요. 제가 '그래도 뭘 알아야 휴가를 올려 주지 않겠냐'고 짧게라도 통화를 하자고 하

는데도 끝까지 지금은 통화가 안 된다고, 오빠랑 있어서
곤란하다고만 했어요.

"저요?"

—네……. 그래서 저도 처음에는 남자 친구분을 경찰
에 신고해야 하나 고민했는데…… 아, 죄송해요.

종일은 그럴 수도 있다고 생각했다. 미주의 입장에서
는 어제 남자 친구와 헤어진 동료가 바로 그 헤어진 전
남자 친구와 여행을 간다며 갑자기 휴가를 쓰겠다는데,
통화도 안 된다고 하니 당연히 그 남자 친구를 의심할 수
밖에 없었을 것이다.

"아…… 아닙니다."

—예……. 그런 상황에서 마침 다정이 가족한테 전화
가 왔다고 하니까 왠지 남자 친구분일 것 같은 거예요.
그래서 제가 전화를 드리게 됐어요.

"아. 정말 감사합니다."

종일은 심장이 미친 듯이 뛰기 시작했다. 아까 골목길
을 한참 뛰었을 때와는 비교도 되지 않을 만큼 박동이 빨
랐다. 정석과 순경도 심장이 뛰기는 마찬가지였다. 불안
했다. 그들의 불안이 점점 극에 달하고 있었다. 진짜 무
슨 일이라도 벌어진 것 같았다. 속으로는 아닐 거라고 외
치고 있었지만, 손발에 온통 땀이 차기 시작했다.

—저…… 다정이 무슨 일 있는 건 아니겠지요?

미주가 예의 떨리는 목소리로 물었다.

"아닐 겁니다. 우선은 제가 수소문해 보고 있으니까 너무 걱정 마시고요. 다정이랑 연락되면 바로 연락드릴게요."

—예, 꼭 부탁드려요.

종일은 너무 걱정하지 말라며 미주를 안심시켰다. 하지만 정작 그렇게 말하는 자신의 심장은 점점 더 빠르게 뛰었다. 굳이 모든 걸 다 말할 필요는 없다고 생각했다. 다른 사람까지 걱정시킬 필요는 없으니까. 그러다 문득, 회사에 다정의 다른 정보가 더 있을 수도 있겠다는 생각이 들었다.

"저, 그런데 혹시 회사에 다정이 본가 주소나 다른 가족의 연락처 이런 게 있을까요? 뭐 비상 연락망 그런 거 있잖아요."

종일의 질문에 미주는 말이 없어졌다. 그리고 잠시 후, 아주 조심스러운 목소리가 들려왔다.

—안 그래도 제가 너무 걱정돼서 남자 친구분께 전화 드리기 전에 비상 연락망을 찾아봤는데, 그 비상 연락망 번호가 그쪽 번호였어요. 그리고 무슨 사정인지는 몰라도 다정이가 가족 얘기를 한 번도 한 적이 없어서요. 회사에도, 저에게도, 다정이 본가에 대한 정보가 전혀 없어요. 죄송해요.

"아닙니다. 제가 오히려 감사하죠."

또 한 대 얻어맞았다. 다정은 종일에게도 그랬다. 3년 동안 사귀면서 가족에 관한 이야기는 잘 하지 않았다. 그저 스무 살 때부터 이 도시에 와서 혼자 살고 있다는 이야기 정도가 다였다. 어머니가 김밥집을 한다는 말도 김밥 얘기를 하다가 본인도 모르게 튀어나온 거였지, 어디서 하시는지, 아직도 하시는지, 왜 집에는 가지 않는지에 관해 종일이 물어본 적도, 다정이 말한 적도 없었다. 솔직히 말하면 종일도 그게 편했다. 누구보다 가족의 이야기가 불편한 본인에게는 다정과 가족을 주제로 대화하는 기회 자체가 없는 것이 훨씬 좋았으니까.

그런데 가족에 대한 부분보다 종일의 가슴을 더 아프게 했던 것은 바로 비상 연락망이었다. 그녀에게는 이미 종일이 가족 같은 존재였다는 사실을 알게 된 것이다. 종일은 절대 포기하지 않겠다고 다시 다짐했다. 아무리 헤어진 사이라고 해도 지금 다정의 비상 연락망에는 자신의 전화번호가 적혀 있으니까. 자신이 지금 다정의 보호자라고, 그러니 다정을 꼭 찾아야 한다고 생각했다.

"다정이가 휴가를 냈다는 거지? 그것도 5일이나!"

"어."

정석이 미주와의 통화를 통해 파악된 현재 상황을 확인했고 종일은 심각한 얼굴로 대답했다. 그런데 그 순간에도 순경은 궁금한 것이 많았다.

"근데 휴가를 막 문자로 내도 돼? 5일이나 쉬는데?"

"왜? 안 돼?"

정석은 순경의 질문에 그냥 별 뜻 없이 반문했다.

"아니 묻는 거야! 내가 회사에 다녀 본 적이 없어서."

"되긴 되는데. 5일씩이나 한 번에, 그것도 문자로 내는 경우는 없지, 보통."

"야. 그럼 진짜 이상하지 않아? 심지어 그 예쁜 친구분이랑 통화도 안 된다잖아."

"예뻐? 누가 예쁘대?"

"야. 이뻐! 무조건 이뻐!"

"뭐?"

"야! 100퍼야! 난 이미 목소리에서 미모를 느꼈어."

"아. 이 새끼 또 시작이네."

"하여튼 지금 그게 중요하냐! 그 예쁜 친구하고도 통화가 안 된다잖아! 그러면 진짜 무슨 일 있는 거 아니냐고!"

또 정신없이 흥분한 순경과는 다르게 정석은 뭔가 심각한 표정으로 생각에 잠겨 있었다. 그리고 잠시 후 생각이 정리된 듯 무겁게 말을 꺼냈다.

"아니길 바라야겠지만, 너무 이상해. 아무래도 실종이나……."

"뭐? 실종이라고?"

"어. 아니면……."

정석은 순경의 말에 반응하면서 종일의 눈치를 보고 있었다. 실종이라는 단어보다 더 무서운 단어를 입 밖에 꺼내야 했기 때문에. 정석도 그 단어를 쓰기는 너무 싫었지만, 머릿속을 떠도는 그 단어를 날려 버리기가 쉽지 않았다.

"납치일 수도 있고……."

심장. 종일은 분명히 지금 자신의 심장이 떨어졌다고 생각했다. 귓가에 커다란 종이 쿵 하고 떨어지는 소리가 들린 것 같았다. 그리고 이어지는 윙, 울리는 이명. 종일이 너무 놀라 아무런 반응도 하지 못하는 사이, 그 공백은 순경이 채우고 있었다.

"뭐? 납치? 실종도 아니고? 납치? 너 알아? 그 두 단어는 의미가 아예 달라! 납치는 진짜 강력 범죄라고! 너 지금 생각을 하고 하는 말이야? 진짜? 납치라고?"

"심증은 충분하잖아. 갑자기 사라진 여성과 사라진 후에도 이어지는 문자. 남색 옷을 입은 남자의 손. 명품 시계."

순경도 알고 있었다. 정석이 하는 말이 모두 가능성 있는 말이라는 것을. 그리고 너무 떨리지만, 솔직히 지금까지의 상황으로만 본다면 그쪽이 훨씬 설득력 있다는 것도. 그래서 더 부정하고 싶었는지도 모른다. 아무리 생각해도 정석의 말이 다 맞으니까. 결국 순경도 정석의 의견에 동의했다.

"야. 진짜 이게 납치 사건이면 빨리 경찰에 신고해야 해! 골든 타임이 있다고. 지금이라도 빨리 신고부터 해야지."

"경찰에서 믿어 줄까? 실종이든 납치든. 다 신고를 받아 주고 열심히 수사할까? 남자 친구랑 헤어진 여자가 휴가를 내고 출근 하루 안 한 걸로 정말 실종 신고를 받아 줄 거라고 생각하는 거야? 정말 그렇게 생각해? 경찰 공무원 지망생님?"

"왜 안 해 줘? 해야지! 해 줘야지! 사람이 연락이 안 되는데 당연히 찾아봐 줘야 할 거 아냐! 그러라고 우리가 세금 내는 거 아니냐고! 진짜 어쩌면! 어쩌면……."

순경은 차마 뒷말을 잇지 못했다. 하지만 그 말을 가만히 듣고 있던 종일은 이제야 조금 정신을 차리고 순경의 말에 답하기 시작했다.

"아마 나랑 헤어져서 잠수 탔다고 생각하겠지. 심지어 본인이 직접 동료에게 회사에 휴가 좀 대신 내 달라고 했다니, 아마도 그냥 어디 여행이나 갔나 보다 생각할 거고."

"아무런 정황도 없으니 수사 접수는커녕 원룸에도 안 와 볼 거야. 괜히 얘만 스토커로 더 오해받을 거고."

종일이 말했고 정석이 덧붙였다. 그들이 내뱉는 모든 말이 그들 스스로에게 상처였고 고통이었다. 아프고 쓰려서 꺼내고 싶지 않았다. 하지만 지금은 모두 말해야 했다. 세 사람 모두 모든 상황을 하나하나 살피지 않으면 안 된다는 사실을 이해하고 있었다. 그래서 하기 싫은 말도, 감추고 싶은 진실도, 상상하기 싫은 만약의 사태도 다 끄집어내서 말하고 있는 것이었다.

"아, 진짜! 그럼 뭘 어떻게 해야 하는데?"

순경의 말에 다른 두 사람은 아무런 말도 하지 못했다. 각자 무엇인가를 생각하고 있긴 했지만, 바로 떠오르는 방법은 없었다. 그때 정석이 갑자기 순경의 어깨를 잡았다.

"진순경!"

갑작스러운 정석의 행동에 뭔가 불안함을 느낀 순경은 본능적으로 뒷걸음질 치며 고개를 저었다.

"왜? 아무 말도 안 했는데, 벌써부터 왜 그래?"

"몰라. 그냥 내 본능이 지금부터 네가 할 말이 아주 위험하다고 말하고 있어."

"아냐. 그런 거 아냐. 엄청 쉬워. 쉬운 거야."

"야. 뭔데? 그 쉽다는 말이 더 무서워! 나를 보고 편하게 웃는 네 표정이 더 소름 끼쳐! 꺼져! 이 악마 새끼야!"

"진짜 쉬운 거야. 겁먹지 마! 아무것도 아니라니까!"

"웃지 마. 너 웃지 말라고! 네 그런 표정, 나 본 적 있어!"

"왜 또 그래? 내가 언제 또 그랬다고!"

"맞아! 너! 열난다고 말하고 조퇴하자고, 드라이기로 내 귀 지질 때 표정이 딱 그랬어! 기억나지? 그때 교무실

갔는데, 체온이 55도였어! 야! 그때 담탱이가 나 외계인
인 것 같다고, 조퇴하고 나사에 가 보라고 했다고! 어? 이
악마 새끼야!"

"야! 조퇴했잖아, 결국."

"그래. 빠따 잘못 맞아서 꼬리뼈 뿌러지고 조퇴했지!"

"그래! 그러니까 이번에도 날 믿어! 이번엔 진짜라니까!"

"꺼지라고! 정정석 좀, 꺼지라고!"

CCTV

정석은 다정의 원룸을 지속적으로 지켜봐야겠다고 생
각했다. 하지만 지금 이대로 계속 그곳에 죽치고 앉아 있
을 수도 없고, 이미 한 번 신고가 접수된 이상 그들이 그
근처에서 어슬렁거리는 것도 좋은 방법은 아닌 것 같았
다. 그때 딱 생각난 것이다. 애플하우스 앞 편의점 사장
님의 신세 한탄이.

'요즘 알바가 안 구해져서 미치겠어, 정말. 구인 공고
를 올려 봤자 순 민짜들이나 오질 않나. 좀 멀쩡해 보인
다 싶으면 한 3일 하고 힘들다면서 튀질 않나. 아주 요즘
에는 내가 여기 붙어서 24시간 있는 거 같다니까?'

정석이 생각한 방법은 순경이 다정의 원룸 앞에 있는
편의점에서 알바를 하는 것이었다. 단 며칠이라도 자신
이 호의를 베푸는 것처럼 제안하면 사장님은 흔쾌히 승

낙할 것 같았고, 그럼 적어도 눈치 보지 않고 애플하우스를 지켜볼 수 있을 것 같았기 때문이다.

"야. 딱 일주일만 해. 그 안에는 찾겠지."

정석은 순경의 대답을 듣지도 않은 채 이미 편의점 사장님에게 문자를 보내고 있었다.

"야! 문자 답장 바로 온다. 봐! 사장님 엄청 좋아하시잖아. 내가 시급도 더 달라고 할게. 쉬시는 김에 어디 여행이라도 다녀오시라고 할 테니까, 맘 편히 우리가 잡자. 어?"

"지금 무슨 소리야? 나보고 아까 거기서 알바를 하라고? 하루 종일 그 건물이나 쳐다보라고?"

"그래! 지금은 그게 제일 중요한 일이잖아!"

순경도 그 방법이 나쁘지 않은 방법이라는 것은 알고 있었다. 그래서 누군가 다정이의 집을 지켜볼 수 있다면 꼭 해야 한다고도 생각했다. 다만, 그게 왜 하필이면 자신인지를 납득할 수 없었을 뿐이었다.

"야! 근데 왜 나야?"

순경의 투덜거림에 정석은 말없이 자신의 점장 이름표를 잡았다. 그리고 종일은 또 말없이 헬멧을 잡았다. 더 이상 설명이 필요 없는 상황이었다. 순경도 이 모든 상황을 머리로는 이해했지만, 가슴 깊은 곳에서 뿜어져 나오는 억울함이 있었다.

"나쁜 새끼들."

겉으로는 툴툴거렸지만, 순경 역시 다정을 많이 걱정하고 있었다. 그래서 정석은 안심이 되었다. 아무리 생각 없이 나대는 진순경이었지만 이 역할만큼은 대충 하지 않을 것이라고 믿고 있기 때문이었다.

순경의 역할은 단순했다. 편의점 카운터에 앉아 애플하우스 현관을 지켜보며 다정이나 행동이 의심스러운 사람의 출입을 체크하는 것이었다. 세 명으로서는 현재 다정의 상태를 파악할 수 있는 방법이 전혀 없었다. 그래서 지금 당장은 입구를 지키며 새로운 정보를 얻는 것이 가장 중요했다. 그리고 순경이 그 자리를 지켜야만 하는 또 하나의 이유가 있었다.

"야. 저거 CCTV 아니야?"

"맞아 CCTV."

"저 각도면, 저기 문으로 드나드는 사람들은 다 찍혔을 것 같은데……."

"어. 그럴 거 같은데?"

종일이 다정의 원룸에 들이닥치기 바로 직전, 보안을 위해 편의점 외부에 설치된 CCTV 한 대가 정석의 눈에 들어왔다. CCTV는 아슬아슬한 각도로 애플하우스의 문을 반쯤 비추고 있었고, 드나드는 사람의 전신을 볼 수는 없을 것 같았지만 하체 정도는 확인할 수 있을 것 같았다. 세 사람에게는 굉장히 다행스러운 일이었다. 그러나 아무리 친한 가게 사장이어도 매장 CCTV를 보여 달라는 말은 쉽게 할 수 없었다. 특히, 같은 동네, 같은 브랜드 편의점의 사장님에게는 말이다. 그래서 공식적으로 눈치 보지 않고 CCTV를 체크할 수 있도록 순경의 아르바이트가 필요했던 것이다.

"근데 너 진짜 알아볼 수 있어? 하체만 보고도?"

종일은 잠시 생각에 잠겼다. 지금 CCTV를 확인하는 것이 얼마나 중요한 일인지도 알고 있었고, 하체만 볼 수 있다는 사실이 얼마나 불안한 요소일지도 알고 있었다. 하지만 상황에 비해 종일이 실제로 느끼는 불안감은 단 1퍼센트도 없었다. 다정이니까. 자신이 여전히 가장 사랑하는 여자 친구니까. 다정에 대한 걱정으로 가장 날카로워져 있는 지금의 집중력이라면 신발만 봐도 다정을 알아볼 수 있을 것 같았다. 그래서 당당하게 말했다.

"3년이야. 내가 다정이랑 매일 보며 산 게 3년이라고. 내가 다정이 옷 중에 모르는 옷은 없어. 어차피 그렇게 옷이 많은 애도 아니고. 그러니까 하루 만에 새 옷을 사 입고 나간 것만 아니면 내가 찾을 수 있어. 아니, 지금이라면 다른 옷을 입었다고 해도 분명히 알아볼 수 있을 거 같아."

편의점 알바를 시작한 순간부터 순경은 인간 CCTV가 되어 애플하우스 입구를 지켰다. 그리고 틈만 나면

CCTV 영상을 다운받아 정석과 종일에게 보냈다. 처음에는 분량이 많아서 나눠 보내려고 했지만, 종일이 고집을 부렸다.

"그냥 다 보내. 나한테. 내가 다 볼 테니까!"

결국 정석도 더블 체크를 하겠다며 같은 영상을 보내 달라고 했다. 그래서 종일은 배달 대행업체 사무실에서, 정석은 자신의 편의점에서 눈이 빨개지도록 영상을 보고 또 봤다.

그런데 아무리 봐도 다정이 원룸에서 나오는 영상이 없었다. 헤어지기 전날 마지막으로 건물에 들어가는 모습은 확인했지만, 아무리 찾아봐도 나오는 모습은 발견하지 못했다. 그렇다는 것은 아직도 저 안에 다정이 있다는 말이었다. 그런 결론에 도달하자 세 사람은 애플하우스 입구를 더 비워 둘 수 없었다. 문제는 체력이었다. 특히, 편의점에서 오랜 시간 아르바이트를 해야 하는 순경은 점점 지쳐 가고 있었다.

"야. 사장님이 안 와."

─어, 사장님 지금 제주도 가셨어.

"뭐? 그럼 교대는?"

─없지! 거기 알바가 안 구해져서 사장님이 거의 24시간 계시는 것 같다고 했잖아.

"그거 과장법 아니었어? 그 정도로 가게에 붙어 있다,

뭐 보통 그런 의미잖아."

　—아닌데. 완전 팩트였는데! 하루에 한 20시간 근무하실걸? 주무시는 시간 빼고 계속 일만 하신다고 했으니까. 내가 말 안 했나?

"안 했나? 안 했나? 이 악마 쌈 싸 먹을 새끼야! 그럼 그렇지! 네가 그렇게 웃을 때부터 내가 이럴 줄 알았어!"

　—야! 너 다음 주 시험이라며. 너도 그 정도는 공부해야 하는 거 아냐?

"아니야! 아니라고! 난 하루에 7시간씩 꼬박꼬박 자야 머리가 돌아가는 사람이라고!"

　—아, 그러세요? 그럼 자. 7시간 자면 되지? 내가 말해 놓을게.

"뭐?"

순경은 또 소름이 돋았다. 지금 정석의 말에서 악마의 냄새가 나는 것 같았다.

"자라고? 7시간을?"

　—어!

"너 이 새끼 혹시……."

　—어! 맞아. 사장님 거기서 주무셨어. 거기 창고에 라꾸라꾸 있을걸?

"사장님이 여기서 잤다고? 그럼 자는 동안 가게는 누가 보는데?"

—사모님이.

순경은 화가 났지만 꾹 참았다. 어쩔 수 없는 상황이라는 것을 알고 있으니까. 그래서 크게 심호흡하고 다시 천천히 물었다.

"그래. 그럼, 사모님은 왜 안 와?"

—같이 제주도 갔지!

"뭐? 그럼 나는? 내가 이 라꾸라꾸에서 자는 동안 가게는 누가 보는데?"

—아! 맞다. 너는 사모님이 없지?

"야! 이 악마 새끼야!"

순경은 지금 정석에게 아주 화가 많이 났다. 하지만 그렇다고 해도 관두겠다는, 아니, 못 하겠다는 말이 나오지는 않았다. 왜냐하면 지금 자신이 좀 졸리고 힘들다는 핑계로 이 일을 관뒀다가 그사이에 혹시라도 다정에게 무슨 일이라도 생긴다면, 그 상황을 감당할 자신이 없었기 때문이다. 그래서 순경은 툴툴거리면서도 그 자리를 지키고 있었다. 항상 말이 앞서고 까불거리는 것처럼 보였지만, 순경은 그런 사람이었다.

"야! 난 그럼 자지 마?"

—알아서 눈치껏 자. 창고에 들어가서 자도 되고, 엎드려서 자도 되고. 요즘 CCTV 무서워서 훔쳐 가는 사람도 없어.

"지금 그게 말이 되냐?"

—그럼 어쩌냐? 누군가는 지켜야 하는데.

순경은 화가 났지만 화를 누르며 말했다.

"알았어. 알았으니까. 너희는 닥치고 CCTV나 다시 봐 봐!"

—보고 있다고. 근데 뭐 별일은 없었어? 다정이는 안 나왔지?

"나왔으면 전화했겠지."

—그렇지. 그럼 뭐 수상한 사람은 없고?

"야. 솔까 여기 앉아서 보고 있잖아? 진짜 다 수상해, 다. 모조리 이상하고 찜찜해. 왜 택배 기사는 이 작은 원 룸에 꼴랑 상자 두 개 들고 올라가서 그렇게 오랫동안 안 내려오는지. 초딩들은 왜 집에 가다 말고 현관 인터폰을 눌러 보는지. 또 낮부터 술 취한 아저씨는 왜 세차까지 한 3시리즈에 소변을 보는지. 여기서 사람들만 보고 있 으면 내가 다 돌 거 같다니까. 다 또라이야, 다."

—진순경 잘하고 있네. 이야! 진짜 이 동네 순경 같다.

"아, 뭐래. 진짜 내가 한다정만 찾으면 너 죽인다. 금니 빼고 모조리 씹어 먹어 줄게!"

—아, 예. 어차피 다 레진이라 괜찮아요.

"닥치고! 하여튼 지금 이사 가는 차 때문에 문이 잘 안 보이기는 하는데, 곧 빠질 거 같으니까 또 보고 있을게.

걱정하지 마."

순경은 지금 자신의 상황을 설명하느라 대수롭지 않게 생각하며 한 말이었지만 그 말을 들은 정석은 순간 이상함을 느꼈다. 뭐지? 지금 이 싸한 느낌은 뭐지? 하지만 아직 확신이 없는 탓에, 정석은 큰 목소리로 순경에게 따져 물었다.

—야! 뭐? 다시 말해 봐.

"지금 이삿짐 트럭 때문에 입구가 안 보이니까 이따가 이사 다 하고 나면 다시 열심히 보겠다고!"

뭐? 이사를 간다고? 누가? 몇 호가 가는데?

"모르지! 그걸 내가 어떻게 알아?"

그걸 물어봐야지. 넌 이상하지도 않냐? 평일 대낮에 이사를 가는 게?

"원룸이잖아. 다들 이렇게 가! 짐도 별로 없는데, 그럴 수도 있지."

그래도 뭔가 이상하잖아. 이 타이밍에.

"이 타이밍이 뭐? 왜?"

야. 너 거기 딱 가만히 있어. 내가 종일이랑 지금 갈 테니까. 혹시라도 지금 가서 물어볼 수 있으면 몇 호냐고, 어디로 가시냐고 물어보고! 정 안 되면 짐 사진이라도 찍어 놔. 알았어?

"알았다고!"

순경은 정석의 말이 바로 이해가 되지 않았다. 이사를 가는 게 뭐가 이상한 거지? 저걸 수상하다고 생각해야 하나? 원룸은 원래 손 없는 날, 주말, 공휴일, 이런 거 신경 안 쓰고 그냥 가는데? 그냥 비용 싼 날 골라서. 순경이 그런 생각을 하는 사이에 애플하우스 앞에 있던 1톤 트럭은 짐을 다 싣고 마무리 정리를 하고 있었다. 그제야 뭔가 마음이 조급해진 순경은 편의점 밖으로 뛰어나갔다. 하지만 트럭은 그새 출발해 버렸다. 그때, 정석의 말이 생각난 순경은 스마트폰으로 떠나가는 트럭의 사진을 찍었다. 그리고 바로 정석에게 전화를 걸었다.

"야. 지금 짐 다 싣고 출발했는데, 너무 급하게 출발해서 뭘 물어보지는 못했고 사진은 찍었다. 봐 봐."

종일과 방금 막 연락이 닿아 종일의 오토바이 뒷자리에 올라탔던 정석은 순경이 보낸 사진을 종일에게 보여 줬다.

"야. 이거 혹시 다정이 짐인지 알아볼 수 있겠어?"

종일은 정석의 말에 정석의 스마트폰을 가져가 사진을 확대해 봤다. 초록색 그물이 씌워 있어서 내부의 짐들이 잘 보이지 않았지만. 종일의 눈에 들어온 것이 있었다. 그것은 바로 흰색 전자 피아노였다.

"이거 다정이 짐 맞아. 피아노!"

다른 사람의 전자 피아노일 수도 있다. 하지만 종일의

눈에는 확실하게 보였다. 저것은 분명히 다정의 피아노였다. 어릴 때부터 피아노를 꼭 배우고 싶었다며 3년짜리 적금이 만기 되자마자 산 피아노였다.

무슨 피아노를 적금까지 들어 사냐고 했지만, 다정은 피아노만큼은 자신이 가지고 싶었던 모델을 사고 싶다고 했다. 그래서 용돈을 모아 꽤 좋은 전자 피아노를 샀다.

'원래는 그냥 피아노를 사고 싶은데, 원룸은 너무 좁아서 안 되잖아. 그래서 대신 내가 정말 좋아하는 피아노 소리가 녹음되어 있는 모델을 살 거야! 좀 비싸더라도.'

종일도 그 마음을 응원하고 싶어서, 별건 아니었지만 피아노 커버와 의자 커버를 선물했었다. 희미하지만 종일에 눈에는 자신이 선물한 핑크색 피아노 의자 커버가 보였다. 종일은 정석의 스마트폰을 거의 던지듯 건네고 바로 오토바이의 시동을 걸었다. 그리고 뒤에 정석이 타고 있다는 것은 신경도 쓰지 않은 채, 미친 듯이 오토바이를 몰았다. 마음이 급해서 신호 위반도 하고 인도로도 달렸다. 그렇게 채 3분도 되지 않아 순경이 있는 편의점 앞에 도착했다.

"어디로 갔어?"

"저기 큰길에서 좌회전했어! 왜? 다정이 집 맞아?"

종일은 대답도 하지 않고 정석이 내리자마자 순경이 알려 준 방향으로 오토바이를 몰았다. 그리고 정석은 애플하우스로 뛰어 들어가 401호 문 앞에 섰다. 잠시 호흡을 가다듬던 정석이 손잡이를 돌렸고 문은 쉽게 열렸다. 원룸에는 옵션으로 포함되어 있던 가구 외에는 아무 짐도 없었다. 정석은 순간 온몸에 힘이 빠졌다. 짐까지 모두 사라진 다정을 이제 어디서 찾아야 할지 정말 막막했기 때문이다. 그때, 현관에서 목소리가 들렸다.

"누구세요?"

복도에는 이 건물의 관리인으로 보이는 아주머니가 경계심 가득한 눈빛으로 빈집 바닥에 앉아 있는 정석을 바라보고 있었다.

"아. 이 집 살던 사람 친군데요. 걔가 갑자기 말없이 이사를 가서요."

"왜? 혹시 받을 돈 있어?"

"예?"

"아니 이 집 아가씨가 워낙 급하게 나갔거든. 원래도 자기 곧 이사 갈 수도 있다고 하도 여기저기 말하고 다니길래, 부동산에 매물 먼저 올리기나 하라고 했었는데 오늘 갑자기 집주인한테 연락이 와서 401호 아가씨 나간다고 하더라고!"

"보증금은요? 복비나 그런 건 다 냈대요? 직접 전화를 하거나 만난 것도 맞고요?"

"그건 집주인한테 물어봐야지. 나야 뭐 관리비만 잘 내면 상관 안 하니까. 근데 뭐 알아서 정리한다고 했으니까 다 처리하지 않았을까? 그리고 원래 보증금 못 받으면 나가지도 않아. 이 동네에 보증금 못 받아서 안 나가는 집이 한둘인 줄 알아?"

"그러면 오늘은요? 혹시 오늘은 여기 살던 여자애 얼굴 보셨어요?"

"아니, 못 봤는데? 오늘은 그냥 이삿짐센터 인부들만 보이던데, 아가씨는 안 보이고."

"인부들만요?"

"어. 내가 보기에는 그냥 이삿짐 옮기는 사람들 같지는 않아 보였는데. 다 시커먼 옷만 입고. 아 몰라, 젊은 사람들이야 뭐 다 그러니까."

얘기를 나누던 정석은 아주머니의 대략적인 성격을 파악할 수 있을 것 같았다. 말할 때 크게 생각하지 않고 떠오르는 걸 다 말하는 성격일 것이다. 그래서 정석은 아주머니 말의 대부분은 사실일 것이고, 상황에 따라 자신들이 원하는 정보를 더 얻어 낼 수도 있을 것 같다고 생각했다.

"원래 이 집에 살던 여자애 얼굴은 알고 계시죠?"

"그럼 당연하지! 얼마나 이쁘고 싹싹한 아가씨였는데. 나한테 자기가 만든 김밥도 자주 가져다줬어."

"김밥이요?"

"그래! 어찌나 손이 야무진지! 진짜 김밥도 엄청 꼼꼼하게 싸더라니까."

아주머니의 김밥 얘기에 정석은 또다시 다정에 대한 생각에 빠져 버렸다. 냄새도 맡기 싫었다면서, 그놈의 김밥은 도대체 왜 이렇게 많이 싸고 못 나눠 줘서 안달이었는지. 하지만 지금은 또 그렇게 감상에 빠져 처져 있을 때가 아니었다. 정석은 시간을 더 끌 수 없다는 생각에 이것저것 급하게 묻기 시작했다.

"어디로 간다는 말은 못 들으셨어요? 멀리 간대요? 혹시 그 이삿짐센터 연락처는 아세요? 어디 물어볼 수는 있을까요?"

정석은 아주머니가 대답하실 틈도 없이 질문을 쏟아 냈다. 그래서 아주머니는 도대체 이 사람이 왜 이러는지 알 수 없다는 표정을 지으며 점점 더 뒤로 물러났다. 정석은 이대로는 아무것도 알아낼 수 없겠다고 생각했다. 그때, 정석의 머릿속에 문득 떠오르는 것이 있었다.

"그 아가씨가 관리비는 냈어요? 아까 관리비는 아주머니께서 받으신다고……."

"당연히 내야지! 그건 또 왜?"

"그럼 혹시 확인서나 뭐 그런 거에 서명받고 하시잖아요. 받으셨어요?"

"당연히 받았지. 내가 그렇게 허술한 사람으로 보여?

아무리 친해도 사람이 나갈 때는 정산을 깔끔하게 해야 하니까. 내가 딱 영수증도 주고 서명도 받았지! 지금도 다시 세팅하려고 왔는데 총각이 와 있었던 거고!"

"직접 받으신 거예요?"

"아니 자꾸 왜 그래? 사람 무섭게?"

정석은 마음이 급했다. 원래 쉽게 흥분하거나 목소리를 높이는 편이 아닌데, 눈앞에서 사라져 버린 다정을 생각하니 마음이 조급해진 것 같았다. 하지만 그런 자신의 태도가 전혀 도움이 되지 않는다는 것을 깨달은 정석은 다시 심호흡을 하고 차분하게 아주머니에게 묻기 시작했다.

"아, 정말 죄송합니다. 저도 모르게 좀 흥분한 것 같아요. 근데 저한테는 정말 중요한 일이거든요. 혹시 직접 받으신 건가요?"

"아니, 내가 아까 아가씨는 못 봤다고 말했잖아. 지금 이사 가는 사람이 몸이 안 좋아서 잠깐 차에 누워 있다고, 인부 한 명이 관리비 대장을 자기한테 주면 가서 관리비랑 서명까지 받아다 준다고 하고 금세 가져오더라고. 쿨하게 잔돈도 안 받고."

말을 하면 할수록 정석은 지금 상황이 어색하고 의심스러웠다. 사람이 이사를 가는데 어떻게 이렇게 얼굴 한 번을 마주치지 않고 나갈 수 있는지. 그래서 정석은 확신했다. 정말로 무엇인가 무서운 일이 벌어지고 있다는 사실을.

"혹시 그 관리비 대장 좀 보여 주실 수 있을까요? 제가 확인할 게 있어서요."

"왜 자꾸 곤란한 걸 시켜?"

아주머니는 묻다 묻다 이제는 관리비 대장까지 보여 달라는 정석을 보며 이상한 표정을 지었다. 물론 정석이 생각해도 지금 이 상황은 이상했다. 쉽게 대장을 보여 줄 리가 없다는 것도 알고 있었다. 그렇다고 여기서 포기할 수는 없었기에 방법을 바꿔야 했다.

"어머님. 실은요. 제가 사기를 당한 거 같아요. 첫눈에 반해서 제가 먼저 쫓아다니다 사귀게 된 건데, 그렇게 만나는 내내 저한테 돈 얘기만 하더라고요. 처음에는 5만 원, 10만 원이었는데 가면 갈수록 달라는 돈이 커지더니, 결국은 저한테 우리가 따로 살아서 전세금도 묶여 있고 관리비며 생활비도 두 배로 나가는 게 아깝지 않냐고, 제가 사는 집을 빼서 여기로 들어오고 그 돈으로 투자를 하자고 꼬시더라고요. 저는 그 말에 또 혹해서 바보처럼 집을 빼서 보증금을 여자 친구한테 보냈어요. 저녁쯤 제가 여기 들어오기로 했는데 시간이 떠서 미리 정리나 좀 하려고 와 보니까 이렇게 된 거예요. 어떡해요, 어머님……."

정석은 나름 승부수를 던진 것이었다. 의심받지 않고

쉽게 정보를 얻을 수 있는 가장 쉬운 방법이 동정이라고 생각했으니까. 그리고 그 전략은 적중했다. 아주머니는 표정이 점점 울상이 되어 가더니, 갑자기 정석의 등짝을 마구잡이로 때리기 시작했다.

"으그, 그러니까 여자를 잘 만나야지! 으구, 이게 뭐야? 어? 이제 어떡할 건데? 잠은 어디서 잘 거고? 듣는 내가 다 속상하네. 진짜 내 아들 같아서 하는 말이야. 우리 아들놈도 그놈의 귀가 얇아서 여기저기 사기나 당하고! 아주 내 속이 다 썩어 문드러지는데, 내 자식 욕만 하고 있을 때가 아니네. 아니야!"

정석은 아주머니의 잔소리를 들으면서 이걸 기분 나쁘다고 해야 하는지, 고마워해야 하는지 구분이 되지 않았다. 하지만 지금 그보다 중요한 것은 관리비 대장을 확인하는 것이었다.

"그래서요. 저…… 혹시 그 관리비 대장 한 번만 보여 주시면 안 될까요? 제발요."

"봐, 봐. 이게 뭐라고! 필요하면 사진도 찍어 가! 어차피 줄 돈 주고받은 건데 내가 걸릴 게 뭐 있겠어."

정석은 아주머니의 마음이 바뀌기 전에 그녀의 손에 들려 있는 관리비 대장을 받아서 빠르게 사진을 찍었다. 그 관리비 대장에는 호수별로 관리비를 수령한 내역이 적혀 있었고 맨 위쪽에는 세입자가 나가면 세팅해야 할 항목이 적힌 메모가 붙어 있었다. 정석은 아주머니에게 대충 인사한 후에 순경이 있는 편의점으로 갔다. 그리고 테이블에 앉아서 스마트폰으로 무엇인가를 찾기 시작했다.

"야, 뭐야? 다정이 집 맞아? 확실해? 다정이는 만났어? 어디 있어? 뭐래? 잘 있대?"

"잠깐 기다려 봐. 아무래도 지금 나간 사람은 다정이 아닌 것 같아."

그때 종일이 편의점 문을 열고 들어오다가 정석이 말하는 걸 들었다. 이사 나간 사람이 다정이 아니라는 말에 갑자기 흥분한 종일은 정석의 어깨를 잡고 따지듯이 물었다.

"뭐가 아니야? 야! 집이 다정이 건데 어떻게 다정이가 아니야? 지금 이사 나간 게 왜 다정이가 아니냐고!"

흥분한 종일에 비해 정석은 차분하고 냉정했다. 그래서 종일의 반응에는 신경 쓰지 않고 오로지 눈으로 스마트폰에 있는 무엇인가를 찾으며, 말로만 트럭의 위치를 물었다.

"트럭은 찾았어? 어느 쪽으로 간 거 같은데?"

차분하게 말하는 정석의 태도 덕분에 종일은 조금 진정이 됐다. 정석이 이렇게 급박한 상황에서 저렇게 차분할 때는 분명히 무언가를 알아낸 것임을 종일은 알고 있었다. 그래서 종일도 차분하게 말하기 시작했다.

"놓쳤어. 저 멀리서 꽁지까지는 잡았는데, 그때 하필이
면 신호 위반 단속에 걸리는 바람에. 그보다 뭐? 뭐가 다
정이가 아닌데?"

"내가 지금 401호에 갔는데 건물 관리하시는 아주머
니를 만났거든. 근데 아주머니 말이, 집주인한테 갑자기
연락이 와서 다정이가 오늘 방을 뺀다고 했다는 거야. 그
래서 급하게 이사 결정하고 아까 관리비까지 다 정산하
고 갔다고 하더라고. 근데……."

"근데 뭐?"

"다정이 글씨가 아니야. 관리비 대장에 있는 글씨가
달라."

"뭐? 네가 다정이 글씨를 어떻게 알아?"

순경의 의심에 정석은 두 장의 사진을 비교해서 보여
줬다.

"다정이가 알바할 때 메모 남겨 둔 걸 사진으로 찍어
놓은 게 있거든. 근데 봐 봐, 히읗이랑 지읒을 쓰는 게 전
혀 달라. 이건 그냥 다른 사람 글씨야."

종일은 혼란스러웠다. 방금 막 눈앞에서 다정이 이사
가는 것을 놓쳤고, 다정의 짐들이 이곳에서 모두 사라졌
는데, 그 짐을 뺀 사람이 다정이 아니라면 도대체 누구라
는 말인지 이해가 되지 않았다. 혹시 다정의 엄마일까도
생각해 봤지만, 누군가 대신 뺀 거라면 굳이 다정과 본인

의 관계를 숨길 필요가 없었다. 그렇다면 지금의 이 상황
은 분명히 다른 누군가가 다정인 척하고 짐을 뺀 것이다.

"근데 생각해 보니까 아까 이사할 때, 짐 옮기는 사람
들 말고는 딱히 집주인 같은 사람이 보이지는 않았던 거
같아. 그래도 내가 나름 보고 있었거든, 혹시 젊은 여자가
나오나 안 나오나. 그런데 그때 분명히 여자는 없었어."

뭐 하나 명확한 것이 없었다. 종일이 다정과 이별한 것
도, 다정이 말없이 사라진 것도, 다정의 집으로 음식을
시켰던 남자의 존재도, 오늘 다정의 짐을 옮긴 사람이 누
구인지도, 온통 그들을 혼란스럽게 만드는 것들뿐이었
다. 냉정한 정석도 이 상황이 도무지 정리되지 않았다.

"그보다 이제 뭘 어떻게 해야 하지? 이사도 가 버리고
연락도 안 되는데……."

여태껏 다정을 찾는 모든 과정이 쉽지 않았지만, 어쨌
든 최소한의 실마리는 잡고 있다는 희망이 있었다. 그런
데 지금, 아주 간발의 차이로 그 실마리마저 사라져 버리
는 느낌이 들었다. 세 사람은 화가 났다. 그리고 곧 아무
것도 할 수 없는 무력함에 절망했다. 아무리 머리를 쥐어
짜고 고민해 봐도 더 이상 방법이 떠오르지 않았다. 그렇
게 시간이 지나면 지날수록 그들은 점점 더 무너지고 있
었다.

"아! 시바!"

항상 차분하던 정석이 입 밖으로 욕을 뱉었다. 정말 할 수 있는 것이 하나도 남지 않은 것 같아서 미칠 것만 같았다. 종일은 트럭을 놓쳐 버린 그 순간이 고장 난 비디오처럼 계속 반복해서 보였다. 무기력함. 살면서 꽤 많이 느꼈던 감정이었지만, 이렇게까지 무너진 건 처음이었다. 그런데 그 순간 종일의 눈이 반짝였다. 뭔가가 생각난 것이다. 그는 갑자기 스마트폰을 꺼내 어딘가에 글을 남기기 시작했다.

"너 뭐 하게?"

"이 지역 배달 기사들끼리 연락하는 단톡방이 있어. 거기에 올려 보려고."

"뭘?"

"아까 순경이가 찍은 사진."

"그건 왜?"

"내가 트럭을 놓치고 나서 그 근처를 몇 바퀴나 돌았거든. 근데 진짜 없었어. 처음엔 벌써 이 동네를 뜬 건가 싶었는데, 생각해 보면 거기서 이 동네를 빠져나가려면 고가를 타야 하거든. 근데 아까 고가 도로에 사고가 나서 다 막혀 있었어. 그러면 거기로 올라가지는 않았다는 말이니까."

"그렇다는 말은 어쩌면 아직 이 동네에 있을 수도 있다는 말이네!"

순경은 언제 침울했냐는 듯 다시 신나서 일어났다. 그리고 종일은 여전히 단톡방에 글을 쓰며 말했다.

"어! 그래서 혹시라도 지금 배달하는 사람 중에 이 트럭 본 사람 있는지 물어 보려고!"

"야. 근데 진짜 이 동네 안에 있는 걸까? 보통은 이러면 멀리 도망가지 않아?"

순경의 단순한 질문에 정석은 차분하게 설명했다.

"진짜 납치라면 빨리 숨고 싶을 거야. 대낮에 위험을 감수하고 장소를 바꾸는 건데, 길거리에서는 변수가 많아서 대처하기 힘드니까 오랜 시간을 보내고 싶지 않을 거라는 거지. 게다가 누군가가 쫓아오고 있는 상황이라면 빨리 따돌린 다음 바로 어딘가에 숨었을 가능성도 있어."

"그러면 진짜 어디 지하 주차장 같은 데 들어가 있을 수도 있겠네."

"어. 그리고 혹시라도. 이 새끼가 이 동네 놈이라면 더 벗어나기 힘들 거야."

"그건 또 왜?"

"자기 홈그라운드가 편하겠지. 누군가를 납치하고 감금하는 놈이라면 자기가 잘 아는 동네에서 안전하게 범행을 저지르고 싶어 할 테니까."

순경은 지금 처음으로 정석이 부러웠다. 자신이 경찰 공무원을 준비하며 상상하던 모습이 이런 모습이었으니까. 그래서 부러운 눈으로 정석을 바라보며 말했다.

"너 나랑 바꿀래?"

"뭐?"

"네가 경찰 공무원 해라. 내가 편의점 할게!"

"닥쳐."

그사이 종일은 배달 기사들이 모여 있는 채팅방에 이미 공지를 올린 후 답변을 기다렸다. 하지만 사람들의 댓글은 달리지 않았고, 편의점 아르바이트 조끼를 입은 순경도 뭔가 초조한 마음으로 같이 발을 동동거리며 종일의 스마트폰 화면을 보고 있었다. 그런데 그때 혼자 허공을 보며 무언가를 생각하던 정석은 갑자기 종일을 바라보며 물었다.

"야. 너. 다정이네 집에서 콜 들어왔을 때, 배송 메시지가 좀 이상하다고 하지 않았어?"

"어. 이상했어. 봐 봐, 이건 내가 캡처해 놨거든."

정석은 종일이 보여 주는 캡처 사진을 봤다.

절대 초인종 누르지 마세요. 절대.

"이게 다정이 말투도 아니지만 다른 사람이라고 해도 너무 딱딱하고 불편해."

여전히 생각에 잠겨 있던 정석이 조심스럽게 말했다.

"나도 그 비슷한 메시지 기억이 나는 것 같아서."

"뭐? 진짜? 어디서?"

"B마트 배달 건에서."

요즘에는 배달 앱을 통해 편의점 물건도 배달이 가능하다. 가끔 정석의 편의점에도 주문이 들어오는데, 그러면 따로 받아 놓은 B마트 비닐봉지에 주문 물건을 담아서 찾으러 오는 배송 기사에게 전달한다. 그렇게 들어오는 주문 중에 고객이 배송 메시지를 남기는 경우가 있는데, 정석의 기억에 그 메시지가 있었던 것이다.

"확실해? 좀 딱딱해도 흔한 말이잖아. 그리고 네가 나한테 하는 말보다 부드러운데?"

"내 말은 마음이 담겨서 그래. 짱돌을 던지고 싶은 내 마음. 그리고 봐라."

정석은 자신의 스마트폰을 꺼내 배달 앱을 활성화한 후 화면을 보면서 설명하기 시작했다.

"보통 이렇게 주문을 하면 라이더 요청 사항을 넣을 수 있는데, 기본적으로 선택할 수 있는 메시지는 이거야."

문 앞에 두고 벨 눌러 주세요
문 앞에 두고 노크해 주세요
문 앞에 두면 가져갈게요 (벨X, 노크X)
직접 받을게요
전화 주시면 마중 나갈게요

"그리고 이 메시지 말고 다른 내용을 쓰고 싶으면 직접 입력을 눌러서 따로 써야 하는 거거든."

"그러면 이 메시지는?"

"그래, 직접 입력을 눌러서 따로 작성한 거야. 흔한 메시지 같지만, 뉘앙스가 전혀 다르지. 뭔가 절대 소리를 내지 말라고 협박하는 거 같잖아. 이 짧은 메시지에 절대라는 말을 두 번이나 쓰고!"

"그러고 보니 그러네."

정석의 말을 듣고 있던 종일도 뭔가 생각난 듯 말을 이었다.

"이렇게 강조하지 않으면 메시지를 읽고도 별 생각 없이 그냥 초인종을 누르고 가는 사람이 많아서 이렇게 썼을 거야. 쓰는 건 그럴 수 있는데, 한번 직접 입력한 메시지는 저장이 돼. 그래서 주문할 때마다 매번 쓰지 않아도 지우거나 바꾸지 않으면 그 메시지가 자동으로 가는 거지. 그러니까 이 사람이 이미 주문할 때마다 이 메시지를 보내고 있었다는 말이 되는 건데, 네가 그렇게 말하니까 나도 몇 번 더 본 적이 있었던 것 같아."

"야! 잠깐만."

종일의 설명을 듣던 순경은 그 순간 바로 한쪽에 있는 쓰레기통을 뒤지기 시작했다. 갑작스러운 순경의 행동에 종일과 정석은 의아했지만, 곧 순경이 해맑은 표정으로 구겨진 영수증 하나를 꺼내 보였다.

"이거 맞지?"

순경이 들고 있는 영수증에는 정말로 종일이 받았던 메시지와 같은 문구가 적혀 있었고, 심지어 배달 주소도 애플하우스 401호였다.

"야! 뭐야? 이거 다정이네로 배달 간 거잖아? 이거 언제야?"

"아 그래? 그건 몰랐네? 그냥 난 아까 쓰레기통에 동전을 흘려서 뒤지다가 우연히 본 건데. 맞네."

순경은 자신이 한 건 했다는 생각에 어깨가 하늘로 솟아 있었다. 그리고 정석도 지금은 그런 순경에게 엄지를 치켜세우고 있었다.

"이건 아마도 사장님이 영수증 잘못 뽑아서 버리고 다시 뽑은 거 같은데. 그게 남아 있었네. 진짜 대박. 진순경 진짜 한 건 했다! 봐! 여기가 너한테 딱 맞는 곳이라니까. 너 여기 취직할래?"

종일은 순경이 들고 있던 영수증을 꼼꼼히 살펴봤다. 주문 시간은 어젯밤 12시였고, 주문 제품은 김밥 다섯 줄과 생수 다섯 병이었다. 그리고 라이더 요청 사항에는 순경의 말처럼 같은 메시지가 쓰여 있었다.

"야. 이 새끼 뭐지? 도대체 뭘 하는 거야? 왜 이 시간에 이런 걸 시키냐고?"

"만약 진짜 납치해서 감금하고 있는 거면 말이 돼. 물하고 밥이야. 생존에 꼭 필요한."

정석의 생존이라는 말에 종일이 반응했다. 종일의 눈빛을 읽은 정석은 종일의 어깨를 잡으며 말했다.

"살아 있어. 봐. 한다정 분명히 살아 있다고. 편의점 김밥을 먹는 게 죽을 만큼 싫었을 수는 있는데, 그래도 분명히 살아 있다. 종일아."

종일의 마음이 이상했다. 그 영수증은 다정이 납치당했다는 증거가 되기도 했고, 아직 살아 있다는 증거가 되기도 했다. 두렵기도 하고, 안심이 되기도 했다. 그래서 마음이 더 조급해졌다.

"시간이 별로 없을 것 같아. 나는 자꾸 불길한 예감이 들어."

"근데 뭘 어떻게 해? 이미 이사도 가 버렸고, 우리는 어디로 갔는지도 모르는데……."

그때 스마트폰의 진동을 느끼고 화면을 확인한 종일이 순경에게 대답했다.

"아니, 알 수 있을 것 같아."

"왜?"

"지금 연락이 오고 있어. 라이더들한테……."

추적

—LG 스마트 스토어 왼쪽 골목으로 들어가는 거 목격함.
한 10분 전쯤?
—나는 세기 공업사 앞에서 봄. 8분 전.
—스타벅스 앞에서 목격이요. 블박 돌려 봤는데 100퍼
확실. 나는 15분 전.
—내가 제일 최근이네. 난 5분 전쯤 취하루 앞에서 우회
전하는 거 봄.

"역시 이 동네에 있었어!"
정석은 종일의 스마트폰을 보면서 웃었다. 배달 기사
들의 채팅방 공지 글에 댓글들이 달리기 시작했다. 기사
들은 자신이 트럭을 목격한 위치와 시각을 정확하게 알
려 주었다. 아마 모두 배달을 하고 있어서 바로 댓글을

달지 못했던 것 같았다. 종일은 처음이었다. 코로나 팬데믹이 시작된 후 정리 해고를 당했고, 그로 인해 얼떨결에 시작한 배달 일이었다. 일을 하면서 한 번도 보람이 있다거나 성취감이 있다고 느낀 적이 없었다. 그저 먹고살려고 하는 일이었고, 항상 마음속 어딘가에서는 부끄러운 일이라고 생각했다. 다행히 벌이는 좋은 편이어서 그동안 갖고 싶었던 것도 살 수 있었고, 쉬는 날이면 다정이와 나름 근사한 데이트도 할 수 있었지만, 그에게 배달 일은 그저 할 수 있는 일이 없어서 어쩔 수 없이 선택한 생계 수단일 뿐이었다. 그런데 그 일을 함께하는 사람들이 지금, 자신을 도와주고 있다. 가볍게 스쳐 지나갈 인연이라고 생각했는데 아니었다. 자신을 진심으로 걱정하고 도와주고 있었다. 모두가 자기 일인 것처럼.

—무슨 일인지는 모르겠지만, 도움이 되면 좋겠다. 종일아. 나는 4분 전에 거북이 분식 앞에서 봤다.

—형 후기는 꼭 남겨야 돼요. 저도 거북이 분식 지나 기영초 쪽으로 들어가는 거 봤어요.

종일은 눈물이 났다. 기대했던 것보다 훨씬 많은 기사들이 종일을 도와줬다. 실감이 나지 않았다. 생각해 보면 항상 겉돌고 있던 건 종일 자신이었다. 늘 먼저 말을 걸어 주던 사람들. 혼자 담배를 피우고 있으면 자신 것까지 커피를 타 가지고 나와 주던 동생들. 그리고 쓰잘머리 없는 농담으로나마 자신을 웃겨 주던 형들. 정작 자신은 만날 때마다 항상 무뚝뚝했던 것 같은데…… 신호에 걸릴 때 눈이 마주쳐도 어색함에 손 한 번 먼저 반갑게 흔든 적이 없었던 것 같은데……. 왜 이 사람들은 자신을 도와주는 건지, 새삼 더 미안하고 고마웠다. 쌓은 적도 없는 적금을 받은 기분이었다. 반드시 갚아야겠다고 생각했다. 무슨 일이 있어도 이 은혜는 잊지 않겠다고.

"야. 우리 종일이 잘 살았나 보네."

"아니면 이 형님들 의리가 진짜 쩔던가."

"아 씨, 뭐 이렇게 열심이야 다들. 사람 쪽팔리게."

"갚아. 나중에 다 갚으면 되지 뭐가 문제야."

정석은 눈물을 글썽이는 종일의 어깨를 툭 치더니, 그곳에 올라온 정보들을 분석하기 시작했다. 먼저 태블릿 피시를 꺼내 지도 앱을 열고 동네가 한눈에 보이도록 했다. 그리고 처음 시작을 애플하우스로 잡고 시간대별로 기사들의 정보를 점으로 찍었다. 그러다 보니 자연스럽게 트럭의 동선이 그려지기 시작했다.

"야. 네 말이 맞아. 이렇게 간다는 말은 이 동네를 벗어날 생각이 없는 거야. 지금 댓글 중에 제일 최근 정보가 4분 전 기영초등학교 쪽이니까. 아무래도 그 앞쪽에 있

는 아파트 단지나 그 옆에 빌라촌으로 들어갔을 확률이
높은데?"

"야. 아파트면 경비실에 접수했을 거 아냐. 가서 좀 물
어보면 안 돼? 지금 혹시 이사 들어온 데 있냐고?"

"아마 쉽게 말 안 해 줄 거야. 이 아파트 보안 팀장이
워낙 입주민 입김에 벌벌 떠는 분이셔서, 나중에 문제 될
만한 건 아예 차단하실 거야."

"그렇다고 지금부터 이쪽을 다 뒤져 볼 수도 없고."

기사들의 도움을 받아 겨우 트럭이 갔을 만한 구역까
지는 특정했지만 여전히 범위가 너무 넓었다. 종일은 자
기도 모르게 점점 숨이 가빠 오고 땀이 나기 시작했다.

"이제 어떡하지? 진짜 내가 하나씩 다 초인종이라도
눌러 볼까?"

"야, 여길 언제 다 눌러! 그리고 누르면 다냐? 초인종
누르면 어서 오세요, 하고 열어는 준대?"

"아, 그러면 이제 진짜 어떡하냐?"

순경의 질문에 대답하다 새로운 생각이 떠오른 정석은
종일의 스마트폰을 빼앗아 배달 기사들의 채팅방에 새로
운 공지 글을 쓰기 시작했다. 종일은 자꾸 뭔가를 부탁하
는 것 같아 마음에 걸리면서도, 방법만 있다면 신세를 더
지더라도 다정을 찾고 싶었다.

"아. 몰라. 밑져야 본전이잖아."

형님들 안녕하세요.

저는 온종일 기사 친구고

비전동에서 GS25를 운영하는 정정석이라고 합니다.

단도직입적으로 말씀드릴게요.

지금 종일이 여자 친구 다정이가 납치된 것 같아요.

찾아야 하는데, 저희가 할 수 있는 것이 거의 없습니다.

혹시 가능하시다면 지금 저희가 보여 드린 영수증 보시고

똑같은 메시지 본 적 있는지 알려 주실 수 있을까요?

이번에 도와주시면 제가 이 은혜 뜨아랑 아아로 갚을게요.

언제든지 저희 매장 오시면 제가 대접하겠습니다!

  정석은 생각했다. 자신이 영수증에서 그 메시지를 본
게 아주 최근 일은 아니었다. 그렇다는 말은 지금 누군지
도 모르는 그 새끼가 아마 이 동네에서 예전부터 저 메시
지를 입력하고 배달을 시켰을 가능성이 높다는 것이다.
그리고 혹시라도 그 새끼의 주문 내역을 알 수만 있다면
이 넓은 범위에서 범인의 집을 찾을 수도 있을 것이다.
  "야. 이 방에 5백 명 있어. 너 한 잔에 1,500원만 잡아
도 얼마냐?"
  "75만 원."
  "이야. 75만 원이래."
  순경은 75만 원이라는 액수를 아무렇지도 않게 대답

하는 정석에게 순간 경이로움을 느꼈다.

"야. 커피 원가 얼마 안 해. 그 정도면 우리가 처마시는 거 두 주만 건너뛰어도 충분히 메꿔."

순경이 느꼈던 감정도 잠시, 그 비용을 자신들이 먹는 값과 비교하자 갑자기 화가 났다.

"야. 무슨 소리야? 우리는 유통 기한 다 지난 것만 먹잖아. 아, 씨발. 너 이 새끼 혹시……."

"혹시 뭐?"

"너 유통 기한 지난 원두 있지? 맞지? 그러니까 네가 이렇게 쿨하게 쏘지. 안 그러면 네가 그럴 리가 없어. 진짜."

"에휴, 이 새끼야. 너 생각하고 싶은 대로 생각해라. 대신 넌 다정이만 찾고 나면 이제 진짜 국물도 없을 줄 알아."

"건데기를 줘! 나 원래 국물은 안 좋아해!"

종일은 순경의 말에 웃음이 나왔다. 순경이 얼마 전에 곱창전골의 건더기만 건져 먹는다고 정석과 싸웠던 장면이 생각났기 때문이다. 셋의 관계는 항상 그랬다. 만나면 맨날 티격태격 못 잡아먹어서 안달이지만, 셋 중 누군가에게 무슨 일만 생기면 다 같이 나서서 도와주곤 했다. 정석이 다니던 회사에서 과로로 쓰러졌을 때 순경은 황도를 핑계로 매일 정석의 병실을 지켰고, 종일도 틈틈이 몸에 좋은 것만 사다 날랐다. 순경이 처음으로 필기 전형에

합격하고 면접을 준비할 때는, 정석이 말없이 정장과 셔츠를 사 왔고 종일은 구두를 사 줬다. 그리고 지금 종일이 타고 있는 오토바이도 뒷바퀴는 정석이, 한쪽 사이드 미러는 순경이 사 준 거라고 농담하며 모두 돈을 보탰다.

이상한 날이라고 생각했다. 어느 날인가부터 시원하게 웃어 보지도, 그렇다고 개운하게 울어 보지도 못하는 나날들이 이어지고 있었다. 뭔가 흐리멍덩하고 뿌연 날들. 그래서 좋은 기억도 나쁜 기억도 없이 그저 흘러가는 날들이 많았다. 물론 다정이와 보낸 행복한 시간도 있었고, 친구들이랑 보낸 티격태격 웃고 떠들던 시간도 있었지만, 뭔가 기복이 없는 날들의 연속이었다. 그런데 오늘은 너무 이상한 날이다. 다정에 대한 감정부터 시작해서, 경찰에 쫓기던 불안함, 트럭을 쫓던 긴박함, 배달 기사들에게 받았던 뭉클함까지. 거기다가 이제는 아무것도 아닌 말 한마디에 위안까지 받고 있었다.

"고맙다."

"넌 또 왜 그래? 갑자기? 뭐가?"

"다정이를 찾는다고 말해 줘서."

정석이 말한 '다정이만 찾고 나면'이라는 말이 종일의 마음을 흔들었다. 종일은 겁이 났다. AI의 목소리로 '그만하자'는 말을 들은 순간부터 줄곧, 겁이 났었다. 다정을 잃을까 봐. 다정을 다시는 보지 못할까 봐. 다정에게 했던 마지막 말이 "싫어"라는 말이 될까 봐. 종일은 미친 듯이 겁이 났다. 그런데 정석과 순경이 정말 자신의 일처럼 다정을 찾아 주고 있다. 그리고 누구보다 확실하게 다정을 찾을 수 있다고 믿고 있었다. 자신도 계속 겁을 내는 이 상황에서 말이다. 종일은 자꾸 눈물이 났다.

"지랄. 아 됐고. 지금 그럴 시간 없어. 진짜. 얼마 안 남았을 수도 있다고."

정석은 종일의 눈물에 자신이 어떻게 반응해야 할지를 몰라서 대충 화제를 돌리고 말았다. 그리고 속으로 다시 다짐했다. 꼭 찾아야 한다. 꼭 찾아야 한다. 무슨 일이 있어도 꼭 찾아야 한다. 마치 주문을 외우듯이 마음속으로 계속 외쳤다.

"야. 뭐가 막 달리는데?"

순경의 말에 종일은 바로 채팅방으로 들어갔다. 그러자 그곳에서는 다시 한번 댓글 릴레이가 펼쳐지고 있었다.

—야! 그 다정이 말하는 거야? 그 김밥 싸다 주던 여친?
—아! 진짜? 이게 무슨 일이야! 양심적으로 김밥이랑 샌드위치 먹은 형들은 도와줘야죠! 저도 실은 맨날 두 줄씩 가져갔어요! 형! 저 눈에 불 켭니다!
—비전동 GS25! 콜. 배달 앱은 기록이 다 지워져서 가지고 있는 사람들이 없을 거고, 배달 대행 뛰시는 분들 중

에는 좀 있을 수 있거든. 나는 생각나는 게 럭키아파트 쪽이랑, 그 재개발 들어가는 동네에서 본 기억이 있어. 내가 속으로 지랄을 한다고 욕 좀 했거든. 종일아! 힘내!

─아, 납치는 또 뭐예요? 형? 여튼 저는 스타리움 배달 건에서 본 거 같아요. 호수는 기억 안 나는데, 이런 데 는 초인종도 못 눌러 보나 했거든요.

─어? 나 이 새끼 아는데? 저 초인종 눌렀다가 완전 욕먹 은 적 있어요. 인터폰으로 아주 개지랄을 떨던데!

─갑자기 〈추적 60분〉이네! 형 손 더 필요하면 불러요. 같이 조져 드릴게요! 저도 기억나요. 주소는 모르겠 고! 이 새끼 맨날 김밥만 처먹어! 김밥만 졸라게 먹어!

─종일이 형 삼총사 아니에요? 다른 한 명은 뭐 하시나? 피시방이면 좋은데! 종일이 형이랑 같이 배달 뛰고, 편의점 형님네 가서 커피에 얼음 좀 동동 띄우고, 피 시방 가서 게임 한 판 따다닥 뜨면! 와우! 극락인데! 아 무튼 그 메시지 스타리움 배달할 때 봤고 주소는 B동 2205호요. 내 여친도 2205호 살아서 기억해요. 아파 트는 다르지만. 생각해 보니까 나도 메뉴가 맨날 김밥 이었네.

"야, 이 새끼 맘에 들어. 라임이 내 스타일이야! 야! 피 시방 그거 하려면 얼마나 들지?"

"졸라 많이 들어. 포기해. 차라리 9급 붙어서 등본 공짜로 떼 준다 해."

"그거 좋다. 콜! 어? 근데 등본 원래 인터넷으로 떼면 공짜 아니야?"

"맞아. 이 빙신아."

종일은 둘의 대화와는 상관없이 배달 기사들이 보내 주는 메시지에 집중하고 있었다. 이 상황이 정말 감동적이긴 했지만, 그래서 더 마음이 급했다. 이렇게까지 도와주는데, 뭉그적거릴 수는 없었다. 그래서 억지로 마음을 진정시키고 보내 준 파일을 체크하고 정리했다.

댓글은 많았지만 구체적인 정보는 많지 않았다. 대부분 기억에 의존하는 상황이다 보니 5백 명과 답이 없는 스무고개를 하는 것만 같았다. 그런데 그때, 생소한 ID로 개인 채팅이 왔다. 수십 장의 영수증 사진과 함께.

배달쯤이야

형! 이거 다 개인 정보라 졸라 위험한 일인 거 알죠? 이거 원래 배달하고 나면 다 지워지잖아요. 남아도 지워야 되고. 지금 태클 거는 건 아니고요. 제가 신삥인데, 진짜 실수 많이 해서 콜 뜨면 무조건 다른 폰으로 찍어 놨거든요. 잘못 배달하면 다시 가서 찾으려고요. 보니까 아직 안 지웠네요. 형! 저 형 믿고 드리는 거니까 어디 찌르지 말고 꼭 찾아요!

종일은 어떻게 반응해야 할지 몰라서 잠시 멈췄다. 그 사이 정석과 순경은 태블릿으로 댓글과 영수증 사진을 분석하기 시작했다. 개인 채팅으로 온 영수증의 사진이 생각보다 많은 양이었고, 시간대와 지역구도 다양해서 큰 도움이 되었다. 영수증을 기본 베이스로 하고, 댓글들을 맞춰 나가니 정보의 모수가 많아졌다. 그리고 점점 그 모든 정보가 몇 곳의 주소로 압축됐다. 주소는 다정의 집을 포함해서 총 다섯 곳이었고, B마트를 이용해 생필품을 배달시킨 내역도 있었지만 대부분은 식사 시간에 주문한 김밥과 물뿐이었다.

　"이 새끼 〈올드보이〉 재밌게 봤나?"

　"또 뭔 헛소리야?"

　"김밥만 시키잖아!"

　순경의 시답지 않은 농담을 정석은 짜증을 내면서도 받아 주고 있었다.

　"그건 군만두고!"

　"알아! 그냥 한 음식만 시켜 주는 변태라는 말이 하고 싶었던 거라고! 야! 근데 왜 감금하는 놈들은 꼭 한 가지 음식만 시켜 주는 걸까? 진짜 사이코 변태들인가?"

　순경의 질문에 종일은 낮은 목소리로 대답했다.

　"편하니까. 사기도 편하고 주기도 편하고. 매일 끼니마다 새로운 메뉴를 생각하는 것도 고역이거든."

종일이 또 다정을 생각하는 듯 먼 산을 바라보려 하자 정석이 그런 종일을 깨우듯이 말했다.

"야! 이것 봐. 주소도 중요하지만, 주문한 시간도 이상해. 이거 보면 이 새끼가 이 동네에서만 계속 집을 옮겨 다닌다는 생각이 드는데? 봐 봐, 거의 한 달에서 두 달 주기로 주문 주소가 달라. 마지막이 어제 다정이네 집이었고."

정석의 말에 종일이 다시 정신을 차리고 태블릿을 보자 정말 한두 달 주기의 패턴이 보였다.

순간, 종일이 말했다.

"야. 그럼 분명히 앞에 네 집 중에 하나로 다시 갔을 거야!"

"왜?"

종일의 말에 정석이 질문했다. 그러자 종일이 차분하게 말했다.

"다정이네 집에서 급하게 나갔어. 아마 우리가 변수였겠지? 그렇다는 얘기는 다음으로 옮길 곳이 준비가 안 되어 있을 수도 있다는 말이야."

"야! 다정이 집도 미리 준비가 된 건 아니었잖아. 바로 전날까지만 해도 네가 있었는데."

"그래. 어쩌면 다정이 자체가 변수였을지도 모르지. 하여튼 무슨 일인지는 모르지만, 지금까지의 패턴을 보면 적어도 한 집에 한 달은 머물렀어야 하는데 다정이네는 겨우 이틀 만에 나간 거야. 급하게. 그렇다면 제일 쉬운 방법은 예전에 살던 집으로 돌아가는 게 아닐까?"

종일의 말에 반문하며 같이 생각을 정리하던 정석은 확신할 순 없었지만 그래도 종일의 추론대로일 가능성이 높다고 생각했다. 그리고 그들이 고민하는 사이 순경은 또 한 번 단순한 답을 던졌다.

"그럼 가 보자! 뭐 다른 데 갈 데 있어?"

정석은 순경의 말에 미소를 지었다. 네 곳의 후보지 중 트럭의 경로를 바탕으로 예측한 가장 가까운 곳은 럭키 아파트였다. 우선 정석은 그곳이 가장 유력하다고 생각했다. 그리고 그렇게 정리되자마자 정석은 채팅방에 인사를 남겼다.

> 형님들 진짜 감사합니다. 지금까지 올려 주신 것만으로도 충분한 것 같습니다. 진짜 정말 너무너무 감사드립니다. 진짜 큰 도움이 되었습니다. 아까 약속드린 대로 언제든지 졸리고 피곤하실 때 저희 가게에 오시면 취향에 맞는 커피 대접하겠습니다. 진짜 감사합니다.

종일도 무어라 감사의 글을 올리고 싶었지만, 마음이 너무 복잡해서 무슨 말을 어떻게 해야 할지 감이 잡히지 않았다. 그래서 종일은 생각했다. 우선 다정을 찾겠다고. 다정을 찾고 나서 꼭 사건의 내막과 함께 진심 어린 감사의 마음을 전하겠다고. 종일은 더 이를 악물고 말했다.

"자. 이제 가자."

스타리움

택시를 타고 모두가 함께 이동하려고 했지만 그곳에서의 상황이 어떻게 될지 모르기 때문에 종일은 오토바이를 타고 가는 것이 좋을 것 같았다. 그래서 종일은 자신의 오토바이를 타고 정석과 순경은 택시를 타기로 했다.

"자. 이제 가자."

"난 못 가는데?"

"왜?"

"편의점은 누가 봐?"

"야, 괜찮아. 그냥 잠그고 가면 되지. 내가 나중에 사장님한테 다 말해 줄게."

정석의 말에 순경은 갑자기 울먹거리기 시작했다. 정석은 갑작스러운 순경의 태도에 살짝 당황했다.

"야! 왜? 뭐?"

"열쇠가 없어."

"뭐?"

"사장님이 나한테 맡길 때, 열쇠를 안 주고 가셨다고. 쓸 일이 없을 거라고."

"그럼 화장실은?"

"창고 안에 있어. 어차피 화장실 문 열어 놓고 싸면 CCTV로 손님 오는 거 보인다고, 그렇게 가라고……."

정석은 자신도 직원을 쓰며 편의점을 운영하는 사람의 입장에서 도저히 납득이 되지 않았다.

"아, 박 사장! 알바가 안 구해지는 이유가 있었네!"

"근데 진짜 내가 너희한테 이런 얘기까지는 안 하려고 했는데……."

순경이 울먹이면서 말하자 종일도 미안해서 더 화가 났다. 그래서 순경의 말에 바로 반응했다.

"야! 뭔데?"

"여기 있으면서 제일 비참했던 게……."

"아. 뭐냐고!"

정석은 화가 나서 스마트폰으로 박 사장의 전화번호를 찾다가 버럭 화를 냈다. 그런 정석과 종일의 반응에 순경은 조심스레 대답했다.

"화장실 변기가 모니터랑 마주 보고 있어."

"그게 왜?"

"서서 못 싸……. 손님이 올까 봐 맘 놓고 서서도 못 싸고, 앉아서 싸야 해……."

"아 나, 그게 뭐 그렇게 큰 문제라고 비참하기까지 해!"

그렇게 말하면서도 정석은 진심으로 화가 났다. 볼일을 어떤 방식으로 봤느냐의 문제가 아니었다. 애초에 문도 닫지 못하고 용변을 봐야 하는 말도 안 되는 근무 조건에 분노가 치밀어 오른 것이다. 그리고 그런 사장 밑으로 순경을 밀어 넣은 본인에게도 화가 났다.

종일도 마찬가지였다. 저 철없는 또라이가 소심하게 손님이 올까 불안해하며 용변을 봤던 것이 모두 자신의 여자 친구인 다정을 찾기 위해서니까. 그래서 그들은 순경을 두고 갈 수 없었다. 정석은 화가 나서 씩씩거리며 가연에게 전화를 걸었다.

"야. 가연이야. 알바비 두 배 줄 테니까 지금 나와 줄 수 있어? 우리 가게 말고. 뭐? 시간당 3만 원? 너 진짜 대단하다! 알았어! 알았다고! 주소 찍어 줄 테니까 일로 와. 멀지 않아. 택시 타고 와라. 그래, 택시비도 준다고! 어. 우선 내가 급해서 문 대충 막아 놓고 갈 테니까 와서 네가 좀 치우고 들어와. 고맙다."

정석의 전화가 끝나자 순경은 그제야 웃으며 조끼를 벗었다. 정석은 너무 미안한 마음에 말없이 편의점 앞에 있는 박스들로 입구를 막았다. 종일도 미안하고 고마운 마음에 묵묵히 정석을 도왔다. 순경은 자신을 두고 가지 않는 친구들에게 괜히 고마웠다. 그래서 수줍게 말했다.

"고마워."

"지랄! 고맙기는! 내가 미안하다⋯⋯."

편의점을 나온 그들은 두 팀으로 나뉘어 아파트로 향했다. 혼자 오토바이로 이동하는 종일은 가는 동안에도 온통 머릿속에 다정에 대한 걱정뿐이었다. 그러다 보니 자신도 모르게 속도가 높아졌고, 좁은 골목에서도 빠르게 달렸다. 아슬아슬하게 오토바이를 몰아 아파트 입구에 거의 다 왔을 때, 갑자기 눈앞에 카니발 한 대가 튀어나왔다. 종일은 순간 너무 놀라 브레이크를 잡았지만 그대로 중심을 잃고 넘어질 수밖에 없었다. 다행히 차와 직접 부딪치지는 않아서 오토바이가 부서지거나 종일이 다친 것은 아니었지만, 많이 놀라기는 했다.

"괜찮아요?"

진하게 선팅된 창문을 3분의 1도 내리지 않은 채 차에 탄 운전자가 아주 차분한 목소리로 종일에게 물었다. 평소였다면 운전자를 불러내 시시비비를 가렸을 수도 있고 경찰에 신고했을지도 모르지만, 지금의 종일에게는 그럴 여유가 없었다. 다행히도 급하게나마 속도를 줄였고 잘 넘어진 덕분에 위쪽 팔과 다리가 조금 욱신거리는 것 말고는 큰 문제도 없는 듯했다. 종일은 내려 보지도 않고 좁은 창틈으로 형식적인 안부만 묻는 상대방 운전자의 태도에 화가 났지만, 아무 말 없이 그냥 가라고 했다.

"그럼, 갑니다."

운전자는 종일의 손짓에 짧은 대답만 하고 급하게 출발했다. 종일이 가라고 하니 급하게 사라지는 모습이 기분 나쁘기도 했지만, 이상하게 그의 태도에서 종일의 것과 비슷한 조급함이 보였다. 찜찜한 마음은 있었지만, 종일은 우선 사고보다는 다정의 상황이 더 급했기 때문에 바로 오토바이를 세우고 아파트 단지로 들어섰다. 그리고 잠시 후 정석과 순경이 타고 있는 택시도 아파트 정문을 통과해서 들어왔다.

"야. 너 왜 이래? 사고 났어?"

"어. 그냥 요 앞에서 넘어졌어. 괜찮아."

"정말 괜찮아? 뭐 다른 차랑 부딪친 건 아니지?"

"어. 아니야. 그냥 나만 넘어졌어! 빨리 올라가자."

정석과 순경은 왼쪽 다리를 살짝 절뚝거리는 종일이 걸리기는 했지만, 그들 역시 지금 당장 종일의 몸보다도 다정의 안전이 우선이라고 생각해 아무 말 없이 영수증에 적힌 주소로 올라갔다. 3층 가장 끝에 있는 집이었다. 복도식 아파트들이 다 그렇듯 맨 끝에 있는 집에 가기 위해서는 다른 집의 현관을 모두 지나야만 했다. 그들은 문 하나를 지날 때마다 심장 소리가 점점 더 커지는 것을 느졌다. 드디어 마지막 문 앞에 도착했을 때는 정말 심장이 터져 버릴 것 같았다. 하지만 막상 도착하자 그들이 할 수 있는 일이 없었다.

"야. 오긴 왔는데……. 어떡해?"

순경이 당황하며 물었다.

"어떻게 하지?"

종일도 마음은 조급했지만 뭘 해야 할지는 몰랐다. 그 때 정석이 말했다.

"초인종을 눌러야지."

"진짜? 진짜 그냥 눌러?"

순경이 뭔가 불안한 표정으로 물었다.

"왜? 그럼 준비 운동이라도 할까? 도수 체조 한 번 하고 누를래?"

"아! 진짜. 그런 거 말고! 뭐, 경찰을 부른다거나……."

"경찰 불러서 뭐라고 할 건데?"

"아니 그러면 마음의 준비라도……."

"그럼 어떻게, 다 같이 명상이라도 할까?"

순경과 정석이 대화하는 동안 종일은 답답해서 듣고 있을 수가 없었다. 그래서 그냥 바로 초인종을 눌렀다.

"야!"

정석과 순경은 갑작스러운 종일의 행동에 너무 놀라 작게 소리를 질렀다. 하지만 종일은 아랑곳하지 않고 다시 초인종을 눌렀다. 순경은 불안함에 어찌할 줄을 몰랐고, 정석은 이후 상황에 대한 대처 방안을 고민했다. 그 와중에도 종일은 계속 초인종을 눌렀다. 그러나 아무리 초인종을 눌러도 인기척이 전혀 느껴지지 않았다.

"뭐야? 아무도 없어?"

"진짜 없는 거 맞아?"

"야, 그냥 우리 문 따는 사람 불러서 들어가 볼까?"

"그건 진짜 범죄라고. 너 공무원 되기 싫어? 전과 있으면 자격 미달인 거 몰라?"

"아, 답답하니까 그렇지……."

종일은 대답 없는 초인종을 스무 번도 넘게 눌렀다. 혹시라도 원룸에서처럼 인기척이라도 날까 싶어 현관문에 귀를 대 보기도 했다. 그런데 순경이 혼자 중얼거리며 뭔가를 찾고 있었다.

"보통 이런 데 열쇠 같은 거 숨겨 놓고 그러지 않아?"

"아, 무슨 열쇠야? 도어 록인데."

"혹시 모르잖아."

순경은 근처에 카드 키라도 숨겨 놓지 않았을까, 하는 마음에 현관 근처를 살폈다. 복도식 아파트의 제일 끝 집은 다 그런 건지, 이 집도 복도 끝을 개인 창고처럼 사용하며 짐을 잔뜩 쌓아 놓고 있었다. 순경은 주변 화분과 쿠팡 프레시백 등을 들어 보다가 그 짐을 살짝 건드렸다.

짐을 덮어 두었던 커다란 천이 흘러내렸다.

"아. 진순경, 좀······."

종일은 순경이 또 뭔가 사고를 친 줄 알고 타박하려 고개를 돌렸다. 그런데 천이 흘러내리며 가려져 있던 짐이 드러나 있었다. 그것은 다정의 짐이었다. 종일은 순간 얼음처럼 굳은 채 멍한 말투로 말했다.

"이거 다정이 거야."

"뭐?"

"지금 여기 있는 거 다정이 짐이라고."

"그러면 뭐야? 지금 다정이 짐을 다 빼서 여기 복도에 넣어 두고 간 거야?"

순경이 쌓여 있는 짐을 살피며 물었다.

"그래. 보통 복도식 아파트 제일 끝 집은 복도를 창고처럼 쓰니까."

정석은 아까 이 짐을 실었던 트럭이 주차장에 있는지 창밖을 살피며 말했다.

"그럼 다정이는? 다정이는 어디 있는데? 저 집 안에 있어야 하는 거 아냐? 다정이는 어디 있는데?"

"이 안에 있을 수도 있고, 다른 데 있을 수도······."

순경은 흥분해서 다정의 짐을 살피며 여전히 키를 찾고 있었고 종일은 다급한 마음에 초인종도 누르고, 비밀번호도 눌러 보고, 문에 귀를 대 보기도 했다. 그때, 난간에 기대 주차장을 살피던 정석이 누군가와 눈이 마주쳤다.

"야. 카니발에 타고 있는 사람 우리 보고 있는 거 아냐?"

정석의 말에 종일과 순경은 바로 난간 근처로 달려왔다. 그러자 정말 하얀색 카니발 한 대가 이중 주차를 한 채 창문을 조금 열어 자신들 쪽을 바라보고 있는 것이 보였다. 순간 종일의 몸에 소름이 돋았다. 왜냐하면 그 하얀색 카니발이 아까 자신과 사고가 날 뻔했던 그 차였기 때문이다.

"야."

"어?"

"저 새끼 잡아."

종일의 말에 정석과 순경은 대꾸도 하지 않고 바로 뛰기 시작했다. 세 명이 복도에서 계단 방향으로 일제히 달려가자 그 모습을 보고 있던 카니발 운전자도 바로 출발했다. 정석은 뛰면서도 종일과 순경에게 말했다.

"야. 종일이가 바로 오토바이로 따라붙고, 너는 카카오 택시 불러!"

"어."

종일은 한 번에 거의 한 층씩 점프하며 계단을 내려갔다. 아까 종일이 절뚝거리던 모습을 봤던 정석과 순경은 그 움직임에 놀랐다. 종일은 주차장에 내려오자마자 오토바이를 타고 카니발이 사라진 방향으로 출발했고, 순

경이 카카오 택시를 호출하는 사이 정석은 입구에서 유
턴하고 있는 빈 택시를 큰 소리로 불러 잡았다.

"택시!"

종일은 심장이 미친 듯이 뛰었지만, 정신은 오히려 점
점 더 선명해졌다. 지금까지는 뿌연 안개 속에서 흰색 비
둘기를 찾아 헤매고 있는 느낌이었다면 지금은 분명한
뒷모습이 보이는 사람을 쫓는 것 같았다. 종일은 저 사람
을 따라가다 자신이 어떤 위험에 빠진다고 해도 상관없
었다. 그곳에 다정만 있다면 지옥이라도 따라갈 생각이
었다. 그래서 종일은 그 어느 때보다 냉정하고 빠르게 카
니발을 쫓았다. 그때, 택시를 잡아타고 오는 중이던 정석
에게서 전화가 왔다.

"야. 따라잡았어?"

"아니 아직 멀긴 한데, 가는 방향은 보여."

"지금 방향을 보면 아무래도 스타리움 쪽인 것 같은
데."

"어. 그런 거 같아."

"야, 그러면 괜히 무리해서 잡지 말고 그냥 스타리움으
로 가자. 우리도 기사님한테 말해서 그쪽으로 바로 갈 테
니까."

"오케이."

그들은 사전에 입수한 정보들로 인해 상대방과의 대결

에서 압도적으로 유리한 상황이었다. 하지만 그렇다고 해서 이들이 여유로울 수 있는 것은 아니었다. 그건 퀘스트에 걸려 있는 보상의 가치가 너무 크기 때문이다. 그래서 종일은 정석의 말과는 상관없이 최선을 다해서 카니발을 쫓았다. 그리고 드디어 거의 따라잡았을 때쯤, 카니발은 유유히 스타리움의 지하 주차장으로 들어갔다. 종일은 그대로 주차장 입구가 보이는 곳에 오토바이를 멈출 수밖에 없었다. 잠시 후 정석과 순경을 태운 택시도 종일의 오토바이 뒤에 섰다.

"왜? 안 들어가고?"

순경이 스타리움의 주차장을 보며 말했다. 그러자 종일이 숨을 몰아쉬며 대답했다.

"여기 오토바이는 못 들어가."

"왜?"

"여기 사시는 분들이 싫어하셔."

종일은 스타리움을 올려다보며 비꼬는 말투로 말했다. 그리고 순경은 그 말에 가래침을 뱉으며 대답했다.

"아, 진짜. 또 기분 더럽네."

"내가 더 더럽게 해 줄까? 여긴 오토바이뿐만 아니라, 우리도 못 들어가."

"왜?"

종일도 순경처럼 가래침을 뱉으며 말을 이었다.

"여기가 얼마짜리 주상 복합 아파튼데. 여기 보안 장난 아니야. 엄마가 딸네 집 갈 때도 신분증 맡기고 가야 한다더라."

종일과 순경의 대화가 끊기자 정석이 쭈그려 앉아 한숨을 쉬며 말했다.

"우와. 진짜네."

종일이 정석을 내려다보며 물었다.

"뭐가?"

"기분이 더 더러워졌다고."

153

순경은 대화하는 내내 50층은 되어 보이는 그 주상 복합 건물을 보고 있었다. 지금 본인의 눈앞에 있는 저 높은 건물이 자신들은 절대 접근할 수 없는, 납치범의 사회적 위치를 보여 주는 것만 같았다. 하지만 아무리 건물 자체에 주눅이 들어도 다정에 대한 걱정을 이길 수는 없었다.

"이제 어떡하지?"

순경이 걱정스러운 표정으로 말하자 종일이 의미심장한 표정으로 대답했다.

"어떻게 하긴, 치킨을 시켜야지."

종일은 바로 스마트폰을 꺼내서 '배달의 민족' 앱을 켰다. 그리고 배달받을 주소를 스타리움으로 입력하고 제일 위에 뜨는 치킨집에 주문을 넣었다.

"뭐 하는 거야?"

"치킨 시키지."

"왜? 너 배고파?"

순경은 종일의 행동이 이해가 가지 않아 물었다. 종일은 치킨을 주문하며 대답했다.

"아니."

"그럼?"

종일이 뭘 하려는 건지 눈치챈 정석이 순경에게 말했다.

"우리는 못 들어가지. 근데 종일이 얘는 들어갈 수 있거든."

"왜?"

"왜긴 왜야. 얘는……."

종일이 오토바이 뒤에 달린 배달 박스에서 조끼를 꺼내서 입으며 말했다.

"라이더니까."

잠시 후, 배달 오토바이 한 대가 저 멀리서 다가왔다. 종일은 오토바이를 보고 손을 들었다. 그러자 그 오토바이가 종일 앞에 멈춰 섰다.

"뭐야? 형이 시킨 거야?"

"어."

"여기에 뭐 있는 거 맞지?"

"왜?"

"형. 나 여기 계약하려고 했었어."

"뭐? 야, 여기 진짜 비싸지 않아?"

"엄청 비싸지. 근데 몇 달 전부터 갑자기 이상한 매물들이 나와서."

"무슨 매물?"

"여기 45평짜리 매매가가 25억인데 갑자기 전세 매물이 싹 사라지더니 전세가가 25억이 된 거야."

"뭐?"

"그러니까 스멀스멀 매매 물건이 없어지는데, 그때 이상한 물건들이 나오더라고. 급매. 26억 매매가에 전세 25억짜리 맞춰서 준다고 갭 투자 하라는 거지."

"갭 투자가 뭔데?"

"아. 그게. 26억짜리 집인데, 25억에 전세를 주는 거야. 그러니까, 26억에 이 집을 사도 공인 중개사가 25억에 들어올 전세 세입자를 구해 주니까, 사실상 1억으로 집을 살 수 있다는 뜻이지!"

"뭐? 여길 1억에 산다고?"

순경이 깜짝 놀라며 물었다.

"네. 근데 아무래도 좀 찝찝하죠. 저희 엄마가 부동산을 좀 오래 하셔서, 저도 어쩌다 알게 된 건데. 딱 시세가 잡힌 거면 몰라도 애매할 때 갭으로 들어가면 전세금 차

액만 몇억 물어 줘야 하고, 진짜 새 되는 거거든요. 근데 외제 차 끌고 다니면서 그런 물건을 흘리고 다니는 부동산이 있더라고요."

"그렇게 거래하면 걔네가 좋은 게 뭔데?"

"부동산은 대박이지, 형. 26억 매매 복비에, 25억 전세 복비에, 여기에 대출까지 소개해 주면 난리지. 뭐 하여튼 그래요. 이 동네가 요즘 뒤숭숭해, 형 이번 일이랑 연관이 있는지는 몰라도."

라이더는 그렇게 말한 후 가 버렸다. 그가 해 준 말에 종일과 정석은 머리가 복잡해졌지만, 그중에서도 순경이 제일 심란해했다.

"아무리 갭 투자라고 해도……. 1억만 있으면 이걸 산다고? 아직 있을까?"

"순경아. 게임 머니 아니야."

"알아!"

"순경아. 부루마불 돈으로 못 사."

"아! 안다고!"

종일은 라이더가 말한 것이 뭔가 중요한 내용 같기는 했지만, 지금 당장 머리에 들어오지는 않았다. 그래서 그냥 치킨을 들고 안으로 들어갈 준비를 했다. 순경에게 말을 걸던 정석은 그런 종일을 보고 순경의 관자놀이를 눌러 주며 말했다.

"순경아. 이따가 즉석 복권 한 장 줄게. 되면 그때 생각하자!"

"콜! 줬다 뺏기 없음. 반띵 없음. 같이 살자고 하기 없음!"

"너는 꽝이라고 바꿔 달라고 하기 없음!"

종일은 크게 심호흡하고 정석과 순경에게 말했다.

"자. 이제 갔다 올게. 여기는 진짜 나밖에 못 가."

"그래 갔다 와. 대신 전화기 꼭 손에 들고 무슨 일 있으면 전화해라."

"야. 우리한테 못 하면 긴급 통화 눌러. 112에 문자 신고도 되고 전화해서 아무 말도 안 해도 되니까. 꼭."

"야. 내가 어디 죽으러 가냐?"

"그렇지? 온종일 지금 죽으러 가는 거 아니지?"

"어."

"꼭 다정이 데려와라."

"그래."

그렇게 종일은 라이더 조끼를 휘날리며, 한 손에는 치킨 한 마리를 든 채, 저 높은 스타리움 성으로 천천히 걸어 들어갔다.

침투

종일은 이곳의 시스템을 이미 알고 있었다. 배달 오토바이나 택배 차량은 지하 주차장을 이용할 수 없었고, 따로 정해져 있는 방문자용 지상 주차장에 주차한 후 걸어서 로비까지 가야만 했다. 로비에 가면 배달 온 주소를 기입하고 출입증을 받는다. 해당 출입증은 해당 층에서만 내릴 수 있고, 그 이외의 층은 엘리베이터 버튼이 눌러지지도 않는다. 그래도 여기서 다행인 것은 로비에서 주문한 집에 주문 여부를 확인하지는 않는다는 점이다. 덕분에 종일은 최대한 자연스럽게 주소를 이야기했다.

"신분증은 여기 넣으시고요. 출입증은 나가실 때 반납해 주세요."

"예, 알겠습니다. 근데 혹시 죄송한데 제가 화장실이 좀 급해서요. 화장실 좀 쓸 수 있을까요?"

"예. 저 비상구 계단으로 내려가셔서 오른쪽으로 들어가시면 됩니다."

바로 해당 집으로 가 볼까도 했지만, 종일은 먼저 차를 좀 확인해 보고 싶었다. 사고가 났을 때부터 선팅이 지나치게 짙은 점이 의심스러웠다. 그 안에 뭐가 있어도 이상하지 않을 것 같았기 때문이다. 그런데 비상구 계단을 통해 지하 주차장으로 내려가려는 순간, 갑자기 보안 요원이 종일을 불렀다.

"저기요!"

"예?"

종일은 순간 심장이 멎는 것 같았다. 종일이 무언가 잘못한 것도 없었고, 앞으로 종일이 할 일도 남들이 보기에는 큰 문제가 될 일이 아니었다. 그럼에도 불구하고, 정복을 입고 있는 건장한 사내의 낮은 목소리는 종일을 긴장하게 만들었다.

"거기 몇 시까지 해요?"

"예?"

"그 치킨집이요. 몇 시까지 하냐고요."

"아…… 저…… 그게…….."

종일은 너무 당황해서 단순한 질문에도 쉽게 대답하지 못했다. 평소라면 얼마든지 대답해 주거나 넘길 수 있었다. 하지만 종일은 그대로 발이 땅에 붙은 듯 가만히 서서 땀만 흘렸다. 아주 잠깐의 시간이었지만, 종일에게는 아주 느리게 흐르는 것처럼 느껴졌다.

"몰라요? 배달하시는 분이 그것도 모르시면 어쩌나?"

"에이. 쟤가 어떻게 알아. 오더 뜨면 배달이나 하는 앤데. 됐어. 그냥 찾아봐."

냅다 반말이 날아왔다. 솔직히 너무 익숙한 상황이었다. 오토바이를 타고 배달 일을 하면서부터 아주 많은 사람들에게 너무 다양하게 무시당해 왔다. 그래서 이 정도의 무시는 얼마든지 넘길 수 있는 일이었다. 하지만 다정에 대한 걱정과 지금 하려는 행동에 대한 불안감 때문인지, 감정이 더 올라왔다. 냅다 반말을 던지며 자신을 무시하는 저 사람들의 무례를 그냥 넘기고 싶지 않았다.

'야. 넌 뭔데? 너랑 나랑 뭐가 다른데 대놓고 무시해? 야. 너 얼마 버냐? 우리 통장 까고 말해 볼까? 한 달에 누가 많이 버는지? 너나 나나 목숨 걸고 일하는 건 똑같고, 오히려 내가 더 위험한 곳에서 훨씬 치열하게 사니까 돈도 내가 더 많이 버는 건데, 왜 돈도 나보다 적게 벌고 전문성도 별로 없어 보이는 네가! 날 무시하냐고. 고작 이 건물 안에 앉을 자리 있다는 거 하나로.'

마음 같아서는 이렇게 다 쏟아붓고 싶었다. 그래서 머릿속으로 하고 싶은 말을 떠올리다 보니 갑자기 다정에게 미안한 마음이 훅 차올랐다. 다정은 종일이 배달 중에

겪은 자존심 상했던 일들을 털어놓으면, 마치 어린아이를 보는 것 같은 눈빛으로 종일을 바라보며 달래 주곤 했다.

'신경 쓰지 마. 세상에 성실하게 일하는 사람을 무시할 수 있는 사람은 아무도 없어. 물론 우리는 직업에 귀천이 있다는 것도 알고, 우리가 하는 일보다 더 가치 있는 일이 있다는 것도 알아. 그래서 그런 일을 하는 사람들 앞에 섰을 때 주눅 들 수밖에 없다는 것도 알지. 그런데 정작 그런 대단한 일을 하는 사람들은 누군가를 함부로 쉽게 무시하지 않을 거야. 특히 오빠처럼 성실하게 자신의 삶을 살아가는 사람은 더. 왜냐면 그들은 알거든. 아무리 작고 하찮은 일이라도 성실하게 그 일을 해 온 사람의 삶은 꽉 차 있다는걸. 그래서 누군가의 무시 따위가 비집고 들어갈 틈이 없다는 것도. 오빠. 나는 알아. 오빠가 매일 배달하는 일을 힘들어하고, 사람들에게 무시당하는 걸 괴로워한다는 것도. 그런데 오빠는 성실하게 그 일을 해내고 있잖아. 그것도 누구보다 열심히. 나는 분명히 오빠의 삶이 잘 채워지고 있을 거라고 생각해. 하기 싫어도 자신에게 주어진 일을 누구보다 성실하게 하면서. 그러니까, 작고 하찮은 사람들의 말에 다치지 말자. 알았지?'

종일은 지하로 내려가는 비상구에서 엉엉 울었다. 마음 같아서는 한걸음에 뛰어 내려가고 싶었지만, 다정의 그 말이 계속 떠올라서 다리가 자기 마음대로 움직이지 않았다. 다정은 종일을 믿고 있었다. 종일 스스로도 믿지 못하는 그를, 그의 삶을, 그의 미래를 믿었다. 그리고 그 미래에 자신의 미래도 함께 그리자고 했었다. 종일은 자신이 너무 바보 같았다. 그 순간의 대답이 다정을 사라지게 만든 것만 같아서 죽을 만큼 미안했다. 그래서 꼭 다정을 찾고 싶었다. 눈물이 났지만 발걸음을 꿋꿋이 이어 갔다. 모든 것을 되돌려 놓겠다고 다짐했다.

겨우겨우 지하 주차장에 도착한 종일은 지하 2층부터 주차장을 뒤지며 한 층씩 내려갔다. 주차장은 값비싸 보이는 차들로 가득 차 있었고 그래서인지 차체가 높은 카니발은 금방 눈에 띄었다. 각층에 서너 대 정도의 카니발이 있었지만, 지하 4층까지도 그 새끼의 차는 보이지 않았다.

그리고 지하 5층부터는 주차되어 있는 차가 눈에 띄게 줄었다. 덕분에 한눈에 모든 차를 훑어볼 수 있었고, 카니발이 없는 걸 확인한 종일은 바로 지하 6층으로 내려갔다. 그곳에 그 차가 있었다. 종일은 한눈에 그 차를 알아볼 수 있었다. 텅텅 비어 있는 어두운 주차장, 구석에 주차되어 있는 흰색 카니발. 종일은 순간 자신의 복장이 너무 눈에 띄어서 혹시라도 상대방이 차에 타고 있다면 금세 걸릴 수도 있다고 생각했다. 그래서 조심히 배달 조끼를 벗어 한쪽에 던져둔 후 최대한 눈에 띄지 않도록 벽에 붙어서 천천히 이동했다.

주차장은 아파트 단지의 규모만큼이나 정말 넓었다. 그리고 그 넓은 주차장에 카니발 한 대만 주차되어 있던 탓에, 종일이 몸을 숨길 수 있는 곳도 없었다. 하지만 다행히도 움직이는 차가 없고 주차된 차도 없다 보니 사방이 어두웠다. 지하 6층까지 내려오면서 주차장의 조명이 센서 등이라는 것을 파악한 종일은 자신의 움직임에 조명이 켜지지 않도록 최대한 낮은 자세로 카니발을 향해 다가갔다. 뛰어가면 1분도 안 걸릴 거리를 10분도 넘게 기어 카니발에 접근한 종일은 뒤쪽부터 천천히 살펴보기 시작했다. 시동은 꺼져 있었고, 너무 어두운 탓에 까맣게 선팅되어 있는 차창 너머로는 아무것도 보이지 않았다. 앞쪽으로 가서 확인할 수밖에 없겠다고 생각한 후 이동하는 순간, 종일의 손등이 손잡이에 있는 버튼에 닿았다. 그러자 카니발의 문이 열렸다.

종일은 갑자기 문이 열린 탓에 너무 놀라 뒷걸음질 쳤다. 종일의 뒷걸음질에 센서 등이 작동했고 조명이 켜졌다. 그 불빛을 통해 열린 문 사이로 다정의 얼굴이 보였다. 종일은 그 순간 자신도 모르게 소리를 질렀다.

"다정아!"

그 소리에 앞자리에서 엎드려 있던 남자가 급히 일어났다. 남자는 바로 자동문을 닫은 후 카니발의 시동을 걸었다. 종일은 눈앞에 보인 다정의 얼굴에 순간적으로 당황했고, 정신을 차렸을 때는 이미 카니발의 문이 닫히고 있었다. 종일이 손잡이를 잡은 것은 이미 문이 완전히 잠겨 버린 뒤였다.

종일은 다정의 이름을 부르며 문을 열려고 했다. 그러나 이미 시동이 걸린 카니발은 큰 소리를 내며 출발했고 종일은 손잡이를 잡은 채 차를 따라 뛰었다.

"야! 야! 차 멈춰! 멈추라고! 이 새끼야!"

카니발은 종일을 떼어 내기 위해 속력을 점점 높였다. 종일이 전속력으로 달렸지만 결국 손잡이를 놓칠 수밖에 없었다. 카니발은 속도를 줄이지 않은 채 위층으로 올라갔다. 종일은 포기하지 않고 전속력으로 차를 쫓아가며 손에 쥐고 있던 스마트폰을 들었다. 그리고 마이크 부분을 입에 대고 소리를 질렀다.

"하이 빅스비!"

항상 휴대폰을 주머니에 넣고 배달하는 종일에게는 AI가 익숙했다. 그래서 이 긴박한 순간에 빅스비가 마치 친구처럼 느껴졌다.

"정석이한테 전화 걸어 줘!"

—다시 말씀해 주세요.

"정정석에게 전화!"

—다시 말씀해 주세요.

"아! 씨발, 좀!"

―'씨발놈'에게 전화 연결하겠습니다.

"뭐? 그게 누군데?"

종일은 달리는 와중에 손을 들어 스마트폰 화면을 바라보았다. '씨발놈'이라는 이름 밑으로 정석의 번호가 적힌 것이 보였다. 갑자기 며칠 전, 순경이 자신의 스마트폰을 만지작거리던 것이 생각났다. 아마 또 자기만 빼고 술을 마실까 봐 종일의 전화기에 정석의 이름을 바꿔서 저장한 것 같았다. 종일은 화가 치밀었지만 더 욕할 기운도 없었다. 정석이 전화를 받았고 수화기 너머에서 무슨 소리가 들려왔다. 그러나 목소리가 너무 작아서 들리지 않았다. 종일은 통화 모드를 스피커폰으로 전환하려 했지만, 그만 실수로 통화 종료 버튼을 누르고 말았다. 전화가 끊기자 마음이 더 급해진 종일은 빠르게 멀어지는 카니발을 보며 목이 터지게 외쳤다.

"빅스비, '씨발놈'한테 스피커폰으로 전화 걸어 줘!"

종일은 카니발을 쫓아 달리는 내내 심장이 터질 것만 같았다. 하지만 알고 있었다. 사람의 심장은 그렇게 쉽게 터지지 않는다는 것을. 그리고 지금 이 차를 놓치면, 또 이렇게 다정을 눈앞에서 놓치면 이번에는 진짜 마음이 터져 버릴지도 모른다는 것을. 종일은 이를 악물고 달렸다. 그리고 손에 든 스마트폰을 향해 정석에게 소리쳤다.

"지금 카니발 올라간다. 막아!
무슨 짓을 해서라도 막아!
안에 다정이가 있어!
막아!"

대치

정석과 순경은 스타리움 입구에서 종일의 연락을 초
조하게 기다리고 있었다. 종일이 치킨을 가지고 들어간
지 벌써 20분이 지났다. 두 사람은 혹시 종일에게 방해가
될까 봐 전화를 걸지도 못했다. 그렇게 아무것도 하지 못
하고 스타리움을 쳐다보고 있는데, 문득 화려한 상가들이
받치고 있는 저 높은 건물이 거대한 성처럼 느껴졌다.

"와. 알았으면 나도 갭으로 여기 들어오는 거였는데."

"아서라. 고시원 월세 걱정이나 해."

"쫄보 새끼, 남자가 큰일 하는데 1억이 무섭냐? 쭉쭉
오르면 완전 대박인데!"

"안 오를 것 같으니까 팔겠지! 아니면 뭔가 또 다른 꿍
꿍이가 있거나!"

"그래도 난 1억 있으면 투자 시도라도 하겠다."

"너 1억은 고사하고 복비랑 세금 낼 돈은 있냐? 그리고…… 제일 중요한 건…….."

"뭔데?"

"임차인은 이 집에 살고, 임대인은 고시원에 살면, 정상이냐?"

"뭐, 서른 살 넘어서 고시원에 사는 건 정상이겠냐……"

순경은 순간 한숨이 나왔다. 하지만 곧 그렇게 처져 있으면 안 된다는 생각에 맨손으로 세수하듯 얼굴을 비비고 웃으며 말했다.

"싸장님. 즉석 복권, 이왕 줄 거면, 그 두 장 붙어 있는 거 주라."

"왜?"

"당첨되면 '온종일 다정한' 주게."

"알았다."

정석은 그까짓 즉석 복권으로 해결될 문제라면 매일 줄 수도 있다고 생각했다. 그리고 지금 상황에서 다정에게 당첨금을 나눠 주겠다고 말하는 순경이 조금 기특했다. 순경은 그런 정석의 마음은 알지도 못한 채 말없이 뭔가에 집중하고 있었다.

"야! 뭐 해?"

"여기는 주소가 2205호였지?"

"어."

"그러면 저기쯤 되나?"

"어디?"

"저기 있잖아. 여기서 보면 두 번째로 좁아지는 데에서 한 세 칸쯤 위."

"맞아? 22층이 그렇게 높나?"

"맞아. 맞아. 내가 다섯 번 셌는데, 저기가 딱 스물두 번째야."

"어디부터 셌는데?"

"저기 간판 위부터."

"거기가 1층이야?"

"아니야?"

"그러면 저 CGV는 지하 1층이냐?"

정석은 어이가 없어서 다시 웃음이 나왔다. 그 이후로 이어진 둘의 대화도 각자 자신들이 할 수 있는 가장 바보 같은 말을 찾고자 마음먹은 사람들의 대화 같았다. 그런 데 그때, 종일로부터 전화가 걸려 왔다.

—지금 카니발 올라간다. 막아!

무슨 짓을 해서라도 막아!

안에 다정이가 있어!

막아!

순간 온몸에 피가 도는 느낌이 들었다. 정석과 순경은 누가 먼저랄 것도 없이 주변을 살펴 달리는 카니발을 막을 수 있을 만한 것들을 찾았다. 하지만 수많은 사람이 지나다니는 쇼핑몰 입구에 달리는 카니발을 막을 만한 것은 아무것도 없었다. 그렇다고 포기할 순 없었다. 뭐라도 찾아야만 했다. 수화기 너머에서 들려온 종일의 목소리가 심상치 않아 보였기 때문이다. 아마 카니발은 지금 아주 빠른 속도로 주차장을 빠져나오는 중인 것 같았다. 정석이 아무것도 찾지 못하고 발만 동동 구르던 그때 한쪽에서 순경이 소리를 질렀다.

"석아! 하나 더 있어!"

"야! 이 미친 새끼야! 그게 뭐야!"

"닥치고 가져와!"

정석이 순경을 보자 순경이 새로 오픈한 핸드폰 대리점 앞에 설치되어 있던 커다란 스카이댄서를 끌어오고 있었다. 30대 중반의 남성이 갑자기 멀쩡히 춤추고 있던 스카이댄서를 끌고 가자 사람들이 놀라서 웅성거렸다. 그러나 순경은 사람들의 시선은 아랑곳하지 않고 정석을 목청껏 불렀다. 정석은 그런 순경이 미련해 보였지만, 그가 생각하기에도 지금은 저 방법밖에 없는 것 같았다. 그래서 정석도 에라 모르겠다는 마음으로 옆에 있던 다른 인형을 주차장 입구 쪽으로 밀었다.

"아. 진짜 졸라 무섭네. 가자. 제발!"

"그래! 우리 다정이 좀 살리자! 제발!"

그리고 정석과 순경이 온 힘을 다해 스카이댄서를 끌고 와서 입구를 막았을 때, 곧바로 큰 소리를 내며 카니발이 올라오는 소리가 들렸다.

끼이이이익!

성공이었다. 코너를 돌자마자 갑자기 나타난 커다란 물체에 카니발 운전자는 무의식적으로 브레이크를 밟고야 말았다. 꽤 무거운 스카이댄서를 끌고 온 정석과 순경은 카니발이 멈춰 서자마자 힘이 빠져 그 자리에 주저앉았다.

171

카니발은 그대로 두 개의 스카이댄서 앞에 서 있었다. 스카이댄서는 코드가 빠지지 않았는지, 멈춰 선 카니발 앞에서 여전히 촐싹거리며 흔들리고 있었다. 사람들은 갑자기 발생한 이 상황이 궁금했는지 주차장 입구 주변을 둘러싸고 수군거렸다. 잠시 후 힘겹게 뛰어온 종일은 닫혀 있는 카니발의 문손잡이를 당기며 소리를 질렀다.

"야 이 새끼야! 문 열어! 문 열라고! 다정아! 안에 있지? 다정아, 문 좀 열어 봐! 너 괜찮아? 너 아무 일 없는 거지? 그렇지?"

하지만 아무리 두드려도 반응이 없자 종일은 차 앞쪽으로 가서 운전석 창문을 두드리며 소리를 질렀다.

"야. 이 새끼야! 문 안 열어? 너 도대체 다정이한테 무
슨 짓을 한 거야! 어? 문 열라고 이 새끼야! 문 안 열어?
열라고!"

조금 숨을 돌린 순경도 바로 종일에게 합세해서 문을
두드리기 시작했다.

"다정아! 정신 차려 봐! 종일이랑 우리가 너 구하러 왔
어! 이제 다 끝났어! 걱정 말고, 제발! 어? 다정아! 정신
차려!"

"야! 문 열어! 당장 문 열라고!"

종일은 선팅된 창문을 아무리 두드려도 아무런 반응이
없자 차를 발로 차기 시작했다. 하지만 안에 탄 운전자는
여전히 아무런 반응이 없었다. 지나치게 진한 선팅 때문
에 안에 누가 타고 있는지도 거의 보이지 않았다. 그때,
스타리움 로비 쪽에서 보안 요원 여럿이 소리를 지르며
달려왔다. 하지만 종일과 순경은 아랑곳하지 않은 채 차
를 흔들었고, 정석은 그사이에 차의 사진을 구석구석 찍
고 있었다.

"거기! 지금 뭐 하시는 겁니까?"

"이 안에 제 여자 친구가 잡혀 있어요. 지금 바로 구해
야 한다고요!"

"그게 무슨 소리예요? 증거 있어요?"

"제가 봤어요. 아까 분명히 제 두 눈으로 확인했다고요!"

"아니, 이미 헤어진 사이라면서요."

"예?"

종일은 예상치 못했던 보안 팀장의 말에 순간 정신이 나가 버리고 말았다. 보안 팀장은 그런 종일의 상황을 바로 파악하고 종일을 카니발에서 떼어 놓으며 말했다.

"이해해요. 그럴 수 있죠. 오래 만난 여자 친구가 갑자기 헤어지자고 하면 충분히 그럴 수 있어요. 그런데 아무리 그렇다고 해도 이건 아니지 않아요? 지금 그쪽이 하는 일이 다 범죄인 건 알아요? 그거 스토킹이에요. 헤어진 여자 친구 미행해서 쫓아다니고, 이렇게 배달 직원인 척 위장해서 집에 찾아오고 그러는 거 다 범죄라고요."

173

"누가 그래요? 저 새끼가 그래요?"

종일이 화가 나서 운전석을 가리키며 물었다. 그런데 보안 요원의 목소리가 생각보다 꽤 컸던 탓에 구경하고 있던 사람들에게도 지금 상황이 전달된 것 같았다. 조금 전까지만 해도 종일 일행을 향한 사람들의 시선이 도망가는 나쁜 놈을 잡고 있는 용감한 히어로를 보는 것 같았는데, 순식간에 지질한 스토킹 범죄자를 보는 눈빛으로 바뀌었다. 달라진 분위기를 감지한 순경이 스마트폰을 꺼내 동영상을 찍고 있는 사람들에게 다가가 다급하게 변명했다.

"아니에요. 다 거짓말이에요. 헤어진 건 맞는데, 저 카니발 차주가 지금 납치를 하고 있는 거라니까요. 확실해요. 지금 저 안에 이 친구 여자 친구가 잡혀 있다고요."

순경의 말을 들은 보안 팀장은 헛웃음을 지으며 순경을 향해 큰 소리로 말했다.

"저기요. 선생님. 제가 지금 저 차 안에 타고 계신 이분 여자 친구분께 전화를 받고 여기에 나온 거예요. 본인은 이미 저 남자분이랑 헤어진 사이고, 아무 상관 없으니 제발 더 시끄럽지 않게 정리 좀 해 달라고요!"

보안 팀장의 말에 종일은 갑자기 눈이 돌아갔다.

"뭐라고요? 여자랑 통화를 했다고요? 뭐래요? 몸은 괜찮대요? 어디 다친 데는 없답니까? 근데 여자가 전화한 거 맞아요? 진짜예요?"

종일이 갑자기 보안 팀장의 팔을 붙잡고 이야기하자 보안 팀장은 귀찮다는 듯이 종일의 손길을 뿌리치며 말했다.

"무사하니까 전화를 하셨겠죠! 옛정을 생각해서 경찰에 신고는 하지 않을 테니 제발 좋은 말로 할 때 비키라고 전하라네요."

"목소리가 어땠는데요? 톤이 높아요? 낮아요? 혹시 좀 허스키하던가요?"

"아, 몰라요! 좀! 그냥 가시라고요!"

순간 종일은 이 상황이 다시 혼란스럽기 시작했다. 진

짜 다정이 전화를 했다고? 자신을 그냥 보내 주겠다고, 그러니 비키라고 했다고? 얼굴도 보여 주지 않고? 이렇게 남의 입을 통해서? 도저히 이 상황이 이해되지 않았던 종일은 다시 차를 향해 달려들었다.

"다정아! 정말 너 맞아? 네가 진짜 그렇게 말한 거야? 그럼 얼굴 좀 보여 줘 봐. 창문 열고 나한테 직접 말하라고!"

결국 보안 팀장의 지시에 따라 보안 요원들에게 끌려 나와 차에서 떨어진 후에도 종일은 계속 발버둥 치며 소리를 질렀다. 그런데 그때 보안 팀장이 종일 앞에 서서 다시 강하게 말했다.

"더 이상 보고 싶지 않고 목소리도 듣고 싶지 않대요. 이렇게 쿵쾅거리면서 차를 치는 것도 오히려 여자분을 더 화나게 하는 행동일 겁니다! 그러니까 이제 제발 그만하세요. 이 상황만 보면 선생님이 잘한 게 하나도 없어요. 저 입주자님께서 고소라도 하신다고 하면 모두가 다 곤란해진다고요. 아시겠어요?"

종일은 이 상황이 도저히 납득 가지 않았다. 다정이 자신의 얼굴도 보지 않고 자신을 끌어내라고 전화했다는 말이 사실일 가능성은 1퍼센트도 없다고 생각했다. 자신이 본 다정은 분명히 눈을 감고 있었다. 아무리 생각해도 자신의 의지로 무엇인가를 할 수 있는 상황이 아니었다. 그럼 당연히 이 모든 상황은 저 운전석에 앉아 있는 놈이 꾸민 일이라는 것이다. 그런데 지금 종일에게는 누가 이런 짓을 했는지는 중요하지 않았다. 그저 지금 저 카니발 안에 탄 다정에게 무슨 일이 있는지, 무사하긴 한 건지, 오직 그 생각뿐이었다. 그래서 종일은 진정할 수가 없었다.

"그만하자."

정석이 흥분한 종일에게 말했다.

"뭘?"

"진정해 봐. 이대로 가면 우리가 유리할 게 전혀 없어. 여기서는 그냥 보내자. 그게 최선이야."

"뭐? 미쳤어? 저 안에 다정이가 있다고! 몰라? 분명히 내가 봤다고!"

정석은 그대로 종일을 안았다. 종일은 아직 진정이 되지 않아서 정석의 만류에도 계속 놓으라며 발버둥을 쳤다. 정석은 온 힘을 다해 종일을 꽉 껴안으며 조용히 귀에다 대고 말했다.

"경찰 오면 넌 그냥 빼도 박도 못하고 끌려가. 지금 누가 봐도 우리가 악역이잖아. 우리가 뭐라고 말해 봤자 아무도 안 믿어 줄 거라고, 그러니까 우선 보내자. 나한테 생각이 있어."

보안 팀장은 무전으로 무엇인가를 듣고는 다시 빠르게 수습하고자 종일에게 말했다.

"저기요! 여자분께서 지금 그냥 가시면 보내 준다고 하시거든요. 차 수리비도 안 받는다고 하시니 제발 그냥 가시죠! 이거 지금 진짜 고마운 거예요! 봐요. 선생님들이 부숴 놓은 차. 수리비만 해도 지금 만만치 않다니까. 나머지는 저희가 알아서 다 처리할 테니까 그냥들 가요. 그리고 나도 알아. 나는 뭐 연애 안 해 봤나? 나도 다 해 봤어, 이렇게까지 된 거 보면 연이 아닌 거야. 그러니까 그냥 쿨하게 보내 줘 버리라고."

어느새 옆으로 다가온 보안 팀장은 마치 다 알고 있다는 듯이 넉살 좋게 종일을 달랬다. 종일도 정신을 좀 차렸다. 정석의 말대로 여기서 더 시간을 끈다고 해도 자신에게 유리한 상황은 되지 않을 것 같았다. 그래서 정석의 말대로 여기서는 그를 보내 주고 다시 잡을 방법을 찾아야겠다고 생각했다.

"자. 우선 보내 주자. 어?"

정석의 말에 종일이 고개를 끄덕이자 보안 팀장이 종일을 조심스럽게 차 앞에서 밀어내며 말했다.

"잘 생각했습니다. 그러면 저희가 여기 정리합니다."

보안 팀장은 종일이 좀 수그러들자, 보안 요원들에게 스카이댄서부터 치우도록 시켰다. 그런 다음 몰려 있는 인파들을 해산시켰다. 마지막으로 카니발 운전석을 향해 크게 인사하더니 손짓으로 길을 안내했다. 카니발은 앞쪽에 길이 열리자마자 유유히 사라졌다. 종일은 곧바로 카니발을 쫓기 위해 오토바이를 타려고 했는데 정석이 종일의 팔을 잡았다.

"아니야. 지금 바로 쫓으면 안 돼."

"왜?"

"야. 너라면 뒤에서 누가 쫓아오는데 집으로 바로 가겠냐? 지금 우리가 저 새끼를 쫓으면 저 새끼는 분명히 더 이상한 데로 빙글빙글 돌 거라고. 그러니까 지금은 차라리 놔 주고, 집으로 가게 하는 게 나아. 어차피 이제 남은 후보지도 둘밖에 없잖아."

"그러면 진짜 이대로 보내자고? 아무것도 하지 말고?"

"아니, 내가 아까 네 폰으로 이미 작업 다 끝내 놨어. 아무 걱정하지 마."

"뭐?"

정석은 종일과 순경이 멈춰 있는 카니발과 대치하고 있는 동안, 종일의 스마트폰으로 카니발의 사진을 찍었다. 그러고는 배달 직원들의 단체 채팅방에 공지 글을 하나 더 올렸다.

형님들, 도와주시는 김에 한 번만 더 도와주세요.
지금 보시는 사진 속 카니발에 다정이가 타고 있습니다.
그러니까 지금부터 일하시다가 이 차를 발견하신 분들은
어느 방향으로 가는지만 바로바로 확인 좀 부탁드립니다.
정말 감사합니다.

정석의 공지 글이 올라오자마자 빠르게 댓글이 달리기 시작했다.

  -자, 김밥 먹은 사람들 주목이요! 저 차 잡아야 합니다!
  -오케이, 접수. 지금 스타리움 쪽에서 나오는 거 확인. 아직 콜 없으니까 제가 눈치 못 채게 쫓겠습니다.
  -형. 지금 인스타 봤어? 스타리움 앞에서 난리 났다고 핫하던데. 댓글들이 살벌하긴 하지만, 난 우선 의리로 형 믿습니다. 나도 내 눈에 보이면 바로 추적 시작.
  -오늘 평일이라 한가하다. 간만에 영화 한번 찍어 보지 뭐. 가올동 쪽으로 들어오면 제가 붙습니다.

진짜 미친 사람들 같았다. 갑자기 다들 무슨 스파이라도 된 것처럼, 너도나도 카니발을 쫓아 주겠다고 난리였다. 그리고 재미있는 것은 그 안에서 벌써 체계가 잡혀 가고 있다는 것이었다.

  -가올동 쪽으로 지금 진입. 국민은행 사거리입니다. 영일 형님 확인하시면 제가 빠집니다.
  -맞아요. 한 대가 너무 오래 붙어도 의심하니까. 웬만하면 5분 넘기지 마시죠.
  -자, 그러면 각자 붙을 때 눈에 띄는 상호만 찍고 바로 붙고요. 5분 안에 지역 말하고 지원 요청하세요.

─좋아요. 그러면 근처에 있는 사람이 바로 붙어 주시고
요. 지금 이 새끼 보니까 목적지 없이 빙빙 도네. 그럼
우리가 잘 몰아 보자고요.
─큰길은 괜찮은데, 골목 들어가면 눈 크게 뜨고 붙어야
함. 갑자기 아무 골목에나 들어가서 숨어 버릴 수도 있
으니까.

종일은 생각했다. 과연 자신도 이 사람들 중 누군가가
이런 상황이었다면 이렇게 열심히 도와 줬을까? 쉽지 않
은 일이었다. 하지만 지금, 수많은 배달 기사들이 모두
제 일인 양 앞장서서 종일을 돕고 있었다. 누구보다 고단
한 삶을 살고 있는 사람들인데도 말이다. 너무 신기하고
고마운 일이었다.

─감사합니다.
─자. 잡자. 잡으면 됩니다.
─김밥 진짜 맛있는데, 구하면 김밥도 또 부탁드립니다!
─그것만 알아 두소. 우리가 이렇게까지 했는데 인스타
댓글처럼 스토킹 짓하는 거면, 너희들 죽는다.
─그건 제가 보장합니다. 제 편의점 걸고 보장하니까 걱
정 말고 도와주세요. 제가 다 보답하겠습니다.
─우와. 형들 의리가 짱이네. 뭐 오늘 주문도 없는데, 오
프라인 게임하는 느낌으로다가 달려 보시죠.

정석의 말처럼 카니발은 20분째 시내를 뱅글뱅글 돌며 종일과 정석, 순경을 경계하고 있었다. 그때, 순경이 조금 심각한 얼굴로 말했다.

"근데 아까 진짜 다정이가 전화한 건 아닐 거 아냐?"

순경의 말을 듣던 정석은 스마트폰에서 앱 하나를 실행시켰다. 그리고 화면을 몇 번 조작한 후 순경을 보며 말했다.

—요즘 기술이 얼마나 좋은데요? 음성 변조는 일도 아니에요!

정석의 목소리가 섹시한 여성의 목소리로 변조되어 나왔다.

"우와! 이게 된다고? 이게 실시간으로 되는 거야?"

—그럼요. 이게 지금 이렇게 들어서 그렇지 통화로 하면 전혀 못 알아챕니다. 특히 아까처럼 시끄러운 데에선 더.

정석이 순경의 귀에 속삭이자 순경은 간지러운 듯 지렁이처럼 몸을 꼬며 말했다.

"야! 알았어! 그만해! 그보다 종일아! 이제는 진짜 경찰에 말해야 하는 거 아냐? 정말로 다정이 목숨이 걸린 일이잖아. 이제 네가 직접 본 게 있으니까, 우리도 좀 지르자!"

"신고하는 거야 쉽지. 그런데 경찰들이 과연 우리 맘처럼 움직여 줄까?"

순경의 제안에 정석은 여전히 걱정이 좀 앞서는 것 같았다. 하지만 종일은 다른 생각이 있었다.

　"우리 마음대로 움직이게 해야지. 지금은 우리한테 경찰이 필요하잖아."

　"너 무슨 생각 있어?"

　"어."

　종일은 곧바로 오토바이를 향해 달려갔다. 그리고 오토바이 앞에 달려 있던 액션 캠을 떼어 냈다.

　"그게 뭐야?"

　"액션 캠. 차로 치면 블랙박스."

　"뭐? 너 그런 것도 있었어?"

　"어. 이번 내 생일에 다정이가 사 줬어. 배달 기사들 사고 많이 당한다고, 그때 블랙박스가 있으면 무조건 도움이 되니까 귀찮아도 매일 충전해서 잘 붙이고 다니라고. 근데 진짜 이게 이렇게 도움이 되네."

　"왜? 그걸로 뭘 하려고?"

　"신고."

　"무슨 신고?"

　"뺑소니 신고."

조우

종일은 몇 년 동안 배달을 하면서 많은 사고를 당했
다. 그중에는 블랙박스가 없어 억울한 일도 참 많았다.
하지만 종일은 한 번도 액션 캠을 사야겠다는 생각을 하
지 못했다. 그러던 어느 날, 다정이 아무렇지도 않게 종
일에게 물었다.

"아까 오다가 배달하시는 분이 신호에 걸려서 서 계신
거 봤는데, 헬멧에 뭐 이상한 게 달렸더라. 그건 뭐야?"

"글쎄요, 그걸 제가 어떻게 압니까? 본 사람이 알아야
지."

무관심 반, 장난 반으로 한 종일의 대답에 다정은 자세
를 고쳐 앉으며 진지하게 다시 물었다.

"아! 좀! 나 진지하다고. 요만한 네모 모양인데, 렌즈
같은 게 달린 거 같기도 하고."

"아. 액션 캠?"

"액션 캠?"

"어. 요즘 어린애들이 라이딩하는 거 찍는다고 헬멧에 달고 다녀. 유튜브 보면 라이더들이 찍은 영상도 많이 올라와 있어."

"어? 근데 그분은 나이가 좀 있어 보였는데."

"아. 형님들 중에서 그걸 블랙박스처럼 쓰시는 분도 있어. 워낙 사고도 자주 나고, 고객들하고 트러블도 많으니까. 바디 캠을 쓰기도 하고."

"그거 비싸?"

"뭐…… 중국산은 한 2, 3만 원이면 살걸? 요즘 애들이 쓰는 건 한 20에서 30만 원 하는 거고!"

"우와…… 비싸네……."

"왜, 갑자기?"

"오빠 사주게."

"뭐? 나?"

"응."

"나 왜?"

"오빠도 사고 자주 나잖아. 지난번에는 자전거에 닿지도 않았다면서 돈도 많이 물어 줬고."

"아, 됐어. 내가 무슨 애도 아니고. 괜찮아요!"

"아니야. 내가 안 됐어."

"아니야! 진짜 됐어! 그거 처음에만 그렇지 나중에는 잘 갖고 다니지도 않아!"

"아, 됐고! 사 줬는데 안 갖고 다니면 죽는다, 진짜! 우선 너무 비싸서 내가 그냥은 못 사 주고, 그거 다음 달 오빠 생일 선물로 퉁치자."

"아, 뭐야. 나 갖고 싶은 거 있었는데 왜 자기 마음대로 정해?"

"뭔데? 우리 오빠 뭐가 또 갖고 싶었는데용?"

"나 진짜 액션 캠 필요 없다고."

"내가 오빠 주고 싶어. 갖고 있으면 분명 도움이 될 거야. 나만 믿어."

"아유, 정말! 자길 누가 말릴까! 그래, 고마워!"

상황이 이렇게 되고 나니 종일은 마치 다정이 모든 것을 예견하고 있었던 것이 아닐까 하는 생각이 들었다. 다정은 그렇게 종일이 원하지도 않던 액션 캠을 사서 종일의 오토바이에 달아 놓았고, 종일이 깜빡하더라도 밤사이 꼭 충전해 두었다가 아침이면 챙겨 주었다. 그리고 심지어 가입돼 있던 적금을 깨서 원래 종일이 갖고 싶어 했던 운동화도 사 줬다. 그때 다정이 사 줬던 그 액션 캠이 지금 이렇게 종일을 돕고 있는 것이다. 다정의 말처럼.

"그 차, 아까 내가 아파트에 들어갈 때 사고 날 뻔했던 차야. 닿지는 않았지만, 연락처도 안 주고 갔고, 영상 소리 지워서 가지고 가면 충분히 가능성 있어. 이 영상 가지고 파출소에 가면 바로 추적해 줄 거야. 증거가 확실하니까."

"그래. 거기다가 기사님들이 알려 주는 동선까지 체크해서 말하면 이제 진짜 독 안에 든 쥐다."

종일의 설명에 정석이 대답했다. 그러자 순경이 궁금하다는 듯 물었다.

"그런데 뺑소니 차량이라고 해도…… 차량 수색까지 할까?"

"아마도 할 거야. 찾은 후에는 우선 차에서 내리게 할 테니까 그때 우리가 옆에서 살펴보면 될 거야."

순경의 질문에 종일이 대답하자, 정석이 더 구체적인 방법을 덧붙여 말했다.

"신고할 때, 그냥 술 냄새도 좀 난 것 같았다고 말해. 아마 그래야 더 급하게 잡으려고 할 거고, 잡으면 바로 운전석에서 내리게 할 테니까."

"알았어. 그럼 나는 바로 경찰서로 갈 테니까. 너희는 택시 타고 와."

"아냐. 아무래도 우리도 차가 좀 있어야 할 거 같으니까. 근처에 있는 쏘카로 바로 갈게. 먼저 가 있어."

"알았어."

종일은 바로 액션 캠을 들고 근처에 있는 파출소로 향했다. 그리고 정석은 근처 공영 주차장에 있던 쏘카를 끌고 나왔다. 정석이 운전하는 동안 순경은 계속 카니발의 동선을 파악했는데, 보면 볼수록 정말 배달 기사들의 의리가 대단하다는 말이 절로 나왔다.

─지금 카니발이 롯데리아 지나서 순댓국집 골목으로 들어가요. 저 지금 콜 들어와서 가야 하는데, 이어받을 분 계세요?

─저 지금 반대쪽 골목으로 들어갈 수 있는데, 우선 들어가 볼게요. 여기는 다세대 주택 단지라서 눈에 안 띄게 카니발 숨길 데가 없을 겁니다.

─그 블록 알아요. 저는 정관장 쪽으로 들어갈 수 있어요. 우선 그래도 여기가 나름 넓으니까 최대한 많이 모여서 찾으면 좋을 듯합니다.

"야! 썩! 아까 주소 중에 길세동 다세대 많은 쪽 주소 없었지?"

"어. 없어."

"아, 근데 그 새끼 거기는 왜 들어갔지?"

"미행 따돌리려고 그런 거 아니야?"

"알까? 우리가 자기 쫓는 거?"

"눈치는 못 채도 불안은 할 거야. 아까 우리가 쫓아오는지도 몰랐는데 그 아파트에서 만났던 거니까. 스타리움 때도 그렇고."

순경은 계속 기사들의 댓글을 확인하며 정석에게 전달하고 있었다. 카니발 수색은 당초 예상보다 난항을 겪고 있었다.

—아. 생각보다 잘 못 찾겠는데? 어디 갔지?
—저…… 제가 들어온 데부터 다시 훑고 있거든요. 다시 천천히 찾아보시죠.
—여기 진짜 없는데, 숨을 데가?
—아. 지금 정수 교회 골목으로 나갔어요. 이 새끼 뭘 아나? 어떻게 우리를 따돌리지?

그때였다. 종일에게서 전화가 왔다.
—그 새끼 어디래?
"정수 교회 앞 큰길. 지금 신호 걸렸대."
—오키. 야, 형들한테 그 새끼 좀 잡고 있어 달라고 해. 나 옆 블록이야. 경찰이랑 같이.

종일의 이야기를 듣자마자 순경은 바로 채팅방 공지 글에 댓글을 달았다.

—형님들. 종일이가 그 새끼 뺑소니로 신고하고 경찰이랑 근처래요. 가까이 있는 형님들은 그 새끼 좀 막아 주세요.

—오키. 진짜 영화 같은데.

—나도 갑니다.

—앞바퀴에 타이어 껴요. 그러면 못 움직여요. 저도 갑니다.

종일은 지금 눈앞에 펼쳐진 광경을 믿을 수가 없었다. 사이렌을 켠 경찰차를 따라서 교회 앞 큰길로 갔을 때, 이미 스무 대에서 서른 대 정도의 오토바이가 카니발을 움직이지 못하게 감싸고 있었다. 반대편에도 정석과 순경이 그 광경에 놀란 표정을 지은 채 서 있었다. 하지만 종일에게는 마냥 놀라고 있을 시간이 없었다. 종일은 오토바이를 내팽개치고 카니발로 뛰어갔다. 그리고 아까처럼 다시 문을 두드리며 소리를 지르기 시작했다.

"야! 넌 이제 끝났어! 진짜 끝이라고 이 새끼야!"

그렇게 창을 두드리며 소리를 지르는 종일을 정석과 순경이 달려와서 말렸다. 그리고 그사이 종일과 함께 온 경찰이 운전석으로 가서 창문에 노크했다. 처음에는 안에서 아무런 반응도 없었지만, 잠시 후 경찰이 다시 창문을 두드리자 운전자의 눈이 겨우 보일 정도로만 아주 조금 창문이 내려왔다.

"무슨 일이시죠?"

"실례지만 뺑소니 신고가 들어와서요. 잠시 차에서 내려 주시겠습니까?"

"증거 있습니까? 원래 뺑소니는 그냥 신고만 하면 아무나 다 이렇게 나오는 겁니까?"

"자. 피해자께서 직접 파출소에 방문하셔서 증거 보여 주시고 신고 접수하셨고요. 더 면밀하게 조사해 봐야겠지만, 지금까지 확인한 바에 의하면 뺑소니를 하신 사실은 명확해 보이시는데요. 아무래도 서까지 함께 가 주셔야 할 것 같습니다."

"그러면 제가 직접 갈게요."

"안 됩니다. 현재 음주, 약물 복용에 대한 가능성도 있어서 직접 운전하시는 것은 좀 곤란할 듯합니다."

지금 이 대화를 지켜보고 있는 사람들에게는 채 5분도 되지 않는 그 시간이 영원처럼 길게 느껴졌다. 결국 숨막히는 신경전 끝에 카니발의 문이 열리는 소리가 들렸다. 운전석에서 내린 남자는 모자를 눌러쓰고 마스크를 써서 얼굴이 잘 보이지 않았다. 그러나 그 순간 종일에게 그 남자가 누구인지 따위는 전혀 중요한 게 아니었다. 종일은 카니발 문이 열리고 남자가 내리자마자 바로 뒷문부터 열었다. 종일에게는 그저 다정. 다정의 존재와 다정의 안전만이 중요했다.

그런데 아까 자신이 목격한 누워 있던 다정의 모습은 어디에도 없었다. 당황한 종일이 뒷좌석부터 트렁크까지 모든 문을 열어 확인했는데도 불구하고, 그곳에는 아무도 없었다.

종일은 그 자리에서 돌이 되어 버린 듯했다. 귀신에 홀린 것 같았다. 자신이 분명 스타리움에서부터 이 카니발을 쫓고 있었고, 거기에 더해 이 도시의 수많은 기사들이 이 카니발을 감시하고 있었다. 적어도 종일이 느끼기에는 다정을 어딘가에 옮길 만한 시간이나 기회가 없었다. 그런데 아까 분명히 자신의 두 눈으로 존재를 확인했던 다정이 차 안에 없는 것이다.

"어? 저 남자……."

그때, 순경이 운전석에서 내린 남자를 향해 손가락을 내밀며 말했다.

"왜? 뭔데? 너 저 사람 알아?"

"어!"

"누군데?"

"손님. 편의점에 왔었어. 김밥이랑 물 사러."

"언제?"

"아까 그 이삿짐 나가기 전에! 맞아!"

"너 그걸 기억해?"

"당연하지. 똑같아. 그때도 저렇게 모자를 눌러쓰고,

마스크까지 했었으니까!"

　확실했다. 이 남자가 범인이었다. 이 남자가 바로 다정의 집에서 다정을 납치하고, 다정의 짐도 마음대로 옮기고, 종일과 정석과 순경은 물론 도시의 라이더들을 이렇게 숨 가쁘게 만든 사람이었다. 그런데 다정이 없다. 그의 차 어디에도 다정이 없었다. 종일은 혼란스러웠다. 매번 끝일 것 같은 순간을 넘겨도 끝이 아니었다. 다시 또 절망이었다. 종일이 절망에 빠져 있는 사이, 운전석에 있던 남자는 카니발에 달려 있던 블랙박스 영상을 경찰에게 보여 주기 시작했다. 그 안에는 종일이 남자를 향해 그냥 가라고 했던 모습이 분명히 찍혀 있을 것이다. 종일은 손이 떨리기 시작했다. 그 영상을 본 순간, 경찰로서도 더 이상 그 남자를 잡고 있을 명분이 없을 것이다. 잠시 후, 경찰은 그 남자에게 정중하게 인사한 뒤 카니발을 보냈다.

　그 남자는 시동을 걸고 출발하며 천천히 창밖으로 고개를 내밀어 종일을 바라봤다. 종일도 눈앞에서 사라지는 그 남자를 그저 바라볼 수밖에 없었다. 지금의 감정이 분노인지, 허탈함인지, 두려움인지도 구분이 되지 않았다. 하지만 분명한 것은 있었다. 다정이 보고 싶었다. 미친 듯이 보고 싶었다.

　그때 경찰이 종일에게 다가와 화를 내며 이 상황에 대해 물었다.

"선생님, 지금 이게 어떻게 된 일이죠?"

하지만 이미 다정 때문에 정신이 나간 종일에게는 경찰의 말이 귀에 들어오지 않았다.

"선생님. 선생님. 지금 선생님께서 하신 행동은 공무 집행 방해나, 혹은 보험 사기 미수로……."

"에이, 또 왜 이러실까!"

순간 정석이 멍해 있는 종일을 대신해 나섰다.

"아까는 급한 일이 있어서 그냥 넘어갔는데, 좀 지나니까 다리가 쑤신다고 하더라고요. 근데 그것도 뭐. 그냥 넘어갈 수는 있는데, 생각해 보니 술 냄새가 난다고 해서요."

"아까 보셨지 않습니까? 음주 단속에서는 전혀 안 나왔습니다."

그때, 정석 옆에 있던 순경이 경찰에게 다가가며 물었다.

"그런데 술 냄새는 났죠?"

순경의 말에 경찰이 조금 당황했다. 그 순간을 기가 막히게 캐치한 순경이 경찰을 몰아붙였다.

"났잖아요. 그죠? 아까 문 여는 순간 술 냄새가 확 풍기던데요? 그럼 당연히 신고를 해야 하는 것이 맞지 않나요? 그게 공무 집행 방해가 되나?"

"아, 그런데 우선은 측정기를 불어도 수치가 올라가진 않았고요. 아까 저 선생님께서 뒷문부터 뒤지는 게 뭔가 다른 목적이 있으신 건 아닌가……."

듣고 있던 정석이 다시 차분하게 말하기 시작했다.

"뭐, 단속해서 안 나오면 다행인 거 아닌가요? 신고했는데 아니면 다행인 거지 왜 신고했냐고 타박하시면 안 될 것 같은데요."

"아. 타박은 아니고요. 그게 확인이……."

"그리고 그 이후의 문제는 차주가 문제 삼지 않고 갔으면 된 거 아닌가요?"

"아. 그것도 그렇기는 한데요……."

"뭐가 또 남았을까요?"

결국 경찰은 정석과 순경의 대응에 별말 없이 경찰차를 타고 돌아갔다. 그때까지도 종일은 다정의 행방을 생각하느라 정신이 없었다. 그런데 그때, 고개를 든 종일의 눈에 다세대 주택 단지의 좁은 골목이 들어왔다. 무언가 놓친 것이 있는 것 같았다. 아주 중요한 무언가를. 종일은 단체 채팅창 공지 글에 달린 댓글을 처음부터 천천히 다시 봤다. 지나치게 넓은 골목. 라이더들이 단 한 순간 카니발을 놓쳤던 바로 그 골목. 혹시라도, 혹시라도 그 새끼가 다정을 꺼내 숨기려 했다면 그것이 가능한 곳은 그때, 거기밖에 없었다. 종일은 온 힘을 다해 소리 질렀다.

"형님들! 저 골목 어딘가에 다정이가 있습니다. 확실해요. 도와주세요. 제발 도와주세요. 저희만으로는 너무 넓

어요. 제발 제발 우리 다정이를 찾을 수 있게. 형님들! 한
번만 더 도와주세요!"

목청이 터질 것 같은 성량이었다. 그리고 그 종일의 목
소리가 한순간 넓은 6차선 도로를 적막하게 만들었다.
짧은 순간이었지만 세상이 정지한 것만 같았고, 오로지
종일의 목소리와 숨소리만 들렸다. 그리고 잠시 후 누군
가가 소리쳤다.

"사진 올리라!"

정확히 누구인지는 알 수 없었다. 그러나 그저 몰려들
어 있던 수십 명의 배달 기사들 중 누군가가 소리를 질렀
다는 것은 확실했다. 그리고 그 말을 시작으로 수십 대의
오토바이가 다세대 주택이 밀집되어 있는 골목으로 파도
처럼 밀려들어 가기 시작했다. 지나가던 사람들은 그 모
습에 놀라 멍하니 있었고, 순경은 바로 단체 채팅방에 다
정의 사진들을 올리기 시작했다.

"예쁘네!"

"꼭 찾아 줍시다."

"여기야 뭐, 우리는 눈 감고도 간다."

"찾으면 마 클랙슨 때리소!"

종일은 한없이 눈물이 흘렀다. 자신도 다정을 찾아 골
목으로 들어가야 한다고 생각했지만 온몸에 힘이 풀려 움
직일 수 없었다. 고마운 마음도, 미안한 마음도 우선이 아

니었다. 이 빚은 평생을 두고 갚으면 된다고 생각했다. 평생. 평생. 저들을 위해서 살아도 괜찮으니, 제발 다정만 살아 있으면 좋겠다고 생각했다. 다시 볼 수만 있다면, 미안하다고 말할 수만 있다면 뭐든지 할 수 있을 것 같았다.

종일은 정신을 차리고 오토바이를 타고 골목길로 들어섰다. 정석과 순경도 차를 타고 골목으로 들어섰다. 골목에는 이미 배달 오토바이들이 가득했다. 그리고 놀랍게도 그들은 그 안에서 다시 규칙을 만들고 있었다. 그들은 골목에 들어갈 때와는 달리 골목을 나오면서는 라이트를 깜빡였다. 그러면 마주치는 오토바이가 그 골목이 아닌 다른 골목으로 들어갈 수 있었다. 아무리 복잡한 골목이라 한들 하루에도 수십 번씩 오고 가는 배달 기사들 앞에서는 가소로웠다. 그리고 그때, 어디선가 클랙슨이 울렸다.

"찾았다!"

"찾았댄다!"

순식간에 그곳에 있는 모든 오토바이가 일제히 클랙슨을 울렸다. 주민들이 창문을 열고 시끄럽다고 외치는 소리가 섞이기 시작했지만, 기사들의 클랙슨 소리는 그치지 않았다. 그리고 그때 종일의 오토바이 옆에 정석과 순경의 차가 다가왔다.

"온종!"

"다정이 보러 가자."

다정

다정은 골목 끝에 있는 다세대 건물 옆 쓰레기장에 버려져 있었다. 커플로 샀던 잠옷 중에서 종일의 것을 입은 채였다. 종일이 다가갔을 때 다정은 그저 잠을 자고 있는 것만 같았다. 몸에는 아무런 상처도 없었고, 잠옷은 조금 더러워져 있었지만 쓰레기장에 내팽개쳐지면서 묻은 얼룩 같았다. 그토록 간절하게 찾아 헤맸던 사람이지만 막상 이렇게 눈앞에서 마주하고 나니 종일은 한 발짝 더 나아가는 것이 어려웠다. 무엇 때문이었을까? 그 답은 처음 다정을 발견한 기사가 대신 알려 주었다.

"살아 있어. 걱정 마."

종일은 그 말에 또다시 눈물이 쏟아졌다. 그래. 겁이 났던 거다. 너무 평안하게 자고 있는 것 같은 그녀가 혹시 차가울까 봐. 저대로 죽어 버린 것일까 봐. 다가가기가 너무 무서웠던 것이다. 그런데 동료 기사의 그 한마디에 앞으로 그에게 펼쳐질 삶이 그 어떤 고통일지라도 기꺼이 받아들이겠다는 생각이 들었다. 천천히. 아주 천천히. 종일은 눈앞에 얌전히 누워 있는 다정을 향해 다가갔다. 그리고 한 걸음쯤 남았을 때 다정이 갑자기 눈을 떴다.

"야!"

다정은 눈을 뜨자마자 날아가듯 종일에게 안겼다. 그리고 더 이상 아무 말도 하지 못하고 어린아이처럼 엉엉 울었다. 그들은 꽤 오랜 시간을 그 좁은 골목에서 목 놓아 울었다. 그 둘 뒤에 서 있던 정석과 순경도, 다정을 찾기 위해 골목을 누볐던 기사들도, 시끄럽게 울리는 클랙슨 소리에 화가 나 창문을 열고 내다보던 사람들도 그들에게 그만하라고 말하지 못했다. 사정을 몰라도, 사건의 내막을 몰라도, 그들의 울음소리에 그들의 마음이 온전히 담겨 있었기에 그저 듣고 있을 수밖에 없었다.

두 사람을 한참이나 지켜보던 누군가가 크게 소리 질렀다.

"콜 들어온다. 가자."

기적 같은 일이었다. 떠난 줄 알았던 연인이 돌아왔다. 잃어버린 줄 알았던 소중한 사람을 찾았다. 모르고 있었던 소중한 인연들을 알게 되었다. 그리고 그 모든 걸 함께해 준 사람들도 있었다. 순경은 아무 말도 하지 않고 자신이 입고 있던 재킷을 벗어서 다정에게 주었다. 다정은 조금 추웠지만, 순경이 건네는 재킷을 덥석 받을 수는 없었다. 그때 정석이 한마디 했다.

"괜찮아. 얘는 9월부터 내복 입어."

"맞아."

순경은 무표정하게 고개를 끄덕이며 인정했고 그 모습에 다정의 웃음이 터졌다. 그리고 다정이 웃자, 그제야 종일의 얼굴에도 핏기가 돌기 시작했다. 그들에게 오늘은 엄청난 일들의 연속이었고 너무 긴 하루였다. 그들은 다정에게 묻고 싶은 것이 너무 많았다. 하지만 지금은 우선 다정을 쉬게 하는 것이 더 중요하다고 생각했다. 그럼에도 불구하고, 종일에게는 꼭 해야 할 말이 있었다.

"미안해. 내가 다 잘못했어."

"아니야. 내가 잘못했어."

"아니야. 내가, 내가 다 잘못했어."

종일은 더 이상 감추고 싶지 않았다. 그동안 자신이 숨겨 왔던 이야기를 다 하려고 했다. 하지만 다정은 마치 다 알고 있다는 표정으로 말했다.

"나. 내가 너무 성급했다고 생각했어. 그래서 오빠가 도망가면 어떻게 해야 하나 겁이 났어. 나도 모르게 먼저 헤어지자고 말했지만 진심이 아니었어. 집에 오자마자 오빠 옷을 입고 후회하고 있었어. 그때, 문득 마카롱을 배달시키면 오빠가 알 거라고 생각했어. 내가 화날 때면 항상 오빠가 사다 주던 거였으니까. 커피랑 마카롱을 주문하고 오빠가 오기를 기다렸는데, 오빠가 안 오더라.

그래서 이제 또 어떻게 해야 하나, 커피를 마시면서 생각하고 있었는데, 그 뒤로 기억이 나지 않아. 나는 나도 모르게 잠이 들어 버렸고 잠결에 어떤 남자들이 말하는 목소리가 계속 들렸어. 너무 비몽사몽이라 정신을 차릴 수가 없었는데 잠이 좀 깨려고 하면 어떤 남자가 나에게 뭔가를 억지로 먹였어. 그렇게 시간이 얼마나 흐르는지도 모르고 자다 깨다만 했어."

"그러면 지금까지 계속 그렇게 잠만 자고 있었던 거야?"

"어, 그런 거 같아. 그런데 오빠. 나 확실히 기억나는 게 있어!"

"어! 말해!"

"나 하나가 아니야."

"뭐?"

"네 명이 더 있다고 했어. 뭘 5인분을 시켜야 한다고. 그리고 어디로 주문을 받아야 한다고도 하고. 뭔가를 계속 말하고 지시하고 했는데, 확실한 건 나 같은 사람이 네 명 더 있다는 거야. 그건 분명해."

"네 명?"

다정에게 그 말을 듣는 순간 그들의 머릿속에 떠오르는 것이 있었다. 네 곳의 주소. 다정의 말이 맞다면 아마도 다정처럼 해당 주소에 살던 사람들을 납치해 무엇인가 나쁜 짓을 하고 있는 것이 분명했다. 그런데 중요한건 그 주소들을 알고 있다고 하더라도 이제는 정말 그들이 할 수 있는 일이 없다는 점이었다.

"다정아. 전혀 기억이 안 나? 인상착의나 얼굴. 기억나는 거 없어?"

"어. 나 기억이 진짜 안 나. 가끔 눈 뜨면 다른 사람들도 다 자고 있었던 것 같아. 근데 중간중간에 기억이, 계약…… 기간이 얼마 안 남았고…… 빌라…… 얘기도 있었고……. 확실한 건 범인이 혼자는 아니었어."

피해자가 네 명 더 있다는 다정의 말은 충격적이었다. 그리고 아마 그들은 다정보다 더 오랜 시간 감금되어 있었을 가능성이 높았다. 상황 자체만 보면 아주 급박했고, 고민할 필요도 없이 빠르게 움직여야 했다. 하지만 다정이 기억하는 정보가 그렇게 많지 않았다. 범인 한 명은 확인했지만, 결코 혼자 할 수 있는 일은 아니었을 것이다. 몇 명이나 이 범죄에 가담하고 있을지 가늠이 되지 않았다. 너무 위험했다.

"그만할까?"

"뭐?"

"다정이 찾았잖아. 지금까지 이렇게 살려 둔 거 보면 더 해코지할 놈들도 아닌 것 같고. 우리는 할 만큼 한 거야. 어차피 우리는 다정이 찾았으니까 이대로 돌아가도 된다고."

정석은 냉정하지만 현실적으로 말했다. 경찰도 아닌 민간인들이 뭘 더 해 볼 수 있는 일이 없다고 생각했기 때문이었다. 종일은 그런 정석의 마음을 이해하면서도 뭔가 마음에 들지 않았다.

"그럼 다른 사람들은?"

"설마 죽이지는 않겠지. 지금까지 살려 뒀는데."

"오히려 이제 죽이는 거 아냐? 다정이를 놓쳐서 더 위험해졌으니까."

이미 그들은 너무 많이 지쳐 있었고 모두가 간절히 바라던 다정도 다시 찾은 상태였다. 지금 이대로 모든 걸 멈추고 다시 일상으로 돌아간다 해도 욕할 사람은 아무도 없을 것이다. 그냥 '조금 긴 꿈을 꾸었다'고 생각한 후 자신의 자리로 돌아가고 싶은 마음은 어쩌면 너무 당연한 것일 수도 있었다. 그때 종일이 말했다.

"근데 우리 너무 짜치지 않냐?"

"뭐?"

"그렇잖아. 우리 볼일 끝났다고 딱 발 빼는 거 같고."

종일도 이대로 다정을 집에 데려다준 후 푹 쉬게 해 주고 싶었지만 그렇게 할 수 없었다. 자신들을 위해 마음을 다해 도와준 기사들과 이대로 두면 어떻게 될지 모르는 네 사람. 종일은 고민할 필요가 없는 일이라고 생각했다.

"네 말도 맞기는 하지만 그래도 여기서 멈추는 건 아니잖아."

"종일아. 지금은 우선 다정이만 생각하자."

"내가 만든 거야. 내가 비겁해서, 피하고 도망치다 다정이를 이렇게 만든 거라고. 근데 이제 다정이 구했으니까 그만하자고?"

순경도 겁이 나는 건 사실이었다. 지금까지 그들이 한 일도 거의 영화에서나 나올 만한 일이라고 생각했다. 하지만 그렇다고 아직 남겨진 사람들을 두고 여기서 멈추는 것은 순경이 그리던 근사한 결말이 아니었다. 그래서 순경은 종일의 편에 서기로 했다.

203

"그래. 이런 거 우리 스타일 아니잖아!"

"경찰에 맡기자. 믿든 안 믿든 우리가 알고 있는 걸 최대한 말해서 설득하면 되잖아. 우리가 지금까지 한 것들을 말하면 그래도 수사는 시작될 거라고."

정석의 의견은 분명했다. 지금은 다정의 안정이 제일 중요하다는 것과 심각한 문제는 경찰이 해결해야 한다는 것이었다. 여기서 도망치자는 것이 아니었다. 이후부터는 경찰에게 주된 역할을 넘겨 주고 자신들은 조력자 역할을 맡자는 뜻이었다.

"그래. 맞아. 이제는 분명히 경찰도 움직이겠지. 그런데."

"그런데 뭐?"

"이미 뺑소니 신고했던 건으로 경찰 눈 밖에 났는데, 지금 또 우리가 신고하면 믿어 줄까? 어차피 같은 서잖아."

정석은 종일의 말에 쉽게 답하지 못했다.

"게다가 설사 믿어 준다고 해도 우리만큼 빠르게 움직여 줄까? 우리가 아무리 정보를 줘도 경찰들은 처음부터 시작하는 거잖아."

"그럼 우리는? 우리가 하면 뭐가 달라?"

정석이 종일을 향해 물었다. 두 사람의 대화를 듣고 있던 순경이 답답하다는 듯 끼어들어 대답했다.

"우린 다르지. 지금까지 졸라 미친 듯이 쫓았는데. 그리고 우리가 지금 가진 정보를 설명하는 동안 그 사람들이 죽을 수도 있어."

"골든 타임⋯⋯."

정석이 스스로에게 말하듯 나지막하게 속삭였다. 그리고 그 말을 들은 순경은 바로 반응했다.

"그래! 골든 타임!"

종일도 망설이고 있었다. 하지만 말을 하면 할수록 이

일은 자신들이 해야만 한다는 생각이 들었다. 정석도 순경도 점점 같은 마음이 되어 가는 것 같았다. 그런데 그때 다정이 답답하다는 듯이 일어나 말했다.

"아! 무슨 말들이 그렇게 많아? 오빠들. 하나만 생각해 봐. 내가 아직 그 네 명 안에 있다면 어쩔 건데? 그냥 잡으러 가는 거 아니에요? 가요! 가라고! 가면서 경찰에 신고도 하고 우리가 할 수 있는 건 다 해 봐야죠! 사람이 죽을 수도 있는데! 안 그래요?"

다정의 말에 세 명은 같은 표정으로 변했다. 맞는 말이었다. 그들은 다정을 찾기 위해 어떤 계산이나 고민 없이 먼저 움직였다. 그런데 그 대상이 바뀌었다고 해서 행동이 달라지는 것은 너무 치사한 일이었다. 원래라면 서로 앞다투어 뛰어가고 있었을 것이다.

"자! 나는 피해자야. 내가 먼저 경찰에 신고할게. 그리고 내가 경찰한테 오빠들이 한 일과 모은 정보까지 싹 다 넘길 테니까, 오빠들은 우선 움직이면서 할 수 있는 걸 해 봐요. 시간 차이는 있겠지만, 경찰들도 분명 금방 오빠들을 도와주러 갈 거야!"

다정의 말에 셋은 확신이 생겼다. 그럼 더 이상 시간을 끌 이유는 없었다.

"그래. 어차피 이렇게 된 거. 끝까지 가야지."

"맞다. 인생 뭐 있냐? 이럴 때 지르는 거지!"

"나 이 새끼들 잡고 경찰 공무원 다시 본다."

"그래요. 이번에는 나도 있다고요."

그렇게 그들의 연장전이 시작되었다.

연장전

다정을 쏘카에 태워 보내고 배달 대행 사무소로 가면서 종일은 생각을 정리했다. 다정은 그들에게 도마뱀의 꼬리였다. 지금까지의 상황으로 미루어 본다면, 그들의 범죄는 적어도 3개월 전부터 이어져 왔을 가능성이 높다. 그렇다는 이야기는 갇혀 있다는 네 명이 현재 어떤 상황에 부닥쳐 있는지 알 수 없을 뿐만 아니라, 그들과 연계된 범죄가 훨씬 큰 문제일 수도 있다는 것이다. 그래서 범인들은 다정을 버리는 걸 선택했다. 피해자가 된 지 비교적 얼마 되지 않았고, 아직은 큰 문제가 되지 않을 만한 사람. 심지어 그것이 자신들을 끈질기게 쫓고 있는 누군가가 간절히 원하는 대상이기까지 하다면, 빨리 던져 주고 끈질긴 놈들을 떨어뜨리는 것이 범죄자들로서는 최선의 선택이었을 것이다. 그렇다면 이제 그들은 어떻게 할까? 종일은 만약 자신이라면 어떻게 행동할 것인가를 계속 고민하고 있었다.

"얼마 전에도 왔었는데, 되게 오랜만인 거 같아."

"어."

다정은 눈을 뜬 후 너무 놀란 마음에 고통을 자각하지 못했었지만, 막상 조금 진정이 되고 나니 온몸이 쑤시고 뻐근했다. 몸 곳곳에 멍이 들어 있었다. 당연히 집으로 가서 쉬어야 했지만 지금 다정에게는 집이 없었다. 정석은 다정에게 자기 집에서 쉬고 있으라고 말했지만, 다정은 아무도 없는 남의 집에 혼자 있는 것도 싫다고 했다. 그래서 결국 생각한 것이 배달 대행업체의 사무실이었다. 다행히도 그 근처에 바로 사무실이 있었고, 그곳에 드나드는 모든 사람이 다정의 사건을 알고 있었기 때문에 가장 안전하고 편안한 곳이리라 생각했다.

"우선 여기서 쉬고 있어. 쉬면서 태블릿에 있는 내용이 정리되면 그때 바로 경찰에 신고해 줘. 시간이 없긴 하지만 그래도 네 몸이 제일 중요해. 그러니까 좀 쉬면서, 진정되면 그때 신고해도 돼. 알았지?"

"어. 내 걱정은 하지 말고, 나머지 사람들도 꼭 구해 줘."

"알았어."

"다정아. 난 네 명의 다정이를 구한다는 마음으로 다른 사람들을 구할 거야!"

순경이 요란스럽게 말했다.

"대신 다들 다치지는 말아요. 아무리 나라고 생각해도 위험하면 그냥 포기해도 돼요. 쪼끔만 서운해할게요."

"예! 알겠습니다!"

정석은 순경과는 달리 결연한 표정만으로 의지를 전했다. 그리고 순경의 등을 밀며 사무실에서 나왔다. 그들은 다정을 대행업체 사무실에 두고 고민에 빠졌다. 어디서부터 다시 시작해야 할지 도무지 감이 잡히지 않았기 때문이었다.

"야. 아까 카니발. 그 카니발부터 찾아야 하지 않겠어?"

"맞아."

"그럼 혹시 모르니까. 지금 그 카니발 어디 있는지 또 물어볼까?"

그들이 막 단체 채팅방을 통해 카니발의 행방을 물어보려고 하는 순간, 마치 그들의 대화를 엿듣고 있었던 것처럼 그 카니발에 대한 글이 올라왔다.

 바람의 라이더

형들. 카니발 지금 견인됩니다. 아까 거기에서 교차로 돌자마자 차를 버리고 도망갔나 봐요. 누가 신고했는지, 지금 끌려갑니다!

셋은 더 이상 말을 할 필요가 없었다. 범인이 카니발을 버렸다는 것은 결국 카니발에서도 얻을 수 있는 정보가 없다는 말이었고 그들이 유일하게 가진 정보는 네 개의 집 주소뿐이라는 말이었다. 결국 다시 그 집들부터 뒤져야 했다. 세 사람이 어디를 먼저 가야 하나 고민하는 사이 다정에게 전화가 왔다.

—오빠 태블릿 보니까 한 집당 한 달에서 두 달쯤 머물면서 밥때마다 배달 앱을 쓴 것 같고, 주문 품목은 다 김밥인데 주문하는 양이 점점 늘었어. 아무래도 집을 옮기면서 감금한 인원도 느는 거 같아. 집을 정하고 그 주인을 납치했거나, 먼저 납치하고 그 집에 들어갔거나. 그러면 아까 오빠들이 말한 대로 벌써 새로운 집을 구하긴 어려웠을 거야. 우리 집에 온 게 며칠 안 됐으니까, 아무래도 예전에 쓰던 집으로 돌아갔을 확률이 높아. 럭키아파트랑 스타리움 빼고, 단독이랑 삼익아파트 남았어.

정석은 배달 대행업체 사무실에 다정을 데려다주면서 정보가 담겨 있는 태블릿을 건네주었다. 다정이 지금까지의 내용을 알고 있어야 경찰에 신고하기도 좋을 것 같았고, 자신들이 보지 못했던 것들을 다정이 찾아낼 수도 있으니까. 정석의 의도대로 역시 다정은 큰 힘이 되어 주고 있었다.

"자, 그러면 우선 우리가 가 보지 못한 두 집 중 하나에 숨어 있을 가능성이 높다는 거지?"

"아무래도 그렇겠지. 그쪽 입장에서는 여하튼 앞에 두 집은 이미 노출된 공간이니까."

"그러면 그중에서 어디로 먼저 가? 그냥 찢어져서 양쪽 다 갈까?"

"아니야. 솔직히 그쪽이 몇 명일지는 아무도 모르잖아. 실은 몇 명인지만 모르는 게 아니라, 주소 말고는 아는 게 없어. 그래서 따로 가는 건 너무 위험해. 차라리 좀 느리더라도 하나씩 까 보자!"

"그리고 나 주소를 봤는데…… 여기 세 번째 주소는 고급 단독 주택 단지 아니야? 나 예전에 길 잘못 들어서 한 번 가 본 데 같은데?"

"뭐, 고급까지는 아니고. 여튼 단독 주택이 많은 데지. 근데 거기도 재개발된다고 난리야."

종일과 정석의 대화를 가만히 듣고 있던 순경이 질문했다.

"야, 고급 단독 주택이면 뭐 세콤도 있고, 막 철창도 있고 그런 데 아니야? 우리가 그냥 이렇게 가서 살펴보거나 그러지는 못할 거 같은데?"

정석이 순경에게 대답해 주었다.

"장단점이 딱 반대야. 빌라나 아파트는 잠겨 있으면 우리가 할 수 있는 게 아무것도 없어. 마냥 기다리는 거 말고는. 근데 단독 주택은 우리가 좀 어슬렁거릴 만하잖아. 차라리 거기에 있으면 우리가 어떻게 하기에는 좋지. 그리고 아무리 고급 단지라고 해도 오래된 동네고 재개발 얘기까지 나온 데면 세콤 이런 게 없을 수도 있고."

"야. 근데."

"뭐? 왜?"

"그래. 딱 갔어! 세콤 없어! 그래서 뭐?"

"무슨 소리야 그게?"

"야. 그니까! 딱 주택 단지에 갔어. 그리고 주소 찾아서 문을 열고 들어갔어. 그런데 범인이 있어! 그러면 이제 어떡할 거냐고."

"뭐?"

생각지도 못한 순경의 질문에 정석은 당황했다.

"우린 경찰도 아니야! 뭐라고 해? 혹시 네 명쯤 납치하셨나요? 이럴 수도 없잖아."

"당장 눈앞에 네 명이 있지 않은 이상……."

"모른다고 하겠지!"

"당신들 뭐냐고 하면?"

"대답할 말이 없지. 아! 어디 성경책 없냐? 하나님 말씀이라도 전한다고 하자! 그런 거 많잖아!"

정석은 이 상황에서도 자연스럽게 나오는 순경의 애드리브에 감탄했다.

"그럼 딱 보기에 영혼이라도 맑아 보여야 하는데, 드러울 것 같지 않냐? 납치범한테 영혼이 맑기를 기대하는 게 웃기잖아."

"납치범이 영혼 맑기가 쉽지는 않지."

정석과 순경의 대화를 듣고 있던 종일은 또 머리가 복잡해졌다. 경찰이 아니다 보니 누군가 이런 명분에 대한 말을 꺼내기 시작하면 자꾸 이렇게 상황이 꼬여 버렸다. 이런 상황이 처음도 아니다 보니 좀 지겨웠다.

"아. 지겨워! 야! 이런 얘기 아까 해야 했던 거 아니냐? 찾기로 했잖아. 그래서 가기로 한 거고! 그러면 좀 가자! 가서 하나님 말씀을 전하든, 정수기를 팔든, 아니면 그냥 대가리부터 박고 들이밀든, 사람이 있으면 밀고 들어가자고! 제발!"

명쾌했다. 그들은 경찰도 아니고, 이런 일을 전문으로 하는 사람들도 아니다. 그러니 여기서 명분을 따지고 자시고 할 때가 아니었다. 예전의 종일이라면 분명히 고민하며 어영부영하고 있었을 것이다. 하지만 종일은 분명히 달라졌다. 대상이 다정이 아니더라도 어리바리하게 시간이나 보낼 생각은 없었다. 그들은 바로 단독 주택으로 향했다.

정석과 순경은 내비게이션을 따라 움직이다가 먼저 도착한 종일의 오토바이를 보고 바로 전 골목에 차를 주차했다. 그 집의 현재 상태가 어떤지 모르기 때문에 미리 내려서 조용히 접근할 예정이었다. 그들이 차에서 내린 후에야 동네의 분위기가 눈에 들어왔다. 알고 있었던 것처럼 이곳은 재개발이 확정된 지역이었고, 많은 가구가 이미 이사를 간 상태였다. 그래서 단독 주택이 쭉 늘어서 있었지만 실제로 불이 켜져 있는 집은 많아야 골목당 한두 집이었다. 가로등마저 꺼진 골목의 분위기는 음산하고 적막했다. 세 사람은 미리 입수한 주소로 걸어가면서도 공간 자체가 주는 분위기에 점점 압도당했다.

"우와. 여기는 진짜 무슨 영화에 나오는 동네 같다."

"그러니까. 진짜 무슨 살인이 나도 모르겠는데."

무심코 던진 순경의 말에 종일과 정석은 순간 가던 걸음을 멈췄다. 두 사람도 순경과 같은 생각을 하고 있었지만, 괜히 말이 씨가 될까 봐 하지 않고 있었던 말이었다.

"야. 퉤퉤퉤 해! 빨리!"

"퉤퉤퉤!"

"퉤퉤퉤!"

그들은 모두 같은 마음이었다. 겁이 나고 두려웠다. 술자리에서 재미 삼아 하는 내기라면 차라리 더 용기가 났을지도 모르겠다. 아니면 어릴 적에 시골로 놀러 갈 때마다 하곤 했던 담력 게임이라면 오히려 지기 싫어서 더 악착같이 참았을 것이다. 그러나 지금은 아니었다. 모든 것이 현실이었고, 정말 너무나 가기 싫은 마음뿐이었다. 아마 누구라도 '그냥 가자! 이건 안 돼!'라고 말했다면 모두가 못 이기는 척 돌아갈 수도 있었을 것이다. 하지만 그들의 발걸음에 네 명의 생사가 걸려 있을지도 몰랐다. 그들은 이 모든 상황이 두렵고 불편하기 그지없었다.

"야. 저기지?"

"어. 세 번째 집."

"불은 꺼져 있네?"

"그러네."

종일과 친구들은 다정을 찾을 때만큼 간절하지도 않았고, 사람을 꼭 살려야겠다는 사명감도 크지 않았다. 하지만 한 가지 확실한 것은 있었다. 지금 이대로 돌아간다면, 그래서 혹시라도 그 네 명에게 안 좋은 일이라도 발생한다면, 그들은 평생을 후회하며 살 거라는 것. 그래서 셋이 모일 때마다 자신들도 어쩌지 못하는 이상한 분위기가 흐르리라는 것을 알고 있었다. 순경이 꿈을 포기했던, 그날 그때처럼 말이다.

이름이 순경이어서였을까? 순경의 어릴 적 꿈은 한 번도 변한 적이 없었다. 경찰. 더 정확히는 경찰대에 가는 것이었다. 그래서 항상 경찰대에 가겠다는 말을 입에 달고 살았다. 하지만 아쉽게도 그가 경찰대에 갈 수 있을 것이라고 생각하는 사람은 아무도 없었다. 선생님은 매

215

년 진학 상담을 할 때마다 쓸데없는 말 하지 말고 진짜 갈 수 있는 곳을 적으라며 혼내셨고, 부모님마저도 순경의 말을 한 번도 진지하게 듣지 않았다. 항상 중간 정도를 유지하는 애매한 성적도 이유였지만, 약골인 그의 체력이 더 결정적이었다. 항상 잔병을 달고 살고, 운동 신경이라고는 손톱만큼도 없는 순경은 학교에서도 체육 시간을 가장 힘들어하는 아이였다. 그런 순경이 자신의 꿈을 경찰이라고 말하니 모두가 비웃었던 것이다.

"야. 너 안 돼. 네가 거길 어떻게 들어가? 야! 너 거기 체력 검정이 얼마나 빡센지 몰라? 안 된다니까. 그냥 포기해."

"야. 4반에 민철이도 경찰대 간다고 하루에 4시간씩 운동한대. 네가 되겠냐?"

어쩌면 종일과 정석은 순경이 실망하는 것이 싫었는지도 모르겠다. 아슬아슬하지도 않은 실력 차, 진짜 운이 좋아서 필기시험을 잘 본다고 해도 체력 검정은 그냥 넘을 수 없는 산이었다. 그래서 그들은 되지도 않는 어설픈 응원보다는 현실적인 조언이 더 중요하다고 생각했다. 하지만 그 어떤 말에도 의지가 꺾이지 않던 순경에게 종일과 정석의 현실적인 조언은 어느새 단순한 비아냥이 되고 있었다.

결국 순경은 경찰대에 떨어졌다. 정말 말도 안 되는 점

수 차이로. 놀라운 것은 그의 낙방 사유가 필기시험 성적 미달이라는 사실이었다. 순경의 체력 검정 점수는 평균을 훌쩍 넘어섰다. 모두가 불가능하다고 생각했지만, 어느 순간부터 순경은 진심으로 경찰대 입시를 준비했던 것이다. 나중에 알고 보니 순경은 고2 때부터 매일 아침 6시에 일어나 운동을 했다고 한다. 너무 아무런 기대가 없어서인지, 아니면 너무 실없어 보이는 그의 성격 때문인지, 방을 같이 쓰고 있는 동생을 빼고 아무도 그 사실을 몰랐다. 결국 순경은 경찰대에 떨어지고 나서 3일 동안 방에서 나오지 않고 울기만 했다. 아마 순경은 이미 알고 있었을 것이다. 자기에게는 필기시험과 체력 검정을 함께 준비할 체력이나 능력이 없다는 것을 말이다. 그래서 그는 최선을 다해 체력 검정만을 준비하고, 현실적인 결과에 시원하게 울고 난 후 깔끔하게 포기하는 것을 택했다. 자신의 한계를 마주한 그곳에서.

217

그리고 3일 만에 순경이 다시 집 밖으로 나왔을 때, 종일과 정석은 아무 말도 하지 못했다. 그들이 무시했던 순경의 진심이 너무 무겁고 아팠기에. 그 뒤로 순경은 한 번도 경찰대에 관한 이야기를 하지 않았다. 아마 그에게는 자신이 체력 검정을 통과했다는 성취감보다는 가장 친한 친구들의 비아냥이 더 깊게 자리하고 있는 것일지도 모른다. 순경이 먼저 언급하지 않았기 때문에 그들 사이에서 경찰대에 관한 이야기는 금기가 되었다. 그 이야기가 나오는 순간, 세 사람은 평소처럼 즐겁게 웃을 수 없을 것이라는 사실을 알고 있었다. 그 어색함은 어느 날 술자리에서 순경이 경찰 공무원 시험을 준비하고 있음을 고백하며 겨우 풀 수 있었다.

"미안했다. 그때는 널 말리는 게 우선이라고 생각했어."

"알아. 나도 좀 더 진지하게 말했어야 했지."

"하여튼 앞으로는 이런 일 더 만들지 말자."

"그래, 그래서 이번에는 진지하게 말할게. 나 소방 공무원은 어때?"

"널 죽이는 게 우선이겠지?"

순경의 배려 덕분에 웃으며 넘어간 일이지만, 아직도 세 사람의 마음속에는 그 시절에 대한 후회가 남아 있다. 그들은 알고 있었다. 지금의 이 일이 제2의 경찰대 사태가 되리라는 것을. 그래서 그들은 나름의 최선을 다하고 있는 것이다. 다시는 그런 일을 만들지 않겠다던, 술잔을 기울이며 함께 나눴던 그 약속을 지키기 위해서.

그들이 세 번째 주소지에 도착했을 때, 집 안에서는 그 동네의 다른 집들처럼 아무런 인기척도 들려오지 않았다. 불빛도 없고 아무 소리도 나지 않는 오래된 단독 주택은 마치 아주 오래전부터 이대로 조각되어 있는 유물 같았다.

"야. 아무도 없는 것 같지?"

"맞아. 근데 그래서 가두기 좋은 거 아냐?"

"그래. 그리고 이런 집에는 아마 지하실도 있을걸? 영화 같은 데 보면 꼭 그런 데 사람들이 갇혀 있고 그러잖아."

세 사람은 아무렇지 않은 척 이야기하고 있었지만 각자의 손에는 땀이 흥건했다. 살면서 본인이 이런 긴장감을 느낄 거라고는 상상도 못 했던 사람들이기에 이런 상황이 더 견디기 어려웠다. 그래서 걷다가 조금이라도 멈칫하면 다리가 사정없이 흔들렸다. 세 사람은 떨리는 다리를 이끌며 집 안을 둘러보기 시작했다.

"야. 뒤쪽부터 보자."

"오케이."

아무래도 정문은 부담스러웠는지, 세 사람은 종일의 말대로 뒤쪽부터 살펴보기로 했다. 골목에 있는 집들은 모두 담벼락에 둘러싸여 있었고, 그래서 옆쪽이나 뒤쪽을 살펴보기 위해서는 다음 골목으로 넘어가야만 했다. 하지만 다행히도 이 집의 담은 주변 집들보다 낮았다. 덕분에 그들은 담장 옆에 있던 전봇대를 타고 조심스럽게 담을 넘어 마당에 들어설 수 있었다. 그리고 담벼락을 따라 뒷마당으로 천천히 향했다. 집 내부의 구조는 알 수 없었기 때문에 뒤쪽으로 가는 길에 보이는 작은 창문은 그들을 더 긴장하게 만들었다. 컴컴한 내부에 인기척은 없었지만, 혹시라도 지금 저 창문을 열고 누군가가 세 사람을 본다면 숨을 곳도 없는 상황이었다.

"지금 저 창문 열리면 진짜 딱 걸리네."

"그러니까."

그들은 숨을 죽인 채 계속 담 둘레를 따라 뒤쪽으로 향했다. 한쪽에 아주 오래된 것으로 보이는 장독들이 놓여 있었고, 장독대 옆에는 작은 쪽문이 하나 있었다. 예상컨대 장독과 가까운 이 문이 주방으로 통하는 문이고, 오는 길에 봤던 작은 창은 주방에 난 창인 것 같았다.

"보통 영화에서 보면 꼭 이런 문들이 마치 들어오라는 것처럼 열려 있잖아."

덜컥.

이번에도 순경이 해냈다. 순경은 너무 긴장해서인지 평소보다 텐션이 더 높았고, 농담처럼 던진 그의 말과 이어진 행동으로 열려 있던 문을 발견한 것이다. 종일과 정석은 많이 놀랐지만, 그대로 문을 다시 닫을 생각은 없었다.

"네가 본 영화에서는 보통 이럴 때 들어가지? 문이 열려 있으면."

"그렇지. 대부분."

"그리고 어떻게 되는데?"

"퉤퉤퉤. 생각만 했어. 생각만. 퉤퉤퉤."

세 사람이 주방으로 들어가자 어두운 실내 공간이 드러났다. 창문 사이로 들어오는 달빛이 집 안에 놓인 가구들을 어렴풋하게나마 비춰 주었다. 겉으로 보기에는 그저 낡고 평범한 단독 주택이었다. 너무 어두워서 세세한 것은 볼 수 없었지만 정리 상태로만 따졌을 때는 지금도 누군가가 살고 있는 집 같았다.

그런데 그때 종일의 스마트폰이 울리기 시작했다. 종일은 너무 놀라서 스마트폰을 봤다. 배달 콜이 들어오고 있었다. 이상하게도 수수료가 비싼 콜이 연속으로 계속 들어왔다. 평소였다면 아주 신나는 상황이었겠지만, 지금의 종일에게는 그렇지 않았다. 종일은 바로 알림을 무음으로 바꾸고 집 안을 둘러보기 시작했다.

정석은 주변을 조심스럽게 둘러본 뒤 아주 살살 냉장고를 열어 봤다. 냉장고는 깔끔하게 정리된 채로 관리되고 있었다. 그런데 자세히 들여다보니 꼭 일부러 내용물을 버리고 비운 듯한 느낌이었다. 정석은 주방 서랍과 싱크대를 살펴보며, 이곳이 오랫동안 사람이 살지 않은 집이라고 결론을 내렸다.

그사이에 순경은 과감하게 거실을 탐색했다. 거실에는 조금 오래된 소파들이 있었고, 소파 한가운데 놓인 테이블에는 우편물이 잔뜩 쌓여 있었다. 순경은 그 우편물들의 소인을 보고 이곳이 2개월 이상 사람이 살지 않았던 곳이라는 사실을 알아냈다.

종일은 자연스럽게 안방에 들어가 장롱을 열어 보았다. 장롱은 거의 비어 있었다. 이불장의 이불들은 그대로였지만, 옷이 없고 서랍에 속옷도 없는 걸로 봐서 어디론가 길게 여행을 떠난 것 같았다.

"야. 여기 빈집이라기보다는……."

"어. 집주인이 어디 멀리 여행이라도 간 거 같아."

"근데 여기 보면 우편물 소인이 거의 2개월 전이야."

"그러면 이 집은 적어도 2개월 정도는 주인이 집을 비웠다는 거네."

"그런데 그렇다고 보기에는 또 사람이 산 느낌은 있는데?"

그때, 뭔가 생각났는지 종일이 조급하게 뛰어가 주방의 작은 창고 문 하나를 열었다. 그리고 잠시 후 자신을 따라온 친구들에게 말했다.

"다 김밥 박스야!"

종일이 연 문은 재활용 쓰레기를 모아 두는 곳이었고, 그곳에는 꽤 많은 양의 김밥 용기가 있었다. 물론 이곳에 사는 사람이 예전에 먹었던 것이라고 생각할 수도 있겠지만, 긴 여행을 위해 집 안을 다 정리해 놓은 집주인의 성향과는 어울리지 않았다.

"그러면 이 집에 숨어서 김밥만 먹고 살았다고? 그래

서 여기에 배달 건수가 많았고?"

"어. 근데 배달 건수도 많았지만 주문하는 음식량도 많았잖아. 진짜 여기 어딘가에 다른 사람들이 있을 수도 있어. 그러니까 찾아야 해."

정석은 상황을 냉정하게 파악하며 다음 계획을 세웠다. 그런 정석과는 달리 순경은 계속 영화 얘기를 했다.

"그래, 내가 본 영화에서도 꼭 그렇더라니까. 지하실이나 다락 같은 것도 있고!"

"고만하라고. 네가 본 영화가 대부분 우리가 같이 본 영화 아니겠냐? 알아. 꼭 그런 데 뒤져 보다가 죽잖아."

"야. 근데 영화는 영화잖아. 설마 진짜 그러겠냐? 한번 찾아나 보자. 지하실로 내려가는 계단 같은 게 있나."

그런데 그때, 갑자기 멀리서 오토바이 엔진 소리가 들리기 시작했다. 한두 대가 아니라, 어림잡아도 열 대 이상은 되는 음량이었다. 동네 자체가 조용한 탓에 놀라울 만큼 크고 시끄럽게 들렸다.

"야. 이거 뭐야? 무슨 소리야?"

"요즘도 폭주족이 있어? 이거 오토바이 소리 아니야?"

"폭주족 소리는 아니고, 그냥 여러 대가 동시에 움직이는 소린데?"

오토바이 소리는 점점 커졌고 어느새 바로 옆집에서 나는 것 같았다. 그리고 잠시 후 초인종이 울렸다. 셋은 순간적으로 너무 놀라 그대로 굳어 움직일 수 없었다. 그런데 더 이상한 점이 있었다. 오토바이 소리가 조금씩 커질 때마다 초인종이 한 번 눌린다는 것이었다. 한 명이 계속 초인종을 누르는 것이 아니라 오토바이가 도착하면 초인종 소리가 나고, 잠시 후 새로운 오토바이가 도착하면 또다시 초인종 소리가 이어지는 것 같았다. 종일과 정석, 순경은 한계에 다다른 긴장감 때문에 아무것도 할 수 없었다. 그저 오토바이 소리건, 초인종 소리건, 그게 뭐든지 좀 그치기를 바랄 뿐이었다.

잠시 후 초인종 소리가 그치고 오토바이 소리도 멀어졌다. 그제야 숨을 쉬기 시작한 세 사람은 긴장이 풀렸는지 그대로 자리에 주저앉았다.

"뭐지?"

"야. 이게 무슨 일이야?"

"야. 잠깐."

순간 종일은 이상한 생각이 들었다. 곧바로 라이더들의 단체 채팅방을 확인했더니, 아니나 다를까 채팅방에 이 집에 대한 이상한 글들이 올라오고 있었다.

카트로 라이더

형. 아까 형이 말한 그 주소로 갑자기 배달이 터지는데, 뭔가 이상하지 않아요?

배달이 돈이다

건수가 장난이 아닌데, 심지어 이거 다 비싼 콜이야.

똥콜시러

수상하긴 해도 들어온 건 쳐야 하니 지금 갑니다.

빠라빠라밤

아, 이거 이상하다. 이번에는 메시지에 꼭, 꼭 초인종을 누르고 가라는데?

MZCall

이 새끼 뭐지? 우선 저도 갑니다.

종일은 채팅방의 메시지를 정석과 순경에게 보여 줬다. 메시지를 다 읽은 정석이 혼잣말로 중얼거렸다.

"갑자기 비싼 주문 건으로 배달을 시켰다? 라이더들이 수락할 수밖에 없도록. 그리고 이번에는 배송 메시지로 초인종을 누르라고 하고……. 이건 우리를 압박하려고 한 거 같은데……. 그럼 우리가 여기 있다는 건 무조건 알고 있다는 얘기고⋯⋯."

혼자 중얼거리고 있는 정석에게 종일이 물었다.

"야, 이거 뭐지? 이 새끼 뭔가 꿍꿍이가 있는 것 같지?"

순경도 뭔가 생각난 게 있는지 분위기를 잡으며 말을
꺼냈다.

"야. 혹시 이 새끼들 오늘⋯⋯."

"뭐? 뭐 같은데?"

"여기서 정모하는 거 아냐? 납치범들의 밤! 뭐 이런
거?"

"아니. 그건 아닌 거 같아."

"왜?"

"그러기에는 메시지가 바뀌었어."

"그럼⋯⋯."

"어. 아마도 우리가 여기에 있는 걸 알고 시킨 거 같아."

"뭐?"

그때, 다정에게서 문자가 왔다. 종일은 바로 메시지를
확인했다. 그런데 메시지를 확인한 종일의 얼굴이 한순
간에 굳어 버렸다.

> 배달은 잘 받으셨나요?

다정이 아니었다. 이 말투, 문자의 내용. 더 확인해 볼 필요도 없이 그놈이었다. 종일은 다시 심장이 간질거리기 시작했다. 겨우 다시 찾은 다정이 어딘가로 날아가 버리고 있는 기분이 들었다. 속으로 계속 '아닐 거야, 아닐 거야, 설마, 설마'를 주문처럼 읊었다. 제발 아니기를. 다정이 여전히 안전하게 있기를. 하지만 그의 예상과 바람은 또 빗나갔다.

> 왜 하필 거기였을까? 알잖아요. 배달 좀 몰리면 텅텅 비는 게, 대행업체 사무실인 거.

　종일은 분명히 알고 있었지만, 미처 생각하지 못했다. 이미 피크 타임이 지났다고 생각했으니까. 그리고 자신을 도와주었던 수많은 기사들이 수시로 드나드는 곳이기 때문에 그곳이 가장 안전한 곳이라고 생각했다. 그런데 이런 일이 있을 줄이야. 그때 상대방이 자신을 약 올리듯 배달 리스트를 보내왔다. 그가 보내 준 리스트의 배달 건은 모두 사무실 근처에 있는 매장들이었다. 거기서 들어오는 콜은 당연히 사무실에 대기하던 기사들의 몫이었다. 범인은 다정을 다시 데려가기 위해 그런 업체들만 골라 콜을 넣은 것이다. 다정만 그 사무실에 혼자 남을 수 있도록.

다정이는! 다정이는 어디 있어?

어디 있을까? 잘 찾잖아. 이번에도 찾아 보시지, 왜?

다정이 어디 있냐고!

설마 그 하나 남은 주소에 있을 거라고 생각하는 건 아니지? 순진하게?

어디 있냐고!!!

진정해. 알잖아. 이제 다시 나한테 공격 권이 넘어왔다는 거. 이제부터는 내 말 잘 들어야 하지 않겠어?

종일은 다시 피가 거꾸로 솟기 시작했다. 손이 부들부들 떨리고 눈에는 실핏줄이 터졌다. 정석과 순경의 상태도 크게 다르진 않았지만, 그래도 그나마 덜 흥분한 정석이 종일의 스마트폰을 가로챘다. 그리고 차분하게 물었다.

그래서 뭘 원하는데?

> 우선 배달 와 있는 음식들부터 가지고
> 들어가는 게 어때?

　정석은 화가 나서 어쩌지도 못하고 있는 종일을 그대로 둔 채 순경과 현관으로 향했다. 현관문을 열어 보니, 엄청나게 많은 배달 음식들이 놓여 있었다. 정석과 순경은 눈앞에 놓인 막대한 양의 음식에 크게 놀랐지만, 지금은 그러고 있을 시간이 없었다. 우선은 범인이 시키는 대로 음식을 모두 안으로 옮겼다.

> 자, 이제 다 뜯어 봐. 내가 얼마나 다양
> 하게 많이 시켰나 좀 봐야지.

　조금은 진정이 된 종일까지, 셋은 범인이 시키는 대로 할 수밖에 없었다. 시간을 들여 음식들의 포장을 모두 다 벗겼다. 벗기고 보니 정말 다양한 종류의 음식들이었다. 햄버거와 샌드위치, 덮밥에 도시락, 커피와 아이스크림까지. 얼핏 봐도 40인분은 넘어 보였고, 거실의 테이블은 당연하고 바닥까지 가득 채우고 있었다.

229

> 자. 어때? 내 센스가? 다들 질릴까 봐 빨
> 리 되는 메뉴 중에 최대한 다양하게 시
> 켰는데, 마음에 들지 모르겠네.

미친 새끼. 뭐? 왜? 이제 어쩌라고!

어쩌긴 어째! 이제 먹어야지.

뭐?

다 먹으라고

너 장난해?

넌 이게 아직도 장난 같냐?

범인은 마지막 메시지와 함께 사진 한 장을 보내왔다. 사진 속에는 사무실에 쓰러진 다정이 있었다. 종일은 그 사진을 보자마자 다시 또 눈이 돌아가기 시작했다.

야. 너 뭐 했어? 다정이한테 뭐 했냐고!
다정이 몸에 손 하나 까딱하기만 해 봐.
다 찢어 죽여 버릴 테니까!

아. 또 흥분하네. 하던 얘기나 계속하자
고. 식잖아. 먹어!

이 새끼가!

먹으라고. 이 여자 살리고 싶으면 아무
것도 묻지 말고 싹 다 먹어.

이걸 진짜 다 먹으라고?

해 봐! 다 먹을 수 있어.
딱 1시간 준다. 시작.

세 사람의 앞에는 40인분도 넘어 보이는 어마어마한
음식들이 있었다. 그들이 1시간 안에 먹어 치워야만 하
는 것들이었다. 셋은 순간적으로 아무것도 하지 못하고
멈춰 버렸다. 이곳에 오면서 나름대로 수만 가지 경우의
수를 생각했지만, 설마 이렇게 많은 음식을 먹게 될 것
이라는 생각은 전혀 하지 못했다. 어이가 없었지만 방법
도 없었다. 지금 다정이 다시 범인의 손에 있고, 다정을
살리기 위해 우선은 범인이 시키는 일을 해야만 했다. 종
일의 눈은 이미 핏빛이 되었지만, 음식을 제일 먼저 먹기
시작한 것도 그였다. 그는 아무 말도 하지 않고, 눈앞에
있는 음식들을 먹어 치우기 시작했다.

"야? 뭐야? 시작한 거야? 그냥 먹어?"

"그냥 닥치고 먹어."

정석도 종일이 먹는 모습을 보고 음식을 먹기 시작했다. 정석은 알고 있었다. 아무리 자신들이 다정을 걱정하고 다정을 위해 뭐든지 할 수 있다고 말해도, 종일과는 레벨이 다르다는 사실을 말이다. 그래서 정석은 뭐라고 따질 것도 없이 그저 종일처럼 음식을 먹기 시작했다. 물론 순경도 다르지 않았다. 그저 어떻게 시작해야 할지 타이밍을 못 잡았을 뿐이었다. 종일과 정석이 음식을 먹기 시작하자 순경도 최선을 다해서 먹기 시작했다. 그들은 별다른 말 없이 눈앞에 있는 음식을 먹기만 했다.

종일은 눈물이 났다. 자신의 선택이 또 다정을 위험에 빠뜨렸다. 그리고 지금도 그 새끼가 시키는 대로 음식을 먹으면서 무언가 다른 방법을 생각해 보려고 했지만, 아무 생각도 들지 않았다. 종일은 아무 방법도 생각해 내지 못한 채 미련하게 음식을 먹고 있는 자신의 모습이 소름 돋도록 한심했다. 음식의 양이 얼마나 많은지 먹어도 먹어도 줄지 않았다. 아니 오히려 불어나는 음식들도 있어서 점점 늘어나는 기분이었다. 그런 기분을 느낀 것은 정석과 순경도 같았지만, 그 누구도 먹는 속도를 줄이거나 그만 먹자는 말을 할 수 없었다. 그들에게는 이미 1시간이라는 제한된 시간과 다정의 생명이라는 목표가 머릿속에 명확히 존재했기 때문이다.

그런데 이상했다. 그 이상함을 제일 먼저 느낀 것은 종일이었는데, 아무래도 제일 많은 음식을 가장 빠르게 먹고 있었기 때문이었을 것이다. 종일은 음식을 먹는 중에 점점 어지러워지면서 사물이 찌그러지듯 보이는 느낌이 들었다. 처음에는 갑자기 많은 음식을 먹다 보니 '식곤증 같은 것인가?'라고 생각했지만 점점 스스로를 통제하지 못할 만큼 정신이 혼미해지자 무언가 잘못됐다는 걸 깨달았다. 자신이 먹은 음식에 분명히 약이 들어 있다고 생각했지만, 이미 먹어 치운 양이 너무 많아서 '어디에 약이 있으니 먹지 말라'고 특정할 수도 없었다. 그렇게 고민하는 사이에 종일은 의식을 잃고 쓰러졌다. 곧이어 정석과 순경이 차례대로 종일을 따라 쓰러졌다. 누가 먼저 쓰러졌는지는 크게 중요하지 않았다. 종일이 몸에 이상을 느끼기 시작했을 때 이미 다른 친구들도 큰 시간차 없이 이상을 느끼기 시작했기 때문이다.

그리고 잠시 후, 그 집에 누군가가 들어왔다.

감금

눈을 떴을 때, 순경은 머리가 찢어질 것 같은 두통을 느꼈다. 잠시 두통에 적응하는 시간을 보낸 뒤 주변을 살피자 어두운 공간에 먼저 눈을 뜬 종일과 정석이 의자에 앉아 있는 것이 보였다. 그들은 손과 발이 뒤로 향한 채 각각 케이블 타이에 묶여 있었고, 케이블 타이는 각각 또 다른 케이블 타이로 연결되어 있었다. 순경도 앉지 않고 누워 있다는 점을 제외하면 동일한 상태였다. 순경은 우선 그들에게 무언가를 묻기 전에 지금 자신이 있는 공간부터 둘러보았다. 어두운 조명과 한쪽 구석에 작은 창이 있는 것으로 봐서 지하실인 것 같았다. 순경은 속으로 말했다.

'거봐. 이런 데는 지하실이 있다니까.'

공간은 얼핏 봤을 때 20평 정도 되는 정석의 편의점과 비슷한 크기였는데, 지하라는 확신이 더 든 이유는 뭔가 꿉꿉하고 비릿한 곰팡냄새 때문이었다. 두 눈이 어둠에 조금 익숙해지자 공간 안에 있는 다른 물건들도 눈에 들어왔다. 잡동사니를 보관하는 창고 같았다. 왠지 자신만 누워 있는 게 어색했던 그는 혼자 발버둥을 치며 일어나 보려고 했는데, 도무지 일어나지지 않았다.

"애쓰지 마."

"야……. 너희는 어떻게 일어났냐?"

"저 새끼가 해 줄 거야."

정석의 말을 듣고 주변을 살펴보자 조명이 닿지 않는 가장 어두운 모서리에서 사람의 모습이 보였다. 순경은 정신을 차렸는데도 종일과 정석이 자신에게 말을 걸지 않은 이유가 저 존재 때문이라고 생각했다. 어두운 구석에 서 있는 존재는 명확하게 보이지 않았지만, 그가 세 사람을 보고 있다는 것은 느껴졌다. 그리고 잠시 후 모자에 마스크까지 쓴 그가 말없이 다가와서 순경을 일으켜 세워 앉혀 주었다.

235

"고맙습니다……. 아, 시바…….."

순경은 자신도 모르게 공손하게 인사한 스스로를 욕했다. 순경까지 정신을 차리자 그 사람이 천천히 말을 하기 시작했다.

"이제 다들 잠에서 깬 듯하네."

"다정이는 어디 있어!"

"역시 다정인가? 대단하다 진짜. 정말 대단한 사랑이야. 그렇지? 지금 당장 자신과 친구들이 죽을지 모르는 상황에서도 오로지 다정이뿐이니까."

"누가 죽는대? 내가 죽을 거 같아? 난 절대 안 죽어. 두고 봐!"

"글쎄. 두고 보자고. 며칠이나 버티는지!"

종일이 감정적으로 상대방에게 이야기하자, 정석은 이대로 대화가 흘러가는 것이 결코 도움이 되지 않는다고 생각했다. 그래서 자신이 나서서 범인이 이런 일을 하는 이유, 그 목적을 알아내는 것이 우선이라고 생각했다.

"아까 그 음식들에 약이 들어 있었나? 수면제 같은 거?"

"맞아. 물뽕이라고, 비싸다더라."

"그럼, 다정이를 다시 데려가기 위해 음식을 시켜서 배달 기사들을 이리로 보낸 거야?"

"그건 아까 말해 줬잖아."

그런데 그때 범인의 목소리를 조용히 듣고만 있던 종일의 눈빛이 뭔가 생각난 듯 변했다. 종일은 조용하고 차분하게 말했다.

"기억났다."

"뭐가?"

"네 목소리."

종일의 기습적인 말에 상대방은 갑자기 말을 멈췄다. 아마 종일의 말에 적잖게 당황한 것 같았다. 한동안 무거운 침묵이 흘렀다. 그리고 그 침묵을 깬 것은 이번에도 역시 순경이었다.

"뭐야? 너 아는 사람이야?"

"장강우였나?"

"뭐? 이름도 아는 사이야?"

"잘은 몰라. 그냥 담배 같이 피운 적 있어. 딱 한 번."

"그 정도인데 기억한다고?"

"기억하지. 나한테는 그 담배 한 대가 엄청 강렬했으니까."

"뭔데? 뭐였는데?"

"저 새끼도 라이더였어. 아까 그 사무실에서 같이 일하던. 아. 잠깐. 혹시 단톡방에도 들어온 거야?"

종일은 저 남자가 어떻게 자신들의 동선과 다정이의 위치를 알고 있었는지 궁금했다. 그런데 그가 기사였다는 것이 생각나자, 모든 것이 이해됐다. 정석도 같은 생각이었다.

"그럼 아마 경찰한테 검문당하고 나서 들어왔을 거야. 그전까지는 전혀 그런 징후가 없었으니까. 아마 기사님들에게 쫓기고 경찰한테 잡힌 다음 본인도 뭔가 이상하

237

다는 걸 느꼈겠지."

종일은 잠시 생각에 잠겼다.

한창 돈독이 올라 하루에 쉰 건도 넘게 배달을 다니던 2년 전 이맘때였다. 그때는 종일도 다정과의 결혼을 상상하곤 했다. 다정이 신축 원룸에 전세로 들어가 예전에 머물던 고시원보다 좋은 집에 살게 되었고, 그곳에서 함께 보내는 시간이 너무 좋았다. 그래서 종일도 이대로 자신이 더 열심히 일해 돈을 모으면 결혼할 수 있지 않을까, 하는 막연한 생각을 가졌다. 그런 생각이 들자 종일은 정말 한 건 한 건의 배달이 너무 간절했고, 무슨 콜이 들어오든 가리지 않고 누구보다 빠르게 잡았다.

"책임져야 하는 사람이 생겼어요?"

"예?"

"아니, 요즘 우리 사무실 배달 1등이라고 민정이가 그러길래요."

"아. 강우 형님 맞으시죠? 지난달까지는 형이 1등이었잖아요!"

"아니요. 지지난달까지요. 나 지난달에 사고 나서 한 달 만에 나온 거예요."

연속으로 콜 열세 개를 받고 나서 잠시 숨을 돌리기 위해 흡연 구역에 갔을 때, 먼저 담배를 피우고 있던 강우가 말을 걸어왔다. 둘이 직접 대화를 나눠 본 것은 처음이었지만 서로의 존재는 알고 있었다. 강우는 종일이 일을 하기 전부터 이 사무실의 전설 같은 존재였고, 최근에는 종일이 그 뒤를 이어 가장 콜을 많이 받던 라이더였으니까.

"몸은 괜찮으세요?"

"뭐, 후유증은 좀 있지만…… 아직은 모르겠어요. 그래도 당장 지난달에 못 번 돈만 눈에 아른거려서 나와야겠더라고요."

"아이고야. 그래도 형님, 조심해서 타세요."

"예. 고마워요. 혹시 사고 많이 당해 봤어요?"

"아. 자잘한 건 많이 났는데, 아직 일을 못 할 정도로 다쳐 본 적은 없어요."

"진짜 다행이네요."

"예. 아직은 운이 좋았어요."

종일의 운이 좋았다는 말에 강우가 잠시 말을 멈췄다. 그리고 잠시 후 다시 말을 이었다.

"우리 일. 나쁘지 않아요. 그렇죠?"

"그렇죠."

"좋아하는 오토바이도 실컷 타고, 열심히만 하면 돈도 대기업 다니는 친구들보다 많이 벌고, 어쩌면 한 가정을 책임질 만한 가장이 될 수도 있을 것 같잖아요."

종일은 강우가 자신의 속마음을 읽고 있는 것 같아 깜짝 놀랐다.

"그런가요? 전 아직 그렇게 오래 한 건 아니라서요. 그런데 뭐……, 어쩌면 그럴 수도 있겠죠?"

"그런데, 너무 신기루 같아요."

"예?"

"다 무슨 허상 같다고요. 배달을 하면서 세우는 계획이나 꿈들이요. 보이기는 하는데, 아무리 앞으로 가도 손에 닿지 않는 기분이 들거든요."

"왜요?"

종일은 강우가 왜 그런 말을 하는지 너무 궁금했다. 이제야 겨우 안정적인 수익이 생기기 시작하고, 다정과의 미래를 구체적으로 그리게 되어 잔뜩 기대하고 있던 자신에게 너무 찬물을 뿌리는 듯한 말이었기 때문이다. 그래서 종일은 좀 화가 났다. 강우가 무슨 얘기를 하든지 모두 부정할 생각이었다. 나는 그렇게 생각하지 않는다. 절대 그렇지 않다. 나는 다르다. 그렇게 반박하려 했다. 하지만 강우의 말들은 한마디 한마디가 무거운 쇳덩이가 되어 종일의 몸을 끌어내렸다.

"사고 나면 다 끝이거든. 그게 뭐든."

"예?"

"지난달에 사고요. 트럭이랑 박았거든요. 빗길에 교차

로에서 노란불일 때 한번 넘어가 보겠다고 최고 속도로 밟았다가 먼저 출발한 트럭이랑 쾅!"

"……."

"날았어요. 꽤 오랫동안 공중에 떠 있었는데, 한 3초는 됐나? 그때 그런 생각이 들더라고요. 아. 나 지금 죽는구나."

종일은 아무 말도 못 하고 본인도 모르게 강우의 몸을 훑어봤다. 종일의 시선을 눈치챈 강우는 종일을 향해 애써 웃으며 말했다.

"다행히 살았어요. 오토바이용 에어백 조끼를 입었거든요. 민정이가 생일 선물로 사 준 거. 설마 쓸 일이 있을까 했는데, 진짜 이런 사고를 당하니까 그것 때문에 살긴 살더라고요."

"그런 것도 있어요?"

"예. 있죠. 오토바이에서 몸이 분리되는 순간, 자동으로 조끼에 공기가 들어가서 몸통이랑 목을 보호해 주는 거예요. 그 덕에 살긴 살았는데, 한동안은 무서워서 차도 근처에도 못 가겠더라고요. 눈만 감으면 자꾸 눈앞에 트럭이 있고, 나는 어느새 하늘에 떠 있고, 하늘에 떠서 내가 떨어질 콘크리트를 보는 상황이 하루에도 몇 번씩 떠올랐어요. 기분이 진짜 엿 같죠. 그래서 소름이 돋았어요. 한동안 도로를 볼 때마다 매일 매 순간에요."

종일은 또 자신도 모르게 그가 들고 있는 헬멧을 보았다.

"그런데 어떻게 해요? 먹고는 살아야지. 병원에 있으면서 '내가 나가면 목에 칼이 들어와도 배달은 안 한다. 절대 안 한다.' 이렇게 이 악물고 다짐했거든요. 근데 막상 나오니까 진짜 할 수 있는 게 없어. 다시 장사를 하려고 해도 자본이 없고, 어디 취직하려고 해도 지금까지 한 게, 장사 말아먹은 거랑 배달밖에 없는데. 이력서에 채울 게 없어요. 그러니까 이게 그냥 붙고 떨어지고의 문제가 아니라 기회 자체가 없더라고요. 다르게 살아 볼 기회가. 그래도 진짜 여기는 다시 안 오겠다고, 기를 쓰고 공장에도 다녀 봤는데. 손에 잡히는 돈이 적응이 안 되더라고요. 결국 이것밖에 없어서, 손 벌벌 떨면서 또 여기 있지."

종일은 갑자기 생각이 많아졌다. 자신이 호기롭게 하고 있는 배달이 새삼 얼마나 위험한 일인지 느껴졌기 때문이다. 농담처럼 했던, 운이 좋았다는 말이 농담이 아니었다. 지금까지 자신이 정말 운이 좋았던 것이고, 이 운이 언제까지 이어질지 확신도 없었다. 그리고 그런 생각이 머리에 들어오기 시작하자 지금 통장에 꽂히는 돈이 더 무섭게 느껴졌다. 모두 다 자신의 목숨값인 것 같아서.

"그러니까 살살해요. 사고 나서 한 달이라도 쉬면 다 쓸데없어요. 조바심 내지 말고 적당한 선을 지켜야 해요.

봐 봐. 난 또 맘이 급해졌어요. 집을 구했거든요."

"아. 사무실 민정이 누나랑 만나신다고 들었어요. 결혼
하시게요?"

"우선은 살림부터 합치려고요. 지금은 괜히 들어가는
돈이 두 배니까."

"축하드려요."

"축하받을 일일까……? 나도 이 일 시작하고 참 많은
꿈을 꿨어요. 수입도 나쁘지 않고 나만 성실하면 금방 일
어설 것 같았거든요. 그래서 큰마음 먹고 신축 빌라를 구
했어요. 방도 세 개나 되는 걸로. 뭐, 대출을 많이 받아야
하지만, 그래도 이자가 걱정할 정도는 아니라고 생각했
거든요. 근데 막상 사고가 나니까 수입이 제로가 되는 거
예요. 내야 할 이자는 쌓이지, 병원비도 만만치 않고, 이
대로 집에 가만히 있을 수가 없는 거죠."

"아…….."

"그래서 겨우 나오기는 했는데, 나와 보니 막상 예전만
큼 하지도 못하겠어요. 겁이 나서. 그래서 나와도 수입이
줄었더라고요. 그러니 마음만 더 조급해져서…… 이걸
집 평수를 줄여야 하나…… 아니면 일을 더 늘려 봐야 하
나. 걱정이에요……."

"아…… 예……."

"그러니까 너무 무리하지 마요. 나는 요즘 제일 걱정인

게…… 지금은 이렇게 회복해서 다시 일이라도 할 수 있
는데, 혹시 빚져서 집 구해 놓고 덜컥 장애라도 생겨 버
리면 어쩌나…… 지금이라도 작은 집으로 옮겨야 하나
그러거든요……. 그러니까 너무 서두르지 말고, 안전하
게 꾸준히 타세요!"

종일에게 그날의 대화가 아주 선명하게 기억에 남았던
이유는 그날부터 종일의 마음이 달라졌기 때문이다. 자
신만 열심히 하면 다정과도 행복하게 살 수 있겠다는 마
음이, 혹시라도 자신 때문에 다정의 삶이 더 힘들어질 수
도 있겠다는 생각으로 달라졌다. 주변 라이더들의 사고
소식이 들릴 때마다 종일은 어머니를 혼자 두고 너무 일
찍 떠나 버린 아버지가 떠올랐다. 그리고 남겨진 어머니
의 모습도.

"기억에 남았어. 처음으로 미래가 두려워지기 시작했
거든."

"그래? 그럼 다 포기하지 그랬어? 왜 어설프게 미련을
못 버려서 이 지랄이야!"

"그게 무슨 소리야!"

"너 헤어졌잖아. 청약 당첨돼서 프러포즈까지 한 여자
한테서 도망쳤잖아. 쫄아서 낳으면 쿨하게 꺼졌어야지.
왜 쓸데없이 질척거려서 이 사달을 내는데!"

"뭐? 그게 무슨 말이야? 청약이라니?"

"하. 몰랐냐? 여자는 그렇게 청약 당첨됐다고 동네방네 소문을 내고 다녔다는데. 정작 같이 살 놈은 알지도 못한 거야? 대단하다. 그러니까 그냥 꺼지지 왜 이렇게 난리냐고!"

종일은 지금 강우가 무슨 말을 하는지 도저히 알 수 없었다. 그저 자신이 모르는 뭔가가 더 있다는 생각에 정신이 나가 버렸다. 그런데 정석은 지금이 타이밍이라고 생각했다. 강우의 마음이 흔들리는 순간. 아직은 완전히 모질지 못한 감정이 남아 있는 순간. 지금이 강우를 흔들어 틈을 만들 수 있는 순간이라고.

"이 사달이 뭔데? 당신이 우리한테, 아니, 다정이한테 바라는 게 뭔데? 뭔가 바라는 게 있어서 그러는 걸 거 아니야?"

정석의 말이 먹힌 걸까? 강우는 정석의 질문에 망설이는 것 같았다. 순간의 정적은 그저 평범한 침묵과 다를 것이 없었지만, 그 침묵 이후에 이어지는 강우의 호흡이, 떨림이, 그 더듬거림이, 그가 당황하고 있다는 것을 느끼게 해 주었다.

"그…… 그걸 알아서 뭐 하게? 어차피 너희는 여기서 끝일 텐데……. 그냥 다 너희가 자초한 일이야. 너희가 가만히만 있었으면 어차피 다 돌아갈 일이었는데……."

245

정석은 처음부터 궁금했다. 왜 죽이지 않았지? 뭔가 이유가 있어서 사람들을 납치했을 텐데. 왜 그 납치한 사람들을 죽이지 않고, 끼니를 챙기면서까지 데리고 다닌 건지 궁금했다. 그런데 지금 그가 은연중에 그 이유를 말한 것이다. 어차피 다 돌아갈 일이었는데. 정석은 그 말이 핵심이라고 생각했다.

"돌아간다고? 원래 다 돌려놓으려고 했다고? 거짓말하지 마. 다 핑계잖아. 그냥 망설인 거 아니야? 매번 다 죽이고 싶었는데, 너야말로 쫄아서 죽이지도 못하고 끌고 다닌 거 아니냐고!"

정석의 도발에 어둠 속에 몸을 숨기고 있던 강우가 뛰쳐나왔다. 그리고 있는 힘껏 정석의 얼굴에 주먹을 날렸다. 그러고도 아직 분이 풀리지 않았는지 하늘을 향해 소리를 크게 지른 후, 가쁘게 숨을 몰아쉬며 천천히 말했다.

"그래, 차라리 죽이는 게 편하겠네. 어차피 죽으나 사나 일주일만 데리고 있으면 되는 거니까."

이번에는 종일이 강우를 향해 한마디 하려고 했다. 하지만 그 순간 강우에게 맞아 종일의 앞에 넘어져 있던 정석이 종일의 다리를 잡았다. 종일이 정석을 바라보자, 정석은 그만하라는 눈짓을 보냈다. 그사이 강우는 호흡을 가다듬고 정석을 다시 앉혔다. 그리고 천천히 다시 물러서서 낮은 목소리로 말했다.

"어차피 너희는 여기서 죽어. 얼마나 버틸지는 모르겠지만, 재개발이 시작된 이 동네 빈집 지하실까지 너희를 찾으러 올 사람은 아무도 없을 테니까. 그러니까 조금이라도 더 살고 싶으면 힘 빼지 마."

"근데 그 일주일은 무슨 말인데? 죽을 때 죽더라도 궁금한 건 못 참겠다."

"그런 게 있어. 내가 살려 줄 생각도 없는데 네 궁금증까지 풀어 줄 만큼 친절해 보여?"

"웃기지 마! 우리 형님들이 우리를 가만히 둘 것 같아? 분명히 금방 다 찾으러 오실 거라고!"

울먹이며 소리친 순경의 말은 의도된 것이 아니었다. 그저 이 순간이 너무 두려워 자신도 모르게 튀어나온 마지막 발악이었다. 하지만 그 발악이 강우의 마음에 영향을 줬는지 또 무거운 정적을 만들었다. 한동안 침묵하던 강우가 다시 떨리는 목소리로 말했다.

"너희 폰을 가져갈 거야. 아까 잠금은 다 풀어 두었고, 한동안 나는 너희처럼 살 거야. 너희처럼 문자를 보내고, 너희가 자주 먹던 음식들을 시켜 먹고, 너희가 평범하게 살아 있는 척 그렇게 연기할 거야. 그러니까 아무도 여기에 너희를 찾으러 올 수 없겠지. 너희는 잘 살아 있는 거니까."

"그렇게 얼마나 버틸 수 있을 거 같은데? 오래갈 거 같아?"

　"굳이 오래 그럴 필요가 있을까? 너희가 그렇게 오래 살아 있지는 않을 것 같은데?"

　"그래서 다정이는 어디 있는데? 뭘 어쩔 건데?"

　종일은 자신의 처지가 중요하지 않았다. 오로지 다정의 생사가 궁금했다. 하지만 강우는 아무런 말도 하지 않았다. 아무 말 없이 그렇게 있다가 어둠 속으로 사라졌다. 멀리서 문소리가 났다. 강우는 정말 그곳을 떠난 것 같았다. 세 사람과 어둠만을 남겨 두고.

청약

다정은 기분이 좋았다. 회사 친구인 미주의 말을 듣고 장난삼아 넣어 봤던 청약이 덜컥 당첨됐기 때문이다.

"야, 너 진짜 대박이야. 어떻게 한 방에 청약이 돼? 너 무슨 신기 있는 거 아냐?"

"아, 몰라. 진짜 다 네 덕이야. 나는 이게 될 거라고는 정말 꿈에도 몰랐어."

"그러니까. 이건 진짜 하늘이 준 기회야. 거봐, 내가 뭐라고 했어? 무조건 청약은 '선당후곰[1]'이라고 했지?"

"그래. 이제 고민을 해 봐야지. 당장 계약금은 어떻게 마련하지? 그 뒤로도 들어갈 돈이 산더미인데."

"야. 뭐가 걱정이야. 너희 오빠 돈 잘 번다며. 잘 말해

---

1) 당첨된 후에 고민한다는 뜻의 신조어.

서 이번 기회에 같이 살 집 마련하자고 해 봐. 요즘 다들 집 때문에 혼인 신고도 먼저 하고 통장도 합치고 그래."

"몰라. 그래도 계약금은 꼭 내가 넣고 싶단 말이야."

다정은 정신을 차릴 수가 없었다. 당첨 문자가 오자마자 이게 꿈인지 현실인지도 구분이 되지 않았다. 자신에게 집이 생긴다는 사실을 믿기 힘들었다. 다정이 당첨된 아파트는 경기도 외곽의 신도시에 있었고, 근처에 산업 단지도 있어서 주변 도시에 비해 분양가가 훨씬 싼 편이었다. 게다가 가장 작은 평수로 신청했기 때문에 다정의 계산에 의하면 계약이 불가능하지는 않았다. 이미 계약금부터 조금 부족하기는 했지만, 그건 다정 나름대로 계획이 있었다. 중도금은 어차피 건설사에서 대출해 준다고 하니 앞으로 입주까지 남은 기간 동안 열심히 잔금을 마련하기만 하면, 나중에 신혼부부 혜택이나 '생애최초주택자금대출' 등으로 조금 더 저렴하게 대출을 받을 수도 있었다. 이제 남은 문제는 오직 종일을 설득하는 것이었다.

종일은 언젠가부터 다정과 미래에 관해 이야기하는 것을 피했다. 다정은 그 이유가 집 때문일 거라고 생각했다. 둘이 살기에 다정의 원룸은 너무 좁았고, 지금 당장은 더 넓은 집으로 이사 갈 여유도 없었다. 한때 종일이 정말 열심히 돈을 모은 적도 있었던 것 같지만, 요즘은 왠지 기운이 빠진 것 같았다. 그래서 다정은 이번 청약 당첨이 둘의 관계를 새로 시작하게 할 불씨라고 생각했다. 함께 이루고 싶은 목표가 생기면 분명히 종일의 마음도, 둘의 미래도 달라질 것이라고.

다정은 마음이 급했다. 일단 하루라도 빨리 계약금을 마련해야 했다. 500만 원 정도가 부족했는데, 다행인 것은 살고 있는 원룸의 전세 시세가 많이 떨어졌다는 점이었다. 그래서 우선 마이너스 통장 대출로 계약금을 내고, 다다음 달에 재계약할 때 전세금을 1000만 원 정도 낮춰 달라고 집주인에게 말할 생각이었다. 물론 쉽지는 않을 것 같았지만, 만약 안 된다고 해도 동네 대부분의 원룸 시세가 떨어졌기 때문에 그냥 다른 원룸으로 옮기면 그만이라고 생각했다. 그래서 다정은 급한 마음에 집주인에게 메시지부터 보냈다.

> 저, 다다음 달에 저희 재계약인데요, 전세 시세가 많이 떨어졌더라고요. 그래서 혹시 전세금을 일부 반환해 주실 수 있을까요?

아주 간단한 메시지였지만 이런 문자를 보내 본 적이 없어서인지, 다정은 몇 번이나 쓰고 지우기를 반복한 후에 겨우 전송 버튼을 누를 수 있었다. 그렇게 문자까지 보내고 나니 갑자기 미래에 대한 설렘으로 심장이 더 두근

거리기 시작했다. 그리고 그 두근거림은 잠을 자도, 종일
과 밥을 먹어도 잦아들지 않았다. 다정은 결국 두근거리는
자신의 심장 소리를 이기지 못하고 불쑥 말해 버렸다.

"온종일! 우리 같이 살래? 온종일! 우리 그냥 같이 살
자!"

"싫어."

다정은 알고 있었다. 종일이 결혼에 대해서 어떤 생각
을 갖고 있는지, 미래에 대한 어떤 걱정들을 하고 있는지.
그래서 지금까지 다정도 일부러 그런 대화 주제를 조심하
고 있었다. 자신의 마음이 종일에게 혹시 부담이 될까 봐.
하지만 다정의 조급함은 종일이 대답을 서두르게 만들었
고 종일은 절대 하지 말아야 할 대답을 해 버렸다. 심장을
뛰게 하던 달콤한 미래는 날카로운 칼이 되어 서로의 마
음에 상처를 냈다. 자기 혼자 마음대로 꾸었던 꿈이었지
만, 다정은 그 꿈이 모두 부정당하는 느낌을 받았다.

"왜?"

"싫으니까."

"그러니까 뭐가?"

"이렇게 사는 거."

하필이면 그때였다. 보증금을 일부 돌려달라는 다정의
메시지에 집주인이 답장을 보내온 것이.

글쎄요. 우선 알겠습니다. 그런데 저도 돈을 마련하려면 시간이 좀 걸릴 수 있습니다.

딱히 부정적인 말은 아니었지만 노래방에서 종일의 대답을 들은 직후여서 그런지, 다정은 감정이 좀 예민해진 상태였다. 그래서 굳이 하지 않아도 될 말까지 까칠하게 해 버렸다.

글쎄요라니요. 제가 세입자로서 당연히 받아야 할 권리를 말씀드리는 건데요. 고소당하기 싫으시면 우선 재계약 날짜까지 무조건 맞춰 주시고요. 안 되실 것 같으면 미리 말씀해 주세요. 방 빼겠습니다.

그날 밤. 무엇이 잘못된 것이었을까? 아니면 누구의 잘²⁵³못이었을까? 그 밤에 나눈 길지 않은 대화들이 너무 많은 변화를 불러오고 있었다. 다정의 달콤한 꿈은 순식간에 사라졌고, 종일이 받던 정성스러운 밥상은 어느새 새로운 슬픔이 되었다. 그리고 집주인은 다정의 문자를 받고 자신의 스마트폰을 부숴 버렸다.

구조

　강우는 더 이상 아무 말도 하지 않고 그대로 사라졌다. 각자 의자에 묶여 있던 종일과 친구들은 강우가 나가자마자 주변을 살피며 케이블 타이를 끊고 나갈 수 있는 방법을 찾았다. 하지만 역시 영화와 현실은 달랐다. 보통 바닥에 흔하게 떨어져 있을 만한 깨진 유리나 날카로운 철사 따위는 전혀 보이지 않았다. 아니 오히려 그런 게 있었으면 하고 생각하는 것 자체가 민망할 만큼 그들이 갇혀 있는 지하실은 너무 정리가 잘 되어 있었다. 특히 바닥 청소가 거의 예술이었다. 세 사람이 아무리 꿈틀거려도 결국 헛짓거리일 뿐이었다.

　"아! 진짜 잘 묶어 놨네!"

　"야! 찐! 영화에서 보면 이런 데 탈출하는 거 뭐 안 나오냐?"

"야. 보통은 끈을 끊을 수 있는 칼을 가지고 다니거나, 바닥에 깨진 유리나 그릇이 있거나, 아니면 좀 날카로운 벽 모서리라도 있어서 긁어나 보던데, 봐라. 여기 그런 게 있나. 이 새끼 성격 졸라 깔끔한 것 봐라. 지하실인데 바닥이 이렇게 깨끗하다."

"야, 이 집은 무슨 지하실 벽 공사를 이렇게 정성스럽게 한 거야? 모서리에 비벼도 꿈쩍도 안 하네. 아주 부드러운데? 막 미끄러져."

단독 주택의 지하실은 부동산 예능에 나오는 신축 건물처럼 정리되어 있었다. 눈을 씻고 찾아봐도 탈출을 도울 만한 아이템은 보이지 않았다. 그럼에도 탈출의 희망을 버리지 못한 채 주변을 살펴보고 있는 정석과 달리 종일은 고개를 숙인 채 다정에 대한 걱정만 하고 있었다. 아까 잠시 보여 준 다정의 모습이 정말 잠이 들어 있는 것이었는지, 어디 상처가 있는 건 아닌지, 지금 강우가 당장 다정을 어떻게 하는 건 아닌지 걱정이 돼서 정말 아무것도 할 수 없었다. 그리고 강우가 해 준 청약 얘기도 계속 머릿속을 윙윙거렸다.

"청약에 충격 먹었지?"

"어. 나는 혼자 폭주하고 혼자 포기하고 있었는데, 다정이도 설마 그런 걸 하고 있었을 줄이야."

"그게 무슨 말이야? 왜 또 나만 몰라?"

"너도 알아! 너 생각 안 나? 재작년에 이 새끼 미친 듯이 배달 다니던 시기?"

"어. 알아! 그때가 왜?"

"그때가 이 새끼 청약 넣으려고 한창 알아보던 때야. 무주택으로 어머니랑 호적 분리 안 한 상태에서 청약을 넣으면 가능성이 더 높아지니까 그렇게 넣겠다고. 미친 듯이 배달했잖아."

"근데? 왜 안 했어?"

갑자기 종일의 표정이 더 무거워졌다. 그리고 그 상황을 알고 있는 정석은 순경에게 대신 대답해 주었다.

"이 새끼 청약됐어. 그래서 계약금까지 다 준비해서 갔는데…….."

"갔는데……?"

"무주택이 아니었어."

"뭐?"

순경은 너무 놀라서 묶인 채로 상체를 일으켰다.

뚝.

그런데 순간적으로 힘을 줘서 그런지 손과 발을 묶은 케이블 타이 두 개를 연결하고 있던 또 다른 케이블 타이가 끊어진 것이다. 순경은 그 상황이 너무 신기했다.

"어? 끊어졌다! 야! 끊어졌다고! 봐 봐, 손발 연결된 게 끊어졌어! 우와! 이게 되네 진짜. 역시 유튜브처럼 순간

적으로 초인적인 힘을 쓰면 이렇게 되는 거였어!"

순경은 신이 나서 방방 뛰었다. 그는 몇 년 전부터 유튜브를 보며 케이블 타이로 포박당했을 때 끊는 법을 연습하곤 했었다. 심심할 때마다 정석의 편의점에 와서 자신을 묶어 달라고 하고는 매번 유튜브를 따라 하다 실패하곤 했는데, 오늘 처음으로 케이블 타이가 끊긴 것이다. 순경은 올림픽 금메달이라도 딴 것처럼 환희에 찬 표정을 지었다.

"야! 잘했어! 잘했는데, 그게 중요해? 지금?"

"봐라! 내가 된다고 했잖아! FBI랑 CIA는 다 이런 훈련 받는다고! 내가! 그랬잖아! 봐라! 연습은! 땀방울은! 절대 거짓말을 못 해! 노력은 배신하지 않는다고!"

"알았다고!"

자신이 일어났다는 사실도 놀랄 일이었지만, 종일의 청약에 관한 이야기가 다시 생각난 순경은 어정쩡한 자세로 종일에게 다가가며 물었다.

"아! 근데 잠깐! 무주택이 아니었다니? 그게 무슨 말이냐고!"

아무 말도 없던 종일은 그 얘기만은 자신이 해야 한다고 생각했는지, 천천히 고개를 들고 말하기 시작했다.

"너 그거 아냐? 나는 흙수저고 너희들은 그래도 동수저야."

"그건 또 무슨 소리야?"

"요즘 수저를 구분하는 정의가 뭐냐면, 부모가 내 자녀의 생계까지 책임져 줄 수 있으면 금수저. 부모가 내 생계까지 책임져 줄 수 있으면 은수저. 부모가 도와주지는 못해도 자식들에게 짐이 되지는 않으면 동수저. 그리고 자신이 부모의 생계까지 책임져야 하면 흙수저래."

"그러니까 뭔 소리냐고!"

"우리 아버지. 나한테 딱히 기억도 남아 있지 않은 그 아버지가. 맨날 친구들한테 사기나 당하면서 우리 엄마 그 고생을 시키다가 월세 집 하나 남겨 놓고 죽은 줄 알았는데. 알고 보니까 그 집이 우리 아버지 집이더라. 그것도 대출이 80%나 잡혀 있는 껍데기 집. 심지어 그것도 사기꾼 친구랑 공동 명의로 되어 있더라고. 엄마가 집 주인이라고 생각했던 사람이 그 아버지의 빌어먹을 친구 새끼였고, 엄마가 20년 넘게 꼬박꼬박 보내던 돈이 월세가 아니라 이자였어."

"그래서? 그 아파트 다 날아간 거야? 무주택이 아니라서? 계약까지 다 하고?"

"그것뿐이겠냐? 딱 그때 그 아버지 친구가 사기로 잡혀가서 빨리 명의 변경 하지 않으면 집도 날아가고 쫓겨날 판이었지. 그래서 그 계약금으로 그 사기꾼 새끼한테서 명의 가지고 오고, 지금도 이자를 내고 있지."

"그래서 다 포기한 거야? 집 살 자신도 없고, 그 집 대출도 책임져야 해서?"

종일은 순경의 말에 아무 대답도 하지 못하고 고개를 푹 숙이고 있었다. 순경은 그런 종일의 모습에 더 화가 났다. 그래서 손발이 묶인 채 동동 뛰면서 종일에게 화를 냈다.

"야! 너 그거 다정이한테 말했어? 내가 이러이러해서 청약이 날아갔다. 미안하다. 이렇게 말했냐고! 뭔 말도 안 한 새끼가 혼자 선 긋고, 헤어지느니 마느니 지랄병이냐고! 야! 진짜 다 네 탓이네! 이 꼴이 난 게 다 네 탓이라고!"

"알아! 나도 내가 못난 거 아는데, 그럼 내가 뭘 어떻게 할 수 있었을까? 언제까지 갚아야 할지도 모르는 그 쓰러져 가는 빌라까지 내가 책임져야 한다고! 어떻게 말할까?"

"그래도 말했어야지. 뭐든지 다 말했어야지! 네가 다정이 마음을 눈치채고 있었으면 더 말했어야지! 이 비겁한 새끼야."

종일은 할 말이 없었다. 순경이 하는 말이 모두 맞았다. 자신도 수없이 해 온 후회지만, 말했어야 했다. 같이 준비했어야 했다. 조금 더 걸리더라도 같이 가 줄 수 있겠느냐고 물어봤어야 했다. 하지만 종일은 그러지 못했다. 그 모든 과정이 종일의 마음에 멍이 되어 남아 있는 것 같았다.

"아, 내가 진짜 이 방법만큼은 안 쓰려고 했는데! 이제 진짜 어쩔 수가 없네. 저 바보 같은 놈. 가서 빌 기회라도 주려면 진짜 어쩔 수가 없지."

순경의 표정이 조금 달라져 있었다. 정석은 순경의 저런 표정이 좋은 시그널은 아니라고 생각했다. 때문에 너무 큰 불안함이 밀려왔다. 하지만 곧 손발이 묶여 있는 순경이 뭘 할 수 있을까, 하는 생각에 그냥 지 마음대로 하도록 그대로 두기로 했다. 그런 정석의 반응과는 상관없이 순경은 여전히 당당한 표정으로 서 있었다.

"아, 뭔데! 그냥 빨리 말해!"

"이 새끼들 좀 더 궁금해하지 않을 거냐? 진짜 내 비장의 무긴데?"

"아 좀 그냥 말하면 안 되냐? 아니면 그냥 닥치거나. 머리도 복잡한데."

순경은 자신의 기대와는 달리 조금 시큰둥한 반응이 마음에 들지는 않았지만, 그래도 자신이 계획을 말하는 순간 이 모든 상황이 반전을 맞을 것을 알았다.

"너희들, 내가 애플 빠인 거 알지?"

"애플 빠라고 하기에는 너무 거지 아니냐? 너 돈 없어서 6년째 같은 폰 쓰고 있잖아."

"그러니까 진정한 애플 빠지. 기술의 발전과 내 폰의 도태를 모두 몸소 경험하고 있으니."

"그래서 뭐? 하고 싶은 말이 뭔데?"

"그런데 내가 드디어 돈을 모아서 애플워치도 샀다 이거지!"

정석은 어이가 없었다. 순경이 먼저 나댈 때부터 무언가를 기대하고 있지는 않았지만, 혹시라도 진짜 뭔가 있을지도 모른다는 실낱같은 희망은 있었다. 그래도 나름 비장해 보였으니까. 그런데 이런 상황에 기껏해야 자기 시계 자랑을 하고 있다는 사실이 정석의 울화를 치밀게 했다.

"에라이. 고시원비도 매달 겨우 내는 주제에 뭘 샀다고? 진짜 또라이네 이 새끼! 네가 제정신이냐? 어?"

"그래! 내 삶이 그러니까. 진짜 가지고 싶었지만, 모아모아모아서 겨우 샀다고! 카카오뱅크 150주 적금 든 돈으로 감귤마켓을 6개월이나 뒤져서 겨우 샀다고! 내가 그 오랫동안 힘든 공부한 나 자신에게 그 정도 선물도 못 하냐?"

"그래! 잘했다. 우리 순경이 잘했네! 그래서 뭐? 네가 애플워치 산 게 뭐! 지금 이 상황에서 네 시계가 뭐시 중헌디? 어?"

이거였다. 지금까지 순경이 기다리고 기다리던 질문. 누가 봐도 가장 위기인 순간에 자신의 존재가 가장 돋보일 수 있는 상황. 그 상황을 드라마틱하게 밝힐 수 있는 적절한 타이밍과 정석의 훌륭한 질문! 순경은 자신이 어쩌면 아주 오랜 시간 동안 이 순간을 기다려 온 것이 아닐까, 하는 착각이 들 정도로 짜릿했다. 그 모든 감정을 표정에 그대로 드러내며 천천히 그리고 아주 우아하게 설명했다.

"자네 그거 아는가? 애플워치에는 넘어짐 감지 기능과 긴급 구조 기능이 있다는 사실을?"

"뭐? 그게 뭔데?"

"그게 말이야. 바로 시니어 유저를 위해 개발된 기능인데, 쉽게 말해서 시니어 유저가 건강상의 문제로 넘어져서 일정 시간 동안 움직임이 없으면 자동으로 구조 요청을 보내는 엄청난 하이 테크놀로지 기술이지. 나는 이 유용한 기능이 너무 궁금해서 이미 세 차례나 시뮬레이션을 해 봤고, 연락이 간 구급대원에게 대차게 욕도 먹어본 상황이라고."

"뭐? 그게 진짜 구조 요청이 된다고? 잠깐 근데 너 손목시계 찬 거를 내가 못 봤는데?"

"당연하지. 너 따위가 내 소중한 시계를 봤을 리가 없지."

"아 뭔데! 좀 그냥 말 좀 해라!"

"아! 내가 잘 숨겨 놨다고!"

"뭐? 왜?"

"이렇게 위험한 일을 하고 있는데, 우리 애치가 다치기라도 하면 어떡하나? 그래서 아까 빼서 잘 넣어 놨지."

"넌 그 와중에 시계에 이름도 지었냐?"

"당연한 거 아냐? 나한테 얼마나 소중한 존잰데."

"그래서 어디 있는데? 주머니?"

"아니. 주머니는 혹시 빠질 수도 있잖아!"

"그러면 어디에 있는데?"

정석은 자신이 이 말도 안 되는 대화를 하고 있다는 사실이 팔다리가 묶여 있는 것보다 힘들었다. 그런 정석의 반응과는 상관없이 순경은 누구보다 진지했고, 그 어느 때보다 비장했다.

"팬티 속!"

"뭐? 이 미친 새끼가 진짜 장난하나?"

"아! 진짜라고! 야, 위급한 순간에 여기만큼 안전한 곳이 어디 있냐? 난 요즘 유행하는 드로어즈 그런 것도 안 입어서 절대 다리 사이로 빠질 일도 없다니까!"

"그래서 뭐? 팬티 속에 있는 걸로 뭘 어쩌겠다고?"

"넘어져야지! 시계 있는 부위로, 정확하게!"

순간, 다정을 걱정하고 있던 종일도 놀랐다. 순경의 각오가 너무 충격적이었기 때문이다. 종일과 정석의 표정이 심각해지자 순경은 더 비장해졌다. 순경에게는 결코 쉬운 결정이 아니었지만, 순경은 지금의 상황과 친구들의 기대를 생각하면 못 할 것도 없다고 생각했다. 그래서 자신이 가장 소중하게 생각하는 것들을 모두 희생하고서라도 이곳을 빠져나가겠다는 강한 의지를 표정에 담아 보였다.

"야. 진짜 괜찮겠어?"

"진짜 아플 거야!"

"걱정 마. 나 하나의 희생으로 우리가 살 수 있고, 다정이를 구할 수 있다면 난 후회 없다."

순경은 자신이 말하면서도 스스로가 참 멋있다고 생각했다. 이 얼마나 숭고한 일인가. 친구들을 구하고 납치되어 있는 사람들을 구하기 위해 스스로 희생하는 모습. 순경이 스스로의 선택에 자아도취 하는 동안 정석이 진지하게 말했다.

"그럼 순경아. 오해하지 말고 들어!"

"어? 왜? 뭐?"

"우선 나는 너의 그 용기에 경의를 표해. 그리고 진심으로 감사하고 있어. 그런데 말이지. 어차피 이렇게 된 거, 난 한 번에 성공해야 한다고 생각해! 네가 지금 그 자리에서 그대로 넘어진다고 해도 그곳의 위치나 높이상 충격을 감지하지 못할 가능성도 있거든. 그래서 하는 말인데, 이왕이면 좀 더 높은 데서 떨어져 보는 건 어때?"

"뭐라고?"

"나도 정석이 말이 맞다고 생각해. 네가 어차피 희생하기로 마음먹은 거, 한 번에 제대로 하는 것이 낫다고 봐. 평소의 너처럼 말이야! 항상 과감하잖아, 너!"

"어떻게?"

정석과 종일은 누가 먼저랄 것도 없이 조금씩 자리를 옮겨 둘이 가깝게 붙었다. 종일과 꼭 붙은 상태에서 정석이 순경에게 말했다.

"자, 그럼 우리가 허벅지를 최대한 붙일 테니까 너는 우리를 마주 보고 우리 허벅지 위로 올라오는 거야!"

"어떻게?"

"잘 좀 해 봐! 우선 네 무릎으로 우리 무릎 위에 올라온 다음 어떻게든 서 봐."

"알았어. 잠깐만."

순경은 종일과 정석에게 다가가 무릎을 이용해 그들의 무릎 위로 올라갔다. 그리고 그 자세에서 몸을 일으키기 위해 안간힘을 썼다. 종일과 정석은 순경의 옷을 입으로 물어 당겨 주었고, 순경도 일어나기 위해 정석의 머리카락을 입으로 물고 아래로 당겨 그 반동으로 몸을 일으켰다.

"아! 아파, 시발!"

순경은 순간 그 상황이 재미있어서 최대한 천천히 일어나고 싶은 욕망에 감싸였다. 하지만 그럴 수는 없었다.

팔이 뒤로 꺾여 있어서 온몸이 부들부들 떨리긴 했지만, 그래도 충분히 올라갈 수 있겠다고 생각했다. 순경은 그 대로 친구들의 무릎 위에 무릎을 딛고 선 다음 정석의 머리를 입으로 당기며 반동을 주는 동시에 무릎을 폈다.

"아! 아!"

정석과 종일은 다리를 최대한 바깥쪽으로 벌려 자신들이 앉은 두 의자에 순경의 발이 한 쪽씩 올라갈 수 있는 공간을 만들었다. 순경은 묶인 다리를 최대한 두 사람 사이의 의자로 옮겨서 일어설 수 있었다.

"오호 됐다!"

"봐 봐! 되잖아!"

"그리고 이제 어떻게 해?"

"너 다이빙 봤지? 거기서 다이빙 선수들이 옆으로 도는 거 있잖아. 그것처럼 네가 점프를 하면서 몸을 돌려 정면으로 떨어지는 거야."

"뭐? 야! 그냥 여기서 뒤로 떨어지는 것도 겁나 무서운데! 여기서 몸을 돌려서 얼굴로 떨어지라고?"

"야! 너, 시계 팬티 앞에 넣었지?"

"어!"

"그럼 앞으로 떨어져야지!"

"그럼 내가 조금씩 앞으로 살살 돌까? 그러면 가능하지 않을까?"

"야, 어떻게 일어섰는데! 그러다가 넘어지면 다시 해야 한다고! 시간도 없어!"

"그러니까 여기서 진짜 다이빙을 하라고? 몸까지 틀면서?"

"순경아! 어차피 한 번이야. 우리 한 방에 가자. 남자답게!"

그동안 말없이 도와주던 종일이 결국 마지막 한마디를 거들었다.

"야! 너 할 수 있어! 겁먹지 말고 한 번에 과감하게 내던져! 그럼 아프긴 하겠지만, 우리는 살 수 있는 거야! 진순경. 이거야말로 네 인생의 가장 화려한 순간 아니겠냐? 진짜 다이빙 선수처럼 힘차게 날아올라서 근사하게 턴! 알았지?"

순경은 자신을 응원해 주는 친구들이 좋기도 하면서, 본인들의 생명을 위해 자신의 희생을 너무 적극적으로 유도하는 것이 서운하고 야속했다. 하지만 이 모든 것이 자신의 선택이었기 때문에 다시 무를 생각은 없었다. 그래서 눈물은 핑 돌았지만, 주먹은 꽉 쥐었다.

"그래! 남자답게 한 번에 가는 거야!"

순경은 다시 또 비장한 표정을 지었다. 그리고 자신의 허벅지 근처에 있는 친구들의 얼굴을 보며 말했다.

"개새끼들."

순경은 허리를 펴고 최대한 높게 까치발까지 들었다. 종일과 정석은 그런 그가 혹시라도 떨어질까 봐 입으로 그의 바지를 물고 있었다. 누군가가 이 모습을 보고 있었다면 참 안쓰럽고 민망한 자세라고 생각했겠지만, 지금 그들에게는 그런 것이 중요하지 않았다. 오직 한 번에 이 기회를 살려야 한다는 생각뿐이었다.

"기절하거나 그러진 않겠지?"

"그럼 그럼. 거기에 충격이 있다고 정신이 나가지는 않아. 걱정 마."

"그래! 걱정하지 마! 금방이야! 진짜 이번에 여기서 나가면, 진순경 다 네 덕이다."

"좋아! 어차피 시간도 없는데, 간다!"

"오케이! 파이팅!"

"진순경! 가자!"

"가자!"

"고! 고!"

"간다!"

"좀 가라고! 제발!"

"간다! 씨발!"

순경은 정말 화려하게 뛰어올랐다. 그리고 올림픽 다이빙 선수처럼 온 힘을 다해 몸을 틀었다. 지면이 시야에 들어온 순간 순경은 눈을 감고, 힘을 빼고, 차가운 지하

실 바닥과 충돌했다. 순경이 최선을 다해 뛰어오른 만큼
굉장한 소리가 났고 그 소리에는 가냘픈 비명도 섞여 있
었다.

"야. 괜찮냐?"

바닥에 쓰러져 있는 순경이 걱정된 종일과 정석은 조
용히 그에게 안부를 물었다. 순경은 그대로 아무런 움직
임 없이 가만히 있었다. 종일과 정석은 자신들 때문에 더
높은 곳에서 떨어지는 바람에 무언가 잘못된 건 아닌지,
움직이지 않는 순경을 걱정스레 바라보았다. 한동안 꼼
짝도 하지 않던 순경이 하반신은 여전히 움직이지 않은
채, 천천히 고개만 들고 작은 목소리로 말했다.

"죽을 것 같아."

순경의 한마디에 숨을 돌린 정석과 종일은 인생에서
처음으로 최선을 다해 순경을 치켜세워 줬다.

"잘했어. 잘했어. 진순경 진짜 멋지다! 네가 최고다."

"야, 나, 이 새끼 이런 쪽에 소질이 있네. 이거 올림픽
정식 종목으로 선정되면 금메달은 네 거다!"

269

"개새들아. 진짜 죽을 것 같다고."

"움직이지 마. 움직이지 마."

"어! 적어도 2분 이상은 있어야 전송이 된다며."

"참아, 참아. 말만 해 말만."

"둘 다. 죽여 버릴 거야."

"그래. 진순경 네 마음대로 해! 알았어!"

"야! 그러면 바로 119가 오는 거야? 여기 위치 추적해서?"

그래도 셋 중에 마음이 제일 급한 종일이 조심스럽게 순경에게 물었다.

"어. 아마도."

"야! 그럼 닥치고 기다려 보자."

정석은 용기 내서 뛰어내려 준 순경을 최대한 존중해 주려고 노력했다. 그들은 움직이지도 않고 말도 하지 않고 2분 동안 가만히 기다렸다. 시계가 없어서 정확한 시간을 알 수는 없었지만, 정석이 작게 숫자를 세며 대략적인 시간을 체크했다. 그런데 2분이 지나도 아무런 반응이 없자 조금씩 불안해지기 시작했다.

"야. 왜 반응이 없어? 이미 출동한 걸까?"

제일 초조한 종일이 또 가장 먼저 말했다. 그러자 정석도 바로 말을 이었다.

"올 때까지 계속 그러고 있어야겠지?"

"몰라. 지난번에는 전화가 오기도 했는데……. 어! 어…… 어…… 어…… 오이야!"

"왜, 왜?"

"전화…… 전화가 왔어! 분명해! 전화가 왔다고!"

순경의 말에 종일과 정석이 귀를 기울였더니 정말로

아주 작지만 진동음이 들리고 있었다.

"그럼 어떻게 해? 받을 수 있어? 시계로 받을 수 있는 거야?"

"받을 수는 있지! 밀어서 통화!"

순경은 말이 끝나자마자 아주 보기 흉한 모습으로 골반을 비비기 시작했다. 시계의 위치가 위치니만큼 쉽지 않은 상황이었다. 하지만 지금은 뭔가를 따질 상황이 아니었다. 그저 최선을 다해 어떻게든 시계 속 통화 아이콘이 밀리기를 기대했다. 하지만 순경의 노력을 보면서 종일과 정석은 자신도 모르게 고개를 돌렸다. 아무리 급박한 상황이라고 해도 순경의 험하고 역동적인 동작을 눈에 담고 싶지 않은 마음도 있었고, 지금 이 장면만큼은 봐 주지 않는 것이 오히려 친구로서의 예의라고 생각했다.

"야! 잠깐."

바닥을 뒹굴던 순경이 갑자기 조용히 하라고 말했고 정석과 종일은 가만히 귀를 기울였다. 그러고 나니 아주 작은 소리로 누군가의 목소리가 들리기 시작했다.

—선생님, 이번에도 장난치는 거 아니에요? 진짜 어디가 불편하신 건가요?

구급대원의 목소리가 들리자마자 셋은 동시에 소리를 지르기 시작했다. '살려 주세요, 갇혀 있어요'라는 말을 반복적으로 미친 듯이 쏟아 냈고, 순경은 극도의 흥분 상태에 빠져 그 자리에서 일어나 자신의 하반신을 종일과 정석을 향해 돌렸다. 종일과 정석은 미친 듯이 순경의 하반신에 대고 살려 달라고 외쳤다. 잠시 후, 멀리서 사이렌 소리가 들리고 나서야 그 추하고 슬픈 상황이 끝났다.

사이렌 소리에 조금 안심이 된 정석이 순경에게 말했다.

"순경아."

"어."

"실은 네가 케이블 타이 끊었을 때 있잖아."

"어."

"네가 내 뒤로 왔으면 내가 손을 넣어서 시계를 꺼낼 수도 있었을 것 같아."

순간 아무도 말을 할 수 없었다. 동시에 그 상황을 상상한 것이다. 생각해 보면 조금 더 편한 방법은 있었다. 하지만 아무도 후회하지 않았다. 왠지 정석의 손이 순경의 팬티 속에 들어가 시계를 꺼내야 하는 상황이 발생했다면, 더 이상 예전과 같은 사이로는 돌아갈 수 없을 것만 같았기 때문이다.

수사

순경의 신고로 구급차와 경찰이 출동했다. 당장 눈에 보이는 외상은 없었기 때문에 병원에는 나중에 가기로 하고 바로 경찰서로 갔다. 직접적인 사건이 발생하자 수사가 본격적으로 시작되었다. 세 사람은 그간 있었던 일에 대해 얘기했고 정리된 증거도 넘겨 주었다. 상황을 모두 목격한 배달 기사들의 증언이 큰 힘이 되었다.

"그러면 이제 그 마지막 집에 있을 가능성이 제일 높을까요?"

종일이 이 사건을 담당하게 된 경찰에게 물었다.

"아뇨. 제가 생각할 때는 아마 그곳이 노출되었다는 사실도 알고 있을 것 같아요. 이미 피해자분들의 폰을 가지고 갔다고 하니까요. 그리고 단톡방을 확인해 보니까 중간에 새로 들어온 아이디가 있더라고요. '강짜'라고."

"맞아요. 그거 그 새끼 아이디였어요. 그러면 그때부터 단톡방도 다 봤을 거예요. 처음에는 그 새끼가 우리에 대해 전혀 모른다고 생각했는데, 어느 순간부터 다 파악하고 나타난 게 이상했거든요. 그렇다면 나머지 집에는 안 갈 수도 있겠네요."

"그래도 혹시 모르니까 저희가 확인은 해 볼 거예요. 실은 지금 거기에 없다고 해도 감금되어 있다는 네 명의 신분도 다 확인은 해 봐야 하니까요. 우선 너무 걱정하지는 마세요."

"예. 감사합니다."

종일은 경찰이 사건을 제대로 수사하려는 것 같아 만족스러웠다. 하지만 자신들 때문에 조사받고 있는 배달 기사들이 마음에 걸렸다. 종일은 기사들의 표정을 살폈다. 그사이 정석은 전혀 다른 곳을 보고 있었다.

"야. 지금 이게 다 뭐야? 정신 못 차려?"

"예? 아니 지금 납치 사건이 발생해서 급하게 조사하고 있습니다."

"보고받았어. 그거 단순 납치 아니야? 어차피 대충 용의자도 특정됐다면서, 뭐 이렇게 난리 부르스냐고!"

"아니, 그래도 납치 현장에서 피해자가 구조된 상황이고, 추가로 감금된 피해자까지 있다고……."

"증거 있어?"

"예? 아. 그게, 범인이 협박을 목적으로 보낸 사진이 있다고 하는데 스마트폰도 범인이 가져간 상황이라서요."

"누가 그래?"

"저 피해자가……."

"그러니까 지금 다 피해자 말밖에 없는 거잖아. 안 그래?"

"아…… 예……."

"지금 상황 파악 안 돼? 이쪽 거 터지면 피해자만 수백 명이야! 피해 금액이 1000억이 넘는다고. 여기 지금 살얼음판인 거 몰라? 벌써 슬슬 신고 들어오고 있잖아!"

"아, 예."

"그 건은 신입 경찰대 붙여서 우선 마무리하라고 하고, 나머지 다 여기 붙여. 사람들도 다 돌려보내고."

"예, 알겠습니다."

정석이 듣기로는 경찰서의 분위기가 묘하게 흘러가고 있었다. 자신들의 사건이 분명히 진행 중인데도 불구하고 경찰들의 관심은 다른 사건에 더 집중된 것 같았다. 그리고 잠시 후, 담당 형사가 바뀌었다.

"안녕하세요. 이제부터 제가 이 사건을 담당하게 되었습니다. 시민분들의 안전을 책임지게 되어 영광입니다."

분위기가 묘했다. 의욕은 넘쳤지만 알맹이가 없어 보였다. 목소리도 크고, 힘도 셀 것 같았지만, 눈치가 빨라

보이지는 않았다. 나이는 20대 중반쯤, 경찰이 된 지 얼마 되지 않아 보였다. 남자는 세 사람을 앞에 앉혀 두고 무엇인가를 수첩에 열심히 적으며 통화를 하더니, 전화를 끊은 후 말했다..

"제가 지금 막 선생님들께서 말씀하신 네 곳의 주소를 모두 확인해 봤습니다. 저희 서에서 직접 한 것은 아니고요. 각 인근 파출소에 연락해서 바로 방문해 봤는데, 특이 사항은 없었다고 합니다. 현재까지는 아직 수색 영장이 발부되지 않아서 내부는 확인하지 못했고요. 집에 사람이 있는지와 인근 특이 사항만 체크했습니다. 감금되었다고 말씀하시는 집주인들도 현재 실종 신고가 되어 있지 않은 상황이라, 더 이상 수사 진행은 어려울 듯합니다."

"뭐요? 그럼 다정이는요?"

젊은 형사의 말을 듣고 있던 정석이 종일의 팔을 누르며 차분하게 물었다. 그러자 형사는 조금 곤란한 표정을 지으며 대답했다.

"예, 우선 저희가 확인한 바로는 회사에 휴가를 내고 이사 가신 것으로 되어 있어서요."

종일은 화가 나기 시작했다. 그래서 목소리를 높이며 말했다.

"그럼 우리는요? 저희가 갇혀 있었던 건요?"

"예. 선생님. 흥분하지 마시고요. 제가 지금부터 그 사건은 집중적으로 빠르게 수사할 예정이고요. 그래서 저기 계신 기사님들부터 한 분씩 다 조사한 다음에, 필요하다면 단톡방에 계신 분들까지 소환해서 조사해 보도록 하겠습니다."

열불이 났다. 자신들은 죽을 고비를 넘겼는데, 경찰은 생각보다 상황을 심각하게 받아들이고 있지 않았다. 종일은 시계를 봤다. 순경이 말한 골든 타임이라는 말이 머릿속을 떠나지 않았다. 어떻게 해야 할까? 어떻게 해야 할까? 종일이 화를 누르며 생각하는 사이에, 조사를 받고 있던 기사님 한 명이 큰 소리로 화를 냈다.

"뭐라고요? 우리 동네가 다 사기를 당한 거라고요?"

무슨 말인지 알 수 없었지만, 조사를 받다가 무슨 말을 들었는지 몇몇 기사가 화를 내고 있었다. 그러고는 갑자기 경찰서에서 뛰쳐나가기 시작했다. 경찰서는 순식간에 혼란스러워졌고, 젊은 형사는 당황한 표정을 감추지 못했다.

"야! 넌 뭐 해? 대충하고 일로 안 와?"

그때였다. 기사들은 신경도 쓰지 않던 나이 많은 형사가 종일 일행의 담당 형사에게 소리를 질렀다. 정석이 보기에는 그쪽에도 뭔가 큰 이슈가 터진 것 같았다.

"야! 우리도 나가자!"

그들이 조용히 자리에서 일어나 나가려 할 때, 젊은 형사가 자신의 수첩 한 장을 찢어 정석의 손에 쥐여 줬다.
그러고는 머리를 조아리며 상사에게 달려갔다. 그 형사
의 행동이 의아했지만, 종일 일행은 우선 이곳을 벗어나
야겠다는 생각으로 빠르게 뛰어나왔다. 그리고 나오자마
자 옆 골목으로 들어갔다.

"이게 뭐야? 이래서 다정이를 찾아 줄 수 있을까?"

"아니. 우리 사건은 관심도 없던데? 아마 다른 사건이
터진 것 같아."

"그럼 어떻게 하지? 다른 경찰서에 갈까?"

"아니! 어차피 다 소용없어. 권역이 나뉘어 있잖아."

"그럼 어떻게 해?"

"우리가 찾아야지."

순경과 정석의 대화에 종일이 다시 각오를 다진 듯한
목소리로 말했다.

"또?"

"그래, 결국 우리밖에 없구나."

"그런데 이제 어디로 가? 아까 그 형사가 주소지는 다
돌아봤다고 하지 않았어?"

"어. 들어가 보지는 못했어도, 돌아보기는 한 거 같아."

"그러면 거기 빼고 우리가 갈 데가 있을까?"

그때였다. 갑자기 정석의 머리에 그 형사가 찢어 준 수
첩 한 페이지가 떠올랐다. 정석이 그 찢긴 페이지를 꺼내

펼쳐 보니 형사가 메모해 둔 내용이 보였다.

1. 네 곳의 주소. 다 돌아봐도 특이 사항 없음.
2. 영장 안 나옴. 내부 수색 불가.
3. 집주인들은 연락이 안 됨.
4. 특이 사항. 근처에 마세라티가 돌아다님.
5. 같은 차는 아니어도 왠지 수상.

형사의 메모를 보고 정석은 생각에 잠겼다. 그리고 순경은 바로 반응했다.

"마세라티? 우리도 봤던 그 마세라티?"

"어. 아마도 그 마세라티가 연관이 있는 것 같아."

"야, 그럼 빨리 형님들한테 말하자. 마세라티 좀 찾아 달라고."

순경은 바로 애플워치로 단톡방에 들어가서 마세라티에 관한 정보를 올리려고 했다. 그런데 지금 그 단톡방도 말을 걸 수 있는 상황이 아니었다.

"야. 여기도 지금 분위기 장난 아닌데?"

"왜? 뭔데?"

"아까 기사님들이 화를 내신 게, 아무래도 전세 사기 얘기인가 봐. 기사님들이 많이 사는 동네라서, 지금 다들 난리가 났어……."

"이 분위기에 우리 사정만 또 말하기가……."

종일은 머리가 터질 것 같았다. 믿었던 경찰은 지금 수사를 해 줄 수 있는 상황이 아니었고, 처음부터 자신들을 도와줬던 기사들도 상황이 이상했다. 하지만 그렇다고 해서 이대로 멍하게 있을 수는 없었다. 종일은 순경을 보며 말했다.

"야. 순경아. 아까 치킨 배달 온 놈한테 네 명만 구해 달라고 부탁해."

"왜?"

"우선은 주소지 근처에 아직도 마세라티가 있는지 확인하려고."

"알았어. 그런데 걔가 누군데?"

"아까 치킨 배달 온 놈."

"그러니까 걔가 누구냐고?"

"아까 치킨 배달 온 놈."

"그러니까 아까 치킨 배달 온 놈 아이디가 뭐냐고!"

"아이디가 '아까 치킨 배달 온 놈'이라고!"

순경이 종일 대신 부탁하자, '아까 치킨 배달 온 놈'이 대신 다른 동네에 사는 기사들을 섭외했다. 그리고 그들을 통해서 삼익아파트 주차장에 마세라티 두 대가 서 있다는 정보를 알게 되었다.

"검은색 마세라티 두 대? 그럼 우리가 봤던 건 아니지?"

"어. 우리가 본 건 녹색이야."

"그래도 냄새는 나지?"

"어!"

"하여튼 지금 우리가 가 볼 곳은 삼익아파트밖에 없네."

"그렇지."

그렇게 그들은 검은색 마세라티 두 대가 서 있는 삼익 아파트로 향하게 되었다.

빈집

삼익아파트는 동네 외곽에 있는 두 동짜리 오래된 아
파트로, 한 층에 두 가구가 마주 보고 있는 흔한 구조였
다. 1202호. 이미 사건이 경찰에 신고까지 들어간 상황
에서 네 곳의 주소 중 하나로 범인이 숨었을 가능성은 극
히 낮았다. 하지만 수상한 마세라티가 그들을 이곳으로
이끌었다. 그렇다고는 해도 그들이 이곳에서 할 수 있는
일은 딱히 없었다. 초인종을 아무리 눌러도 굳게 닫힌 문
너머에서는 별다른 반응이 없었다. 종일은 현관문만 뚫
어져라 노려봤다. 왠지 저 안에 그들이 있는데 자신이 찾
지 못하고 있는 것은 아닐까, 하는 생각이 그를 힘들게
했다. 그런데 그때, 종일의 눈이 반짝였다. 종일은 뒤돌
아서 1201호를 뚫어져라 쳐다봤다. 닫힌 1201호를 한참
바라보던 종일이 친구들에게 말했다.

"가자."

"뭐? 그냥 가자고?"

"어. 그냥 가자!"

"아, 왜? 뭔데?"

"아까 들었잖아. 아무도 없었다고!"

어리바리해하는 순경을 정석이 끌고 나왔다. 정석은
별말을 하지는 않았지만, 종일의 행동이 이상하다는 것
은 알았다. 그래서 분명한 이유가 있을 거라는 생각으로
엘리베이터를 타고 그대로 1층으로 내려왔다. 종일과 정
석, 순경은 아무 말도 하지 않았다. 순경은 뭔가를 계속
말하고 싶어 하는 것 같았지만, 정석이 그의 입을 막고
있었다. 그들은 끝까지 아무 말 없이 조용히 그 아파트를
빠져나왔다. 조금 빠른 걸음으로 아파트 앞에 있는 건물
뒤쪽으로 걸어가는 종일을, 순경과 정석도 말없이 뒤쫓
았다. 그때까지 간지러운 입을 겨우 다물고 있던 순경이
건물 뒤에 도착하자마자 말을 쏟아 냈다.

"왜? 뭔데? 뭔데 아무 말도 없이 이렇게 나온 건데? 거기
뭐가 있었어? 그래? 나만 모르는 뭐가 또 있었던 거야?"

"응."

"뭔데?"

"아까 우리가 아파트에 도착했을 때 사람들이 했던 말
기억나?"

아무 말도 못 하는 순경 대신 정석이 대답했다.

"오늘 웬일로 12층이 난리냐고. 1201호는 외국 사는 자식들 보러 가서 6개월째 비어 있고, 1202호도 혼자 살아서 사람이 사는지 아닌지도 모르던 곳인데, 갑자기 경비실이랑 파출소랑 자꾸 왔다 갔다 해서 겁난다고."

정석은 말을 하면서 종일의 의도가 어렴풋이 짐작되었다. 말을 마친 후에는 달라진 눈빛으로 종일을 쳐다보며 천천히 말했다.

"어쩌면 1202호가 아니라 1201호 일지도 모른다는 말이지?"

"내 생각에는 1202호에 살던 사람이 납치된 건 맞는 거 같아. 그런데 막상 납치해서 살다 보니 알게 된 거지. 앞집도 비어 있다는 사실을. 그래서 그 집도 쓰기로 한 거 아닐까……?"

"아마 지금 마지막으로 사람들을 감금하고 있는 공간은 1201호 같다. 이 말이지?"

"뭐? 확실해?"

"어. 우선 1201호 앞에 쌓여 있던 택배가 1202호 거였어. 1202호는 갑자기 실종된 거니까 실종 전에 주문했던 택배가 계속 올 텐데, 1201호는 사전에 계획하고, 이웃들한테도 알리고 멀리 간 거니까 떠나기 전에 주문한 게 늦게 왔다 하더라도 그렇게 쌓일 정도로 택배가 많이 오지는 않을 거야. 그런데 1201호에 들어가 있는 그놈은 그 집이 빈집이라는 이미지를 계속 가져가고 싶으니까……."

"야. 그것만으로는 너무 억지 아니야? 그냥 단순히 배송 실수일 수도 있는데……."

순경의 말이 맞았다. 고작 택배가 잘못 배송된 정도로 그런 어마어마한 가정을 한다는 것은 너무 위험한 일이었다. 하지만 종일이 눈치챈 것은 그뿐만이 아니었다. 그보다 훨씬 더 소름 끼치고 중요한 사실이었다.

"난 봤어."

"뭘?"

"우리를 바라보는 눈!"

"뭐?"

"내가 1202호 문을 뚫어져라 쳐다보는데, 그 안에서 바깥을 볼 수 있는 구멍 있잖아. 거기가 밝더라고. 낮이니까 안에 드는 빛이 보인 거겠지. 그런데 아까 처음 올라와서 우연히 1201호를 봤는데, 그 구멍이 검었거든. 그게 생각나서 다시 1201호를 봤더니 여전히 검게 보이더라고. 그런데……."

"그런데 뭐?"

"갑자기 밝아졌어."

종일의 말을 정석은 또 한 번에 알아들었다.

"안에서 우리를 보고 있었구나."

정석의 말을 듣고서야 이해를 한 순경은 순간 소름이 돋았다. 세 사람이 복도에서 옆집을 살피고 대화를 하는 과정을 모두 지켜보고 있었다는 말이니까. 아까 이미 마주한 사람이었지만, 그렇게 일방적으로 감시당했다고 생각하니 온몸의 털이 모조리 바짝 서는 느낌이 들었다.

"어. 어차피 구조는 같을 테니까. 그 집만 현관이 어두울 리는 없잖아. 그러니까 안에서 누가 우릴 보고 있었다는 말이지."

"아. 소름 돋아."

"그럼 이제 어쩌지?"

"이제야말로 경찰을 불러야지!"

"그럼 또 와서 '선생님, 이건 또 무슨 상황이죠? 현관문 구멍이 어쨌다고요?' 이러겠지!"

"그럼 어떻게 해?"

셋은 다시 건물 옆으로 돌아가서 아파트를 쳐다봤다. 스타리움만큼 높고 커다란 건물은 아니었지만, 지은 지 20년 정도 되어 보이는 적당히 오래된 저 아파트도 막상 몰래 들어가려고 하니 방법이 떠오르지 않았다. 아파트라는 곳이 원래 그랬다. 안에 살고 있을 때는 느끼지 못하지만, 외부인의 시점에서는 안에서 문을 열어 주지 않으면 절대 들어갈 수 없는 요새 같은 곳이었다.

"이래서 다들 아파트에 살려고 하는구나. 저렇게 문만 닫아 놔도 우리가 들어갈 길이 없네."

"그럼 나오게 하면 되지 않을까?"

"어떻게?"

"화재경보기를 울리는 거지!"

"그럼 나올까?"

"나와야 하지 않겠어? 불이 났는데?"

"우선 상황을 보겠지. 그러면 진짜로 불난 게 아니니까 곧 방송이 나오겠지? 경비실에서."

"아이 젠장, 패스!"

그 후에도 순경은 떠오르는 모든 생각을 쏟아 냈다. 종일은 그 생각들을 모두 받아 내며 빈약한 근거를 조금씩 보충해 나갔다. 그리고 정석은 아무렇게나 흘러넘치는 순경의 아이디어 중 핵심적인 단서들을 잡아내기 위해 집중하기 시작했다. 순경이 쏟아 내고, 종일이 받아 내고, 정석이 선별한다. 세 사람은 마치 흘러넘치는 수돗물과 양동이와 수도꼭지 같았다. 겉보기에 상반되는 이미지와 달리, 난관에 부딪혔을 때 셋은 언제나 가장 케미가 좋은 조합이었다.

287

"차라리 그럼 부동산에서 나왔다고 하면 어때? 집 보러 왔다고, 집주인이 해외에서 급하게 전화로 집을 내놨다고."

"그걸 누구한테 말해? 우리 얼굴도 이미 알고 있고 초인종을 눌러도 안 나오면 끝인데…….."

"그러면 가스 검침이나 방역도 안 되겠네?"

"그렇지?"

"아! 그럼 어떻게 하냐고!"

종일이 순경의 생각들을 받아 내는 동안 정석은 다시 차분하게 그 아파트를 바라보고 있었다. 그러다 갑자기 바로 옆에 있는 공인 중개소의 문을 열고 무작정 들어갔다. 종일과 순경은 정석의 의도가 궁금했지만, 그럴 만한 이유가 있을 거라 믿고 말없이 정석을 따라 들어갔다. 종일과 순경이 어리바리하게 부동산 내부를 두리번거리는 사이, 정석은 넉살 좋게 부동산 사장님께 인사했다.

"사장님, 안녕하세요."

"아이고, 집 보시게?"

"예. 신혼집 알아보는데요. 신축은 너무 비싸서 삼익아파트 좀 보려고요."

"신축이 좋기야 좋지. 근데 뭐 돈이 좀 드는 게 아니거든. 그래도 여기가 20년 된 거에 비해서는 관리가 아주 잘 됐어요. 물도 잘 나오고, 관리비도 적게 나오고, 바로 뒤에 하천이 흘러서 경치도 기가 막혀요. 신혼이면 이런 집에서 우선 돈 좀 모으고 신축으로 가면 돼! 자. 그럼 내가 기가 막히게 찾아 줄 테니까 말해 봐요. 매매야? 아니면 월세?"

순간 정석은 뭔가 이상하다는 생각이 들었다. 왜 매매 아니면 월세지? 신혼집이라고 하면 보통은 매매인지 전세인지를 물어보는 것이 일반적인 것 아닌가? 아니면 돈이 없다는 가정하에 차라리 전세인지 월세인지 묻던가. 그런데 이 부동산 사장님은 참 어색하고 불편하게도 매매와 월세를 콕 집어 둘 중 무엇인지 물어 왔다.

"전세는 없어요?"

"어? 몰라? 이 동네 요즘 전세 때문에 다들 난리잖아."

"아! 갭 투자요?"

정수기 위에 있는 모카 골드 커피믹스를 주머니에 한 움큼 넣으면서 듣고 있던 순경이 아는 척 말을 더했다. 정석은 그런 순경을 향해 비난의 눈빛을 숨기지 않았다.

"그래! 이 총각은 뭘 좀 아네. 2년 전에 갑자기 이 동네 전세가 확 올랐었는데 그때 누가 아주 갭 투자로 전셋집을 싹 쓸어 갔다는 말이 있었어. 그때 갭이 1000~2000만 원밖에 안 됐거든. 뭐 하여튼 나도 그때 쏠쏠하게 계약을 하긴 했는데, 나중에 보니까 부동산 몇 군데가 짜고 아주 작업을 친 거더라고. 자기들이 가지고 있던 물건들로. 문제는 이제 2년 계약이 끝날 시점이 온 거지. 그런데 하필이면 지금 옆 동네 대가구 신축 아파트들이 입주를 시작했거든. 거기 입주 물량만 세 군데 해서 5천 세대가 넘으니까 싸고 저렴한 전세 물건이 쏟아지는 거야. 그래서 이 주변은 모조리 다 전셋값 떨어져서 난리고. 2년 전에 높은 전세로 들어간 사람들은 그거 빼겠다고 난리고, 그 돈이면 바로 신축으로 들어가고도 남으니까. 그게 지난주부터 스멀스멀 소문이 돌다가 딱 이번 주부터 시끌시끌했어."

"야, 잠깐만. 혹시 다정이 원룸도 그때 들어간 거 아니야?"

"어. 그런 거 같아."

부동산 사장님의 말을 듣다 보니, 종일의 머리에 스치는 것들이 있었다. 다정은 처음 집을 구할 때 신축 원룸이라 좀 비싸지만 집주인이 복비도 내주고, 관리비도 깎아 주고, 옵션도 많이 넣어 준다고 말했었다. 보증금은 비싸도 어차피 날아가는 돈이 아니니까 그 집을 선택했다고. 이상했다. 왜인지 모르겠지만, 종일은 지금 듣고 있는 상황들이 뭔가 다정과도 연관이 있을 것 같다는 생각이 자꾸 들었다.

"근데 진짜 무서운 게 뭔지 알아? 이제 시작이라는 거지. 내가 보기에는 이번 주부터 시끄러운 것도 일찍 계약한 사람들 몇 명이 그런 거지, 관심 없는 사람들은 아직 상황을 모르거든. 근데 보자……. '황금탑 부동산'이 2년 전에 거의 월 백 건씩 계약했다고 했으니까. 다음 달부터

가 이제 본격적인 대 환장 파티인 거지."

"사장님, 실례지만 어디라고요?"

"뭐가?"

"지금 말씀하신 부동산 이름이요."

"어? '황금탑 부동산' 말하는 거야?"

"왜?"

"맞아. 다정이가 계약한 데……. 2년 전에 계약하는 날은 나도 갔었거든."

"그럼 혹시 저 아파트 2동 1202호도 그 부동산에서 거래한 건지 알 수 있을까요?"

정석은 뭔가 느낌이 왔는지 부동산 사장님에게 이 아파트에 관해 물었다. 부동산 사장은 그런 정석의 행동에 당황했지만, 얼떨결에 자신이 관리하는 사이트를 보여주기 시작했다.

"거래가 됐는지는 몰라도, 과거에 그 집을 어디서 올렸는지 보면 대충 어디서 관리하는 물건인지는 알 수 있지. 기다려 봐. 어? 맞네. 그 집 2년 전에 황급탑에서 올린 거 맞아. 와 진짜 오지게 해 먹긴 했나 보네, 지금 보니까. 진짜 이 동네 집이라는 집은 아주 모조리 다 해 처먹었구나?"

정석은 어느새 사장님 뒷자리로 가서 모니터를 뚫어져라 보고 있었다. 잠시 후에는 아예 사장님께 잠시 실례하겠다고 말한 다음 자기가 직접 검색하기 시작했다.

"야. 이거 진짜 이상한데? 우리가 찾는 집 다 황금탑에서 거래한 데야."

"뭐? 진짜야?"

정석의 말에 종일과 순경은 모니터 앞으로 달려와 정석이 검색한 결과를 확인했다. 그들 때문에 졸지에 자리를 빼앗긴 부동산 사장님은 뻘쭘하게 서 있는 게 어색한지 냉장고에 있는 요구르트를 꺼내서 빨대를 하나씩 꽂아 세 사람에게 준 후, 자신도 하나를 챙겨 먹으며 창밖을 바라봤다.

"근데 솔직히 이 정도로 많으면 우연일 수도 있는 거 아냐?"

"그렇긴 한데. 그래도 뭔가 찝찝하지 않아?"

"야. 잘 생각해 봐. 솔직히 정말 이 정도 사건을 그 새끼 혼자 저질렀을 수 있을 거 같아? 내가 그 사람에 대해서 잘은 모르지만, 사람들을 하나도 안 죽이고 돌본 것도 그렇고 우리한테 말하던 것도 그렇고, 난 다른 사람이 더 있을 것 같거든."

"솔직히 나도 그래. 뭔가 명분이 너무 부족하잖아. 어? 그 사람이 다정이를 납치해서 얻는 게 뭔데? 사람들을 납치해서 남는 건 또 뭐고? 이 정도로 모험을 할 정도면 진짜 확실한 이유가 있지 않을까?"

그 순간 정석의 머리는 다시 빠르게 돌아가기 시작했
다. 아까 강우가 했던 말들과 지금 알게 된 사실들. 그리
고 다정이 기억하고 있다던 단어들. 계약…… 빌라……
남자들……. 머릿속에 단어가 너무 많이 차올라서 오히
려 더 길을 잃고 헤맨다는 느낌을 받았다. 그런데 그때
부동산 사장님이 창밖을 보며 실없이 뱉은 말이 귀에 들
어왔다.

"아이고, 차 좋다. 나는 계약을 몇 건이나 해야 저런 차
를 사나. 황금탑은 맨날 저 차만 타고 다니던데."

"마세라티."

정석은 그 말을 듣는 순간, 머릿속이 정리되는 기분이
들었다. 기존에 자신이 가지고 있던 정보들이 아까 경찰서
에서의 장면과 겹쳐 그림이 완성되어 갔다. 정석은 원래
확인하려고 했던 것들을 부동산 사장님께 급히 물었다.

"사장님, 여기 베란다가 확장이 안 됐죠?"

"어. 그래서 여기가 좀 싼 거야. 뭐, 요즘 신축 집들이
야 다 베란다 확장 공사를 하니까 집이 넓어져서 좋기는
한데, 신혼은 또 그렇게까지 넓을 필요는 없잖아. 오히려
베란다에 옷도 널고, 화분도 기르고 하는 게 얼마나 좋은
데. 요즘 젊은이들은 베란다를 꼭 캠핑장처럼 꾸며 놓고
사는 집도 있더라니까."

"그럼 베란다 확장한 집은 없어요?"

293

"이게 원래는 건설사에서 지을 때 한 번에 해야 싸거든. 막상 개인이 하려고 하면 돈이 여간 많이 들어가는 게 아니야. 확장한 집도 있기는 한데, 거의 다 그냥 살고 있지……."

종일과 순경은 처음부터 정석이 이 공인 중개소에 왜 들어왔는지도, 이런 걸 왜 물어보는지도 몰랐기 때문에 아무 말도 하지 못했지만, 정석은 이미 자신이 원하는 정보를 모두 다 얻은 듯 대화를 마무리했다. 정석은 공인 중개소에서 나오자마자 빠르게 건물을 반대로 돌아서 현관 쪽으로 걸어가며 종일과 순경에게 간략하게 설명했다.

"이런 아파트는 보통 베란다 확장을 하지 않는 경우가 많아. 그래서 우선 베란다 확장 여부를 확인하고 싶었어. 그리고 베란다 확장을 안 하면 되게 웃긴 게 있거든. 그건 가서 보여 줄게. 이제 1202호에 들어가자!"

"근데 어떻게 들어가?"

정석의 말이 끝나자마자 순경이 정석에게 물었다.

"이제 진짜 방법이 없지 않아? 숨고라도 뒤져서 빨리 도어 록 기술자 불러야지!"

정석의 말에 이번에는 종일이 질문했다.

"바로 앞집에서 우리를 감시하고 있는데?"

"그러고 보니 그러네. 아오, 뭔가 방법이 없을까?"

1202호에 들어가기 전까지는 정석으로서도 뾰족한 수

가 있는 것은 아니었다. 그때, 종일과 정석의 대화를 듣고 있던 순경이 답답하다는 듯 두 사람에게 물었다.

"비밀번호는 네 자리겠지?"

"글쎄…… 왜?"

"아니 그냥 가서 몰래 눌러 보게. 1111부터 시작하면 되는 거 아냐?"

"넌 그게 경우의 수가 몇 개나 나오는 줄 알고 하는 소리야?"

"많겠지. 많은데 별수 있어? 지금은 그렇게라도 해야 하는 거 아냐?"

순경이 또 단순한 방법을 제시하자 이번에는 정석이 강하게 제지했다.

"그건 안 돼!"

"왜?"

"디지털 도어 록은 다섯 번만 틀려도 5분간 잠금이 걸려. 5분 기다렸다가 다시 하더라도 그렇게 두세 번 더 잠기면 아예 다운될걸? 비밀번호 알아도 못 열어, 그러면."

"그럼 어떻게 해?"

"아. 몰라! 우선 가 보자. 일단 가야 뭐라도 해 보지."

"그럼, 잠깐만 먼저 올라가 봐."

순경은 갑자기 다시 공인 중개소로 들어갔다. 종일과 정석은 순경의 말대로 먼저 올라갈까 했지만, 순경이 무

295

슨 짓을 할지 모른다는 불안감에 순경을 기다리기로 했
다. 얼마 가지 않아 순경이 나와 의기양양하게 앞장섰고,
정석과 종일은 불안하긴 했지만 일단은 아무 말도 하지
않고 빠르게 순경을 쫓아 1202호 앞에 섰다.

"지금은 안 보고 있어?"

"어."

"이제 어떻게 하지?"

"글쎄. 기다려 봐. 뭔가 방법이 있을 것 같은데⋯⋯."

그때였다. 당당한 표정과 몸짓으로 순경이 문 앞에 선
것은. 순경은 씨익 웃으며 주머니에서 커피믹스를 꺼냈다.

"뭔데? 당 떨어졌어?"

"아니. 잘 봐. 너희는 무시하지만, 내 모든 행동에는 다
이유가 있어!"

"왜 또? 뭐 하게?"

"아까 내가 부동산에서 커피믹스를 주머니에 넣을 때,
정정석 넌 날 봤어."

"그래, 봤다!"

"그래, 난 기억해. 세상에서 제일 찌질한 친구를 보는
것 같던 네 한심하다는 듯한 눈빛. 엄청 치욕스러웠지만,
난 참았다. 왜? 모두 이 순간을 위해서였지."

정석은 알맹이 없이 거창하기만 한 순경의 말투에 화
가 나서 낮고 빠른 목소리로 말했다.

"알았으니까. 뭘 하든지 빨리하라고! 어? 시간이 없다고!"

"네가 또 그럴 줄 알았지. 알았어. 이번에는 내가 행동으로 보여 줄게!"

순경은 주머니에서 모카 골드 커피믹스를 꺼냈다. 그리고 아주 의미심장하게 한쪽을 뜯어 개봉하더니 손에 내용물을 쏟았다. 제일 먼저 나온 커피 알갱이는 입으로 불어 정석에게 날려 보냈다. 그 모습에 화가 난 정석이 한 대 때리려 하자, 커피믹스를 든 손으로 제지하더니 다시 말없이 남은 내용물을 손에 쏟았다. 그러자 이번에는 하얀색 커피 크리머가 나왔다. 순경은 정석을 향해 윙크해 보이더니 손바닥을 위로 한 채 도어 록 앞에 손을 대고 입으로 바람을 불어 커피 크리머를 뿌렸다.

순경의 입바람에 커피 크리머가 날리고, 정석이 순경에게 주먹을 날리려던 그 순간, 도어 록을 먼저 본 종일이 정석을 말리며 말했다.

"야! 이게 뭐야?"

"내가 본 영화에서는 항상 이러더라고. 사람 손이 자주 닿는 숫자에는 손에서 나오는 분비물이 더 많이 남을 수밖에 없고, 그렇다면 커피 크리머처럼 입자가 작은 분말이 닿았을 때 흔적을 남길 수도 있다고."

순경의 예상이 맞았다. 희미하기는 했지만, 커피 크리

머는 정확하게 네 개의 숫자에 조금 더 선명한 흔적을 남겼고 그 네 개의 숫자를 알아낸 것만으로 경우의 수는 엄청나게 줄었다.

"자. 사과하자. 정정석. 아까 내가 커피믹스를 주머니에 넣는 순간 보냈던 그 눈빛과 표정에 대해서 사과할 시간이야!"

"근데 너 이것 때문이라고 하기에는 믹스를 한 움큼이나 훔친…… 어?"

정석은 순경에게 한마디 하려다가 커피 크리머가 도드라지게 묻은 도어 록의 숫자 네 개를 보고 갑자기 무언가가 생각났다.

"왜? 뭔데?"

종일이 다급하게 정석에게 물었다. 그리고 정석은 조금 떨리는 표정으로 종일에게 말했다.

"아까 내가 다정이 원룸 건물 관리인 아주머니 만났다고 했지? 그때 필체 확인하려고 관리비 대장을 찍어 왔거든. 근데 그 관리비 대장에 새로 임차인이 들어오면 세팅하는 법이 메모되어 있었어."

"어, 맞아. 아까 그런 게 있었던 것 같은데. 그게 뭐?"

"거기에 현관 비밀번호가 있었어. 그리고 다정이 집부터 해서 사건과 관련된 집 네 군데가 다 같은 부동산에서 계약했다고 했지. 더군다나 갭 투자니, 전세 사기니, 아까 부동산이나 경찰서에서 들었던 말을 생각해 보면 네 집 전부 주인이 같을 수도 있을 것 같거든."

"집주인이 하나고, 그 많은 집을 혼자 관리할 수 없으니 부동산이나 관리인을 써서 관리하고 있었을 거고."

"그래. 그럼 귀찮아서라도 비밀번호는 통일했겠지? 그리고 관리인들에게 그 비밀번호로 세팅하라고 알려 줬을 거고."

"그런데 그래도 세입자가 바뀌었을 수도 있잖아."

"맞아. 그렇긴 한데. 너 우리집 현관 비밀번호 뭐야?"

"4585."

"순경이 고시원 방 비밀번호는?"

"2974."

"그렇지! 너희 집 비밀번호는 3963! 보통 잘 안 바꾸지 않냐? 귀찮아서?"

"어. 그러네."

"특히 혼자 사는 세입자라면……."

"초기 세팅된 번호를 그대로 쓰고 있을 가능성도 있다?"

"그렇지!"

"오케이! 해 보자!"

종일에게 설명을 마친 정석이 드디어 비밀번호를 입력하려 할 때, 정석의 말을 듣지도 않고 있던 순경이 도어 록 앞에서 말했다.

"5분 기다려야 해."

"야! 이 새끼야!"

종일과 정석이 속삭이듯 대화하는 사이에 순경은 혼자 몰래 비밀번호를 누르고 있었다. 네 개의 숫자 조합을 온전히 자신의 촉으로만 찍은 것이다. 그렇게 어느새 다섯 번을 다 틀리고 도어 록에 잠금이 걸렸을 때, 정석과 종일의 대화가 끝난 것이었다.

정석의 눈빛 때문에 5시간 같은 5분을 보낸 순경은 잠금이 풀리자마자 자리를 비켜 줬다. 정석은 순경을 한 번 째려본 후 떨리는 마음으로 관리 대장에 쓰여 있던 초기 세팅 비밀번호를 눌렀다. 그리고…….

거짓말처럼 문이 열렸다. 정말 정석의 생각대로 초기 세팅 비밀번호가 맞았던 것이다. 하지만 우쭐할 시간도 좋아할 시간도 없었다. 세 사람은 무언의 세리머니를 하고 나서는 재빠르게 집으로 들어갔다.

1202호는 아주 깔끔하게 정리된 평범한 가정집이었다. 다만, 가구의 배치나 식탁 등을 봤을 때 혼자 사는 사람의 집이라는 것이 느껴졌다. 정석은 발소리를 낮춘 채 빠르게 베란다로 가서 1201호와 붙어 있는 왼쪽 붙박이장 앞에 섰다. 그리고 종일과 순경을 향해 검지를 들어 입에 대 보이곤 작게 소곤거렸다.

"예전에 우리 집 기억나지?"

"맞아. 너 예전에 살던 집이 이런 아파트였지."

"그래. 내가 고딩까지 강은동 중앙하이츠에 살았는데, 거기 구조가 딱 이랬어. 신기한 게 거기 살 때는 베란다 확장을 안 했으니까, 아니 그때는 베란다 확장이라는 개념이 아예 없었지만, 아무튼 그러니까 베란다가 집 밖이라고 생각하며 살았던 거야. 그래서 이렇게 베란다에 있는 붙박이장을 열어 보면 옆집이랑 연결되어 있는 경우가 있더라고."

정석이 붙박이장을 열었다. 온갖 짐이 가득 찬 붙박이장 안, 좌측 위쪽 구석에 작은 틈이 하나 보였다. 얇은 합판으로 가려져 있는 느낌이었다. 그 공간을 보는 순간 순경은 소리를 지를 뻔했다. 낡았지만 그래도 아파트인데, 이렇게 쉽게 옆집에 드나들 수 있는 구조라는 것이 너무 놀라웠다.

"뭐, 이게 화재가 났을 때 쉽게 대피할 수 있도록 하려고 이랬다는 말이 있는데, 그래도 싫은 사람들은 굳이 공구리를 치거나 공사를 하는 경우도 있어. 하지만 대부분은 그냥 살지. 쉽게 못 넘어오게 짐만 잔뜩 쌓아 놓고."

"뭐야? 그러면 우리 옆집에 갈 수 있다는 거지?"

"그래. 지금 당장."

종일은 정석의 그 말을 듣고 이제야 진짜 다정에게 갈

수 있는 길을 찾았다고 생각했다. 그러자 오히려 마음이 차분해지고 단단해지는 듯한 느낌이 들었다. 예전에도 이랬을까? 미련하게 걱정도 많고, 생각도 많던 종일은 이제 없었다. 자신이 해야 할 일이라면 고민 없이 먼저 움직이는 사람이 되어 있었다. 그리고 생각해 보니 자신을 그렇게 만든 것은 바로 다정이었다.

　종일은 원래 사람이 쉽게 변하지 않는다고 생각했었다. 그래서 자신이 결국 어쩔 수 없는 사람이라는 것을 인정하고 많은 것을 포기하고 살았다. 하지만 다정은 그런 그를 항상 움직이게 만드는 사람이었다. 지금처럼 말이다.

진입

쾅!

원래 계획은 그랬다. 먼저 1202호 베란다 창고에 있는 짐을 옮기고, 그다음에 두 집을 가로막고 있는 얇은 합판을 소리 없이 제거한 다음, 1201호에 있는 짐을 조용히 넘어서 진입하려고 했다. 하지만 정석이 계획을 얘기하던 중에 종일이 그냥 막무가내로 창고의 짐을 발로 차 버리더니 옆집으로 넘어가 버린 것이다.

"야! 온종일 미쳤어?"

"너희는 아직 안 미쳤냐?"

"아니. 미쳤지!"

종일의 행동에 정석이 화를 내자 종일이 오히려 차분하게 대답했고, 종일의 그 차분한 질문에 순경이 웃으며 답했다.

그럴싸한 계획은 종일의 발차기 한 방으로 날아갔다. 그리고 날아간 것은 정석의 계획만이 아니었다. 지금까지 그들을 주춤하게 만들었던 모든 망설임 역시 날아가 버렸다. 그들은 이제 정말 다정을 찾아야 한다는 마음만으로 1201호를 뒤지기 시작했다.

하지만 집 안 어느 곳에서도 다정이나 납치된 사람들의 모습은 보이지 않았다. 겨우 찾은 것이라고는 종일이 안방에서 발견한 누군가가 묶여 있었던 것 같은 흔적들뿐이었다. 침대의 위치가 많이 삐뚤어져 있었고, 스테인리스강으로 만들어진 침대 프레임 위에는 매트리스가 없었다. 텅 빈 프레임에는 무언가를 끈으로 묶어 두었던 흔적들만 남아 있었다. 바닥은 나름 정리가 되어 있기는 했지만, 군데군데 음식물 흘린 자국이나 묵은 오염들이 보였다. 종일이 주방으로 나가 안쪽에 있는 창고를 열자 또 김밥 박스들이 가득했다.

"여기가 맞아. 다정이가 여기 있었어."

"또 어디로 간 건가? 이제 진짜 여기 말고는 없는데……."

"분명히 이 집에 누가 있었다고 했지?"

"어! 아무리 사람이 많아도 그사이에 묶여 있던 사람을 다른 데로 옮길 수는 없어."

종일은 눈앞에 먹이를 달고 달리는 말 같았다. 내가 원하는 것이 바로 앞에 있고, 정말 최선을 다해 뛰고 있는데, 그 먹이에는 절대 닿을 수 없었다. 그렇다고 멈추거나 걸을 수도 없었다. 조금만 힘을 빼도 왠지 모두 사라질 것만 같아서.

"야. 여기 꼭대기 층이었어!"

순경의 외침을 들은 종일과 정석이 미친 듯이 그쪽으로 뛰어갔다. 작은방 옆으로 난 좁은 통로 끝에 작은 문이 하나 있었고, 그 문이 외부 옥상으로 향하는 계단을 감추고 있었다. 종일은 그 계단 앞에서 잠깐 멈췄다. 왠지 이곳이 진짜 마지막일 것 같다는 생각이 들어서였다. 그동안 수많은 장소를 돌아다니며 간절히 바랐던 강렬한 느낌이 들었다. 이곳이 정말 마지막이다.

"여기에는 있겠지?"

"어. 있어. 확실해. 더 이상 갈 곳이 없어."

"어떻게 알아?"

"이 도시에는 이제 진짜 없잖아. 우리가 아는 곳도, 그들이 아는 곳도. 분명해. 여기야!"

"자. 이제 진짜 끝판이다."

종일의 눈에 힘이 들어가기 시작했다. 그리고 천천히, 계단을 한 칸씩 올랐다. 한 걸음씩 내디딜 때마다 자신을 보고 웃던 다정의 표정이 떠올랐다. 눈물은 나지 않았다. 본능적으로 지금은 눈물이 아니라 굳은 의지가 필요한

305

순간이라는 것을 알고 있어서였다. 종일은 그 어느 때보다 마음을 강하게 먹었다. 그녀를 지키겠다. 그녀를 지키겠다. 그녀를 지키겠다. 오직 그 마음만이 종일을 움직이는 힘이었다. 그리고 마지막 계단을 지나 눈앞에 넓은 옥상이 펼쳐진 순간, 종일은 있는 힘껏 그토록 부르고 싶던 이름을 크게 외칠 수 있었다.

"다정아!"

다만, 그것은 종일이 상상도 하지 못했던 충격적인 모습이었다. 종일과 정석, 순경은 눈앞에 펼쳐진 광경을 보고 그 어떤 말도 하지 못했고, 아무런 행동도 취할 수 없었다. 그저 온몸이 굳은 채 가만히 서 있을 뿐이었다.

강우

강우는 심장이 터질 것만 같았다. 주머니 안쪽에 있는 작은 반지 케이스를 백 번도 넘게 만지작거렸다. 3년이었다. 프러포즈를 하기 위해 그가 누구보다 열심히 이 도시를 누비고 다녔던 시간이.

어쭙잖게 장사를 시작해서 연달아 두 번이나 실패를 맛본 후, 강우의 손에 남은 건 고시원 보증금 50만 원과 100시시 오토바이가 전부였다. 그리고 실패의 여파로 결국 가족들과도 멀어지고 말았다. 정말 다행인 것은 빚이 없다는 것. 하지만 그에게 없는 것은 빚만이 아니었다. 통장의 잔고도, 남은 희망도, 자신을 위로해 줄 가족도, 응원해 줄 친구도 없었다. 모두 강우로부터 사라져 버린 것이다.

강우는 자신에게 잘못이 없다고 생각했다. 스물여섯 살의 나이에 처음으로 호프집 사장이 되었을 때. 그리고 장사가 꽤 잘돼서 수중에 큰돈이 들어오기 시작했을 때. 그때 그는 이 세상 누구보다 좋은 사람이었다. 가족들에게 아낌없이 베풀었고, 친구들에게도 기꺼이 호구가 되어 주었다. 자신에게 바라는 것이 있어서 접근하는 사람들에게도 거절은 할지언정 친절하게 대했다. 2년 동안 그가 가입한 보험은 열 개가 넘었고, 멀쩡한 차도 세 번이나 바꿨다. 친구들은 항상 먹거나 마신 것을 계산할 사람이 필요할 때만 강우를 불렀다.

　그럴 수 있다고 생각했다. 강우는 자신에게 더 많은 돈이 있으니 지금은 좀 나눠도 되는 거라고, 남들보다 더 많이 가진 만큼 더 베풀어야 한다고 믿었다. 하지만, 강우의 운은 그렇게 오래가지 않았다. 강우의 호프집이 잘되자 바로 옆에 비슷한 콘셉트의 더 크고 고급스러운 호프집이 생겼고, 강우에게 형이니 동생이니 아양을 떨던 수많은 단골도 하루아침에 발길을 돌렸다. 그 순간, 강우가 가장 잘한 것은 포기였다. 아직 손해가 크지 않을 때, 다시 시작할 자본이 통장에 남아 있을 때, 그는 과감히 가게를 접고 카페를 차렸다.

　이번에도 색다른 콘셉트로 대학생들이 많이 오가는 길에 카페를 오픈했다. 야심 차게 개업한 첫 달, 카페의 월

매출은 21만 원이었다. 욕심이 과했던 강우가 오랜 시간을 들여 카페를 준비하는 사이, 그 상권에는 프랜차이즈 카페 세 곳이 비슷한 시기에 오픈했다. 심지어 모두 저가 정책으로 승부를 보는 프랜차이즈였다. 나름 최고급 원두를 가지고 맛으로 승부를 보려던 강우의 계획은 처참하게 무너졌다. 그 지역은 주 고객층이 학생들이었고, 남다른 맛과 독특한 콘셉트로는 한 잔에 단돈 1,500원밖에 안 하는 아메리카노를 이기기 힘든 곳이었다. 그렇게 강우는 석 달 만에 통장 잔고를 완전히 비우며 가게를 접었다. 성공을 한 번 맛본 경험 덕이었을까? 그를 힘들게 한 것은 망한 가게도, 텅텅 빈 통장 잔고도 아니었다. 그런 것은 언제든 다시 이룰 수 있다고 생각했으니까. 당시에 그를 가장 지독하게 괴롭힌 것은 혼자 남았다는 외로움이었다. 강우가 망했다는 소문이 돌자 사람들은 불친절해졌다. 항상 먼저 안부를 묻던 친구들도, 명절 때마다 선물을 보내던 지인들도, 심지어 가족마저도 강우를 불편해하고 멀리했다. 그래서 강우는 마지막으로 가지고 있던 외제 차를 팔아서 부모님께 용돈을 드리고 그대로 집을 나왔다.

강우는 그때도 자신이 있었다. 언제든 다시 일어설 수 있다고 믿었다. 그 믿음을 갖고 다시 일어서기 위해 선택한 일이 배달원이었다. 첫 직장은 민정의 아버지가 하시던 작은 치킨집이었다. 그곳에서 성실하게 배달을 배우고 익힌 강우는 자연스럽게 배달 대행사로 자리를 옮겨 본격적으로 돈을 모았다.

그렇게 3년을 꼬박 모아 이제 겨우 방 세 칸짜리 빌라를 전세로 구할 수 있게 되었고, 대출이 끼어 있어서 아직 부담스럽기는 했지만 미뤄 두었던 프러포즈를 하기로 마음먹은 것이다.

"오늘 우리 거기 가자! 우리가 처음 데이트했던 카페."

—왜? 무슨 일 있어?

"아니 그냥 거기 따뜻한 라테가 당기네?"

—그래, 그럼! 일 언제 끝나는데?

"나 11시에 마지막 콜만 받고 갈게."

—그럼 나도 사장님한테 말해 놓을게.

강우가 프러포즈를 하기로 한 그날, 마지막으로 받은 콜은 우연히도 민정 아버지네 치킨집 배달 건이었다. 강우는 운명이라고 생각했다. 프러포즈를 하러 가기 전에 미래의 장인어른을 먼저 뵐 수 있다는 사실이 말이다. 그래서 강우는 치킨을 픽업하러 출발하며 민정의 아버지에게 전화를 걸었다.

"아버지. 지금 배달 건 제가 받았어요. 지금 가요."

—오늘 민정이랑 약속 있다며?

"어? 어떻게 아셨어요?"

—금방 전에 민정이 들어와서 옷 갈아입고 다시 나갔어. 자네 만난다고. 오늘 뭔가 중요한 약속 맞지?

"아니 뭐……."

—그거 내가 갈 테니까. 민정이 만나러 가.

"아버지. 괜찮아요. 하고 가도 돼요!"

—자네는 옷 안 갈아입어? 우리 딸은 잔뜩 꾸미고 나갔는데?

"아……."

강우는 민정 아버지의 말에 오토바이를 멈췄다. 그리고 자신의 옷을 봤다. 일할 때 항상 입는 청바지에 이번 주에만 세 번째 입은 맨투맨 티. 겨우내 입고 있는 패딩. 그리고 그 위에 걸친 때가 잔뜩 탄 배달 조끼. 신고 있는 낡은 운동화는 지금 버려도 이상하지 않을 것 같았다. 부끄러웠다. 옷차림이 부끄러운 것이 아니었다. 남은 인생을 함께하자고 고백하는 날, 너무 무례했던 자신의 마음이 부끄러웠다. 그래서 강우는 민정 아버지의 말을 들어야겠다고 생각했다.

—어차피 다 왔지? 배달할 때 쓰는 폰 두고 가. 내가 알아서 배달하고 완료 칠 테니까.

"아버지. 진짜 감사합니다."

—우리 민정이 잘 부탁하네.

강우는 민정과의 미래만을 꿈꾸는 것이 아니었다. 아무것도 없던 시절, 처음 배달을 시작한 자신을 누구보다 잘 챙겨 주시던 아버지와의 미래도 그가 오늘 할 프러포즈로 이어질 미래였다. 돈을 열심히 모아서 치킨집도 더 확장하고, 배달도 본인이 직접 하면서 가게를 키울 생각이었다. 그렇게 새로운 가족을 만들어 가는 것이 그가 세운 계획이었다. 상상만 해도 행복한 미래였다. 강우는 아버지의 호의에 감사하며, 고시원에 들러 가장 깨끗한 옷으로 갈아입었다.

민정은 약속한 카페 앞에서 강우를 기다렸다. 한강이 보이는 카페에는 늦은 시간 때문인지 사람이 많지 않았다. 급히 도착한 강우는 말없이 민정의 손을 잡고 그들이 처음 데이트하던 날 앉았던 그 자리로 갔다. 항상 마시던 따뜻한 카페라테와 아메리카노를 주문했다. 음료가 준비되었다는 진동벨이 울렸고, 강우가 음료를 가지러 갔다. 그리고 음료가 올려진 트레이에 작은 반지 케이스도 함께 올려 민정에게 다가갔다. 화려하지 않은 프러포즈. 민정의 취향을 너무 잘 알고 있던 강우는 의미 있는 장소에서 대수롭지 않은 프러포즈를 하고 싶었다.

"오빠……."

"나랑 결혼해 줄래?"

"그럼. 당연하지."

강우는 모든 것이 완벽하다고 생각했다. 조명이 아주 예쁜 카페의 테라스에서 자신을 만나기 위해 예쁜 옷을 입고 온 민정과, 정장과 구두를 갖추진 못했지만 그래도 자신이 가진 가장 깨끗한 옷을 입고 프러포즈 반지를 건네는 강우. 그들은 그때 카페에 잔잔히 흐르던 피아노 선율처럼 아름다운 미래를 상상하고 있었다.

하지만 그들의 완벽한 밤은 결국 한 대학 병원의 중환자실에서 끝을 맺고 말았다.

사고

'60대 치킨집 사장. 30대 만취 운전자에 의해 중상.'

그날 인터넷은 민정 아버지의 사건으로 뜨거웠다. 음주 운전을 하던 운전자가 마지막 배달을 하던 민정의 아버지를 쳤고, 민정의 아버지가 중상을 입어 병원에 실려 갔다. 그리고 가해자는 제대로 된 사과도 없이 핑계만 대기 바빴다. 가해 차량이 고가의 수입 차량이라는 것과 가해자가 이미 음주 운전 전과가 있었다는 사실은 많은 사람들의 공분을 샀다. 하지만 그런 여론이 민정의 아버지에게 직접적인 도움이 되지는 않았다. 민정의 아버지는 심한 복합 골절과 장기 손상으로 인해 3주 동안 두 번이나 큰 수술을 받았지만, 결국 사망하게 되었다. 누가 봐도 직접적인 원인은 교통사고였지만, 가해자의 비싼 변호인단은 당뇨 합병증에 의한 사망을 주장했다. 결국 재판은 사망 사건이 아니라 교통사고 상해 사건에 대한 재판이 되었고, 민정과 강우는 도저히 그들의 주장을 받아들일 수 없었다. 그래서 그들이 제시하는 합의도 거부하고 가해자의 처벌을 강력하게 요구했다.

소송이 점점 길어지는 동안, 소송을 위한 비용도 어마어마했지만 아버지가 남기신 엄청난 병원비도 해결해야만 했다. 결국 둘이 함께 살기 위해 계약했던 빌라의 전세 보증금도, 민정 아버지가 10년 넘게 운영하시던 치킨집의 권리금도, 민정의 만기 한 달 남은 결혼 자금 마련을 위한 적금도 모두 사라져 버렸다. 가해자가 집행 유예를 받던 날. 강우는 결국 참지 못하고 가해자가 타고 온 차에 불을 질렀다. 가해자가 걸어 두었던 공탁금은 그 차의 보상비로 또 사라져 버렸고, 그걸로도 모자라 몇천만 원의 빚이 더 생겼다.

그래도 강우는 다시 시작할 수 있다고 믿었다. 아무리 바닥에 떨어져도 자신은 언제든지 다시 일어설 수 있다고. 하지만 민정은 처절하게 무너지고 있었다. 자신의 아버지를 잃고, 자신의 미래도 잃고, 점점 더 사라져 가는 자신의 모든 희망들을 눈물에 떠내려 보내며 정신 줄이 느슨해졌다. 강우는 끝까지 싸우고 싶었다. 마지막까지 싸워서 이기고, 다시 새로 시작하려고 했다. 하지만 그 모든 걸 함께할 민정은 무너져 버렸다. 결국 강우는 민정을 위한다는 핑계로 가해자와 합의를 하고 탄원서를 썼다. 그 합의금으로 남은 빚을 갚고 돌아와 거울을 보는 순간 알게 되었다. 모두 비겁한 변명이었다는 것을. 그는 억울했고, 화가 풀리지 않았고, 그 화를 풀기 위해 고집을 부리다가 더 많은 것을 잃어버린 것이다. 그리고 그 모든 일을 저지른 본인이 또 민정의 핑계를 대며 합의를 하고, 그 돈으로 무거웠던 빚을 내려놓았다는 사실이 그제야 후회가 되어 몰려왔다.

합의서와 탄원서, 피해자의 보복 행위를 너그럽게 용서한 것들이 반영되어 가해자의 형량은 더 줄었다. 직접 형을 살지도 않는 그 집행 유예 기간조차 견디기 싫었던 가해자는 결국 강우를 가장 깊은 곳까지 떨어뜨리고 나서야 웃으며 법정을 떠났다. 모든 사건이 마무리되었을 때, 강우와 민정의 주머니에는 딱 3만 원이 남아 있었다. 그리고 그다음 날이 빌라를 비워 줘야 하는 날이었다. 모텔도 갈 수 없는 돈으로 강우는 마지막으로 남겨 둔 자신의 오토바이에 기름을 채웠다. 그리고 민정을 배달 대행 사무실에 두고 콜을 받았다.

울면서 시작한 배달은 그의 마음이 채워질 때까지 멈추지 않고 계속되었다. 그리고 그날 밤. 강우는 술에 취한 채 술집에서 걸어 나와 차에 타는 한 남자를 봤다. 피가 거꾸로 솟는 기분이었다. 그 남자가 민정의 아버지를 죽인 사람은 아니었지만, 강우의 눈에는 그냥 살인자로 보였다. 그래서 자신이 음식을 배달해야 할 목적지도 잊은 채 그 남자를 쫓기 시작했다.

강우는 남자의 뒤를 따라 아파트까지 갔다. 남자는 술에 취했지만, 자신을 쫓아오는 강우의 존재가 불편했는지 몇 번이고 창밖으로 고개를 내밀어 뒤돌아봤다. 하지만 배달 조끼를 입고, 배달 음식을 들고 있는 강우를 이상하게 생각하지는 않았다. 그렇게 남자가 현관문을 열고 집으로 들어가는 순간, 강우는 그 남자를 밀치며 그의 집으로 들어갔다.

얼마간의 시간이 흐른 후, 강우는 배달 대행업체 사무실로 돌아와 소파에 누워 있던 민정에게 말했다.

"민정아. 우리 이사 가자."

메뚜기

강우와 민정의 새로운 삶은 그렇게 시작되었다. 그들이 누구보다 증오하는 음주 운전자의 집에서 함께 살기로 한 것이다. 다행히 강우가 남자를 따라 들어간 집은 그 남자 혼자만 사는 집이었다. 강우는 남자를 안방 화장실에 가두고 끊임없이 술을 먹였다. 그가 그토록 좋아하는 술이니 실컷 마시게 해 주겠다는 생각이었다. 민정은 아무것도 모르고 있었다. 아버지의 사건으로 정신 줄을 놓은 이후 그녀의 눈은 빛나지 않았다. 극심한 우울증에 빠진 그녀는 스스로를 어둠 속에 가두어 버렸다. 민정은 두꺼운 암막 커튼이 쳐진 방에서 나오지 않았다. 그녀가 그 방을 나서는 것은 거실이 어두워지는 밤뿐이었다. 그래서 강우는 민정에게 이 모든 상황을 설명하지 않았다. 그녀가 아무것도 몰랐으면 하는 마음에, 그녀를 위한 어두운 방을 마련해 줄 뿐이었다.

"배고파요."

"기다려. 뭐라도 시켜 줄게."

"전 국물이면 아무거나 좋아요……."

"야. 넌 지금 이 상황에서도 해장이 하고 싶냐?"

"아…… 죄송합니다."

"김밥이나 먹어!"

"저…… 저…… 그럼 오이라도 빼 주세요. 저 알레르기
가……."

남자에게 술을 계속 주며 재우긴 했지만, 그래도 죽게
둘 수는 없으니 먹을 것은 챙겨 줬다. 하지만 음주 운전
자인 남자에게 원하는 음식을 주고 싶은 마음은 없었다.
그래서 강우는 술을 마신 다음 날, 자신이라면 절대 먹고
싶지 않을 것 같은 김밥만 시켜 줬다. 아주 사소하고 유
치한 복수였다. 강우는 남자의 스마트폰으로 무엇이든
할 수 있었다. 자신의 지문으로 보안 설정을 바꾼 강우는
그 스마트폰으로 필요한 음식과 물건들을 주문했고, 남
자의 회사에는 관두겠다는 메시지를 보냈다. 그리고 시
간이 날 때마다 남자의 스마트폰을 뒤져 그의 가족이나
친구들에게 적당한 메시지를 보내며 아무 일도 없는 것
같은 상황을 만들었다. 그렇게 2개월 동안 그들은 아무
런 의심도 받지 않고 살 수 있었다. 하지만 문제는 돈이

었다. 당연하겠지만 남자의 카드에는 한도가 있었다. 모든 카드의 한도가 차고 나면 더 이상 그곳에 머물 수 없었다. 왜냐하면 강우는 남자의 예금이나 현금, 귀중품들은 사용하지 않고 차곡차곡 모아 두었기 때문이다. 강우는 남자의 퇴직금이 들어오는 순간, 그 집을 떠나야겠다고 생각했다.

두 번째는 조금 더 쉬웠다. 강우는 밤 10시부터 번화가를 중심으로 돌아다니며 술에 취해 운전하는 음주 운전자를 찾았다. 놀라운 사실은 생각보다 많은 사람들이 음주 운전을 하고 있다는 것이었다. 강우는 어렵지 않게 이틀에 한 명꼴로 음주 운전자를 찾을 수 있었다. 다만, 이제 강우에게 필요한 것은 단순한 음주 운전자가 아니라, 옮겨 살 새로운 삶이었기에 쉽게 고를 수는 없었다. 우선 음주 운전자를 발견하면, 배달 음식을 들고 조용히 뒤를 쫓았다. 운전자가 현관문을 열고 들어가는 순간, 집에 불이 꺼져 있거나, 초인종을 누르지 않거나, 자신의 귀가를 가족이나 동거인에게 알리지 않는 사람들만 찾아다녔다.
그런 과정을 통해 기러기 아빠가 사는 단독 주택을 차지했다. 그때부터는 죄책감도 불안함도 없었다. 그저 원래 내 집인 것처럼 아무렇지 않게 그 집에 살았을 뿐이다. 그들은 새로운 집에서 또 새로운 삶을 살았다. 회사를 관두게 하고, 카드 한도만큼 그곳에서 생활했다. 다만 조금 아쉬웠던 점은 주인이 기러기 아빠여서 통장의 잔고가 거의 없다는 사실이었다. 그나마 퇴직금은 많은 편이어서 다행이라고 생각했지만, 강우는 차마 그의 퇴직금을 모두 가질 수 없었다. 그때까지도 강우의 내면에는 알량한 양심이 남아 있었다. 그래서 그는 기러기 가족의 생활비 계좌에 석 달 치 생활비를 보냈다.

결국 문제는 생활비였다. 그것은 단순히 그의 씀씀이가 커졌기 때문이 아니라, 감금하는 인원이 늘고 그들에게 술과 음식을 계속 먹여야 하기 때문이었다. 강우는 새로운 삶이 필요했을 뿐이지 그들을 죽이고 싶지는 않았다. 아니 그들을 죽이고 싶을 만큼 증오했지만, 사람을 죽일 수 있을 만큼 모질지 못했다. 그래서 강우는 피해자들에게 항상 술과 음식을 먹이며 생명을 유지하게 했고, 이사를 갈 때마다 데리고 다녔다.

단독 주택의 기러기 아빠가 쓸모없게 되자, 좀 더 많은 돈이 들어 있는 통장이 필요했다. 그리고 그때 때마침 유명한 뷰티 인플루언서가 라이브 방송에서 음주 운전 경험을 고백했다.

"저기요. 술 한 잔 마시고 운전할 수도 있는 거 아니에요? 뭐! 사고만 안 나면 되잖아. 사고가 나도 다 물어 주면 되고. 안 그래요? 저 음주 운전 완전 잘해요! 술 먹으면 핸들이 더 잘 돌아가! 아주 예술이야! 제가 음주 운전한 세 번은 해 봤거든요. 사고도 한 번 안 냈고, 아직 걸린 적도 없어요. 뭐 또 이 방송 보면 졸라 지랄들 하겠지만, 솔직히 말해서 뭐라 할 수도 없을걸? 이미 다 지나간 일이니까!"

다 지나간 일이라는 말에 강우의 심기가 불편해졌다. 인플루언서에게는 지나간 일일 뿐인 음주 운전이 강우와 민정에게는 아직 끝도 없는 고통으로 남았기 때문에.

뷰티 인플루언서는 당연히 해당 방송 때문에 사회적으로 너무 큰 물의를 일으켰다는 비판을 받았고, 모든 활동을 중단한 후 강제로 쉴 수밖에 없었다. 강우는 인플루언서를 미행하다가 술에 잔뜩 취한 그녀를 매니저인 척 부축해 자연스럽게 그녀의 집으로 데리고 들어갔다. 그녀를 안방 화장실에 가둔 후에는 온몸에 힘이 풀렸다. 이제 이 보안이 철저한 스타리움에 다른 사람들을 옮겨야 한다는 생각 때문이었다. 그는 우선 옷장을 뒤졌다. 다행히 그곳에는 근사한 남성용 옷도 많았다. 그는 옷을 챙겨 집으로 가서 감금된 사람들에게 옷을 입히고 머리도 세팅했다. 민정에게도 별다른 말은 하지 않고 예쁜 옷을 입으라고 했다. 자신 역시 비싸 보이는 스리피스 정장으로 갈아입은 후, 강우는 인플루언서의 카니발 차량을 가지고 와서 사람들을 한 명씩 옮겼다. 술에 취한 사람들을 옮기는 것은 여간 힘든 일이 아니었지만, 다행히 옷차림과 번듯한 차 덕분에 강우를 의심하는 사람은 없었다. 스타리움에 도착한 후에는 경비원들에게 당당히 부탁했다. 파티가 있었는데 너무 술에 취해서 가까운 집에서 자고 가기로 했다고. 이미 인플루언서의 새로운 매니저라고 인사를 한 후였기 때문에 아무도 의심하지 않았다. 그렇게 강우는 세 번째 이사를 마쳤다.

강우는 인플루언서의 넉넉한 카드 한도가 자신을 이곳에 더 오래 머물게 해 줄 수 있을 것이라고 생각했다. 그의 생각은 적중했지만, 예상하지 못했던 상황이 펼쳐졌다. 인플루언서가 너무 유명하다는 사실이 그 장점들보다 더 큰 리스크가 된 것이다. 온라인상에서 갑자기 잠적한 인플루언서에 대한 수많은 루머가 돌았고, 실제로 그녀의 팬이라고 말하는 사람들이 아파트 입구를 서성이기 시작했다. 결국 강우를 보는 스타리움 관리자들의 눈빛도 이상하게 변해 가는 것 같았다. 강우는 또다시 번화가를 돌아다니며 새로운 음주 운전자를 찾아야 했고, 네 번째 이사를 하게 되었다.

들어올 때와는 달리 나갈 때는 더 많은 시간이 들었다. 겨우 네 번째 집을 구한 강우는 2주 동안 사나흘에 한 명씩 사람을 옮겼다. 일부러 파티를 하는 것처럼 음악을 크게 틀고 쿵쿵거려 사람들의 민원을 유발했고, 그럴 때마다 술에 취한 사람들을 한 명씩 카니발에 태워 네 번째 집으로 옮겼다. 그렇게 마지막 인플루언서까지 다 옮기고 난 후에야 민정을 데리고 스타리움을 떠날 수 있었다.

"오빠. 지금 뭐 하는 거야?"

처음이었다. 메뚜기처럼 살기 시작한 지 5개월이 지난 시점에 처음으로 민정의 정신이 돌아왔다. 당황한 강우는 잠시 고민하다가 민정에게 아무 말도 하지 않은 채 그대로 가장 먼 바다로 향했다. 그리고 바닷가의 작은 민박집에 민정을 내려 준 후 말했다. 곧 다시 오겠다고. 다 정리하고 돌아올 테니 기다려 달라고. 그때 모든 걸 다 말하겠다고. 그렇게 강우는 혼자 네 번째 집으로 돌아갔다.

"집이 필요하시면 저희 앞집에 들어가세요! 앞집 어르신들 자식들 본다고 호주에 가셨는데, 벌써 3개월째 안 오고 계시고요. 갈 때도 기약 없이 가셔서 한동안은 편하게 지내실 수 있어요! 제가 비밀번호도 알아요. 가끔 환기 좀 해 달라고 저한테 부탁하셨거든요. 제발 앞집으로 가 주세요. 저는 바로 이사 갈게요!"

네 번째 집을 구하고 이사를 마쳤을 때, 술에서 조금 깬 네 번째 집주인이 강우에게 말했다. 강우는 계획을 성공적으로 실현하고 이사를 다니면서도 내내 불안했다. 이 생활이 영원하지 않을 거라는 걸 알고 있었기 때문이었다. 가는 집마다 현금과 돈이 될 만한 것들을 차곡차곡 모은 것도 그런 이유 때문이었다. 그런데 앞집이 비어 있다는 말을 들은 순간, 좋은 아이디어가 떠올랐다. 그는 다시 이사를 갔다. 1202호에서 1201호로. 그리고 모든 배달 주문을 1202호로 보냈다. 어차피 그 집에는 아무도 없었기 때문에 자신이 가지고 오면 그만이었다. 그렇게 더 진화된 방법으로 강우는 숨어 살았다. 그 문자가 오기 전까지.

어쩌시려고요?

다른 거미줄에 걸린 거미

강우는 감금된 사람들에게 항상 김밥을 가져다줬다. 처음에는 괘씸한 마음에 그들이 제일 싫어할 만한 음식을 준 것이었지만, 어느 순간 김밥이 먹이기도 치우기도 제일 쉽다는 것을 알게 되었다. 김밥을 주고 나면 또 술을 먹여야 했다. 물론 처음부터 심리적으로든 육체적으로든 이런 삶이 편할 것이라고 생각한 적은 없었지만, 시간이 지날수록, 본인이 관리해야 하는 사람이 많아질수록, 강우는 점점 지쳐 가고 있었다. 언제까지 이렇게 살 수 있을까? 과연 이 말도 안 되는 상황의 끝은 무엇일까? 강우는 매 순간이 무섭고 두려웠다. 그럼에도 불구하고 이 상황을 계속 이어 가야 하는 이유는 딱 하나였다. 언젠가는 다시 민정과 함께 꿈꾸던 일상으로 돌아갈 수 있을 것이라는 기대. 역설적으로 강우에게는 막연한 낙관도 있었다. 아무도 자신이 하고 있는 일을 알지 못할 거라는 믿음. 그래서 언제든 아무 일도 없었던 것처럼 끝낼 수 있다는 생각. 두려움이 깊어질 때마다 조금만 참으면 된다고, 돈이 모이고 민정과 일상으로 돌아갈 준비만 되면 언제든 끝낼 수 있다고 스스로를 다독였다. 그러던 어느 날, 언제나처럼 사람들에게 먹일 술을 사러 모자를 푹 눌러쓰고 문을 나서는 순간 모르는 번호로 메시지가 왔다.

> 그 사람들 이제 어쩌실 거냐고요

왼쪽 귀 밖으로 심장이 튀어나올 것 같았다. 다리는 그대로 아파트 복도에 심어진 기분이었고, 온몸에 식은땀이 흘렀다. 강우는 아무런 반응도 할 수 없었다. 이 상황이 어떤 상황인지 머릿속으로 이해되는 것이 전혀 없었기 때문이었다. 마치 저승사자라도 마주한 것처럼, 강우는 그 자리에 그대로 서서 땀만 뻘뻘 흘렸다.

> 뭐야? 정지 화면이에요?

이번 메시지로 강우는 누군가가 자신을 지켜보고 있다는 사실을 알았다. 그리고 그 사실을 눈치채자마자 주변을 두리번거렸다. 현관문 왼쪽 대각선 천장에 처음 보는 CCTV가 붙어 있었다. 강우가 그 CCTV를 똑바로 바라보자 다시 메시지가 왔다.

맞아요. 그거예요.

강우는 혼란스러웠다. 저기에 원래 CCTV가 있었나? 아니었던 거 같은데. 엘리베이터에 있던 것은 확실하게 기억나는데, 여기는 뭐지? 원래는 없었던 것 같기도 하고, 언제 생긴 거지? 그래서 저걸로 뭘 본 건데? 어디까지 알고 있는데? 강우의 머릿속에는 순식간에 수만 가지 생각들이 가득 차올랐고, 왠지 그런 자신의 모습을 보며 웃고 있는 상대방의 모습이 보이는 것 같았다.

생각이 너무 많아 보여요. 너무 걱
정하지 말고 일단 만납시다. 지금
바로 내가 보내는 주소로 와요.

아무것도 알 수 없는 상황이었지만, 어째서인지 절대 거부할 수 없는 메시지였다. 강우는 그 메시지의 내용처럼 무엇인가를 고민하고 따져 볼 상황이 아니었다. 어디까지인지는 몰라도 자신의 상황을 어느 정도는 파악하고 있는 존재인 듯했고, 상대방이 자신을 신고하지 않고 직접 만나려고 한 데에는 분명히 이유가 있으리라 생각했다. 그래서 강우는 그가 보내온 주소로 찾아갔다. 오토바이를 타고 갈까도 생각했지만, 담배 생각이 너무 간절해 담배를 피우며 걸어가기로 했다. 1킬로미터. 조급한 마음에 걸어서 15분쯤 걸릴 거리를 10분도 걸리지 않아서 도착했다. 강우는 담배를 깊게 들이마시고 꽁초를 버린 후 허름한 사무실로 들어갔다.

"걸어왔어요? 나는 바로 바이크 타고 날아올 줄 알았는데, 생각보다 배짱이 있네."

젊은 남자였다. 남자는 깔끔한 스트라이프 셔츠에 남색 더블 정장을 입고 고급스러운 타이까지 매고 있었다. 고급 명품 시계에 비싸 보이는 갈색 구두. 들어오면서 봤던 녹색 마세라티 차량도 남자의 것으로 보였다. 얼핏 보면 그냥 좀 돈이 많은 사람 같아 보였지만, 조금 살펴보니 그 남자의 성격을 짐작할 수 있었다. 셔츠와 타이와 정장, 양말까지 모두 블루 계열로 톤이 맞았고, 시곗줄과 벨트와 구두도 같은 갈색 계열의 가죽 재질이었다. 그리고 시계와 넥타이핀과 벨트 버클도 로즈 골드로 톤이 일치했다. 심지어 그의 뒤로 보이는 사무실의 가구와 벽에 걸린 액자, 거울까지도 모두 스타일링 된 느낌이었다.

"안녕하세요."

너무 바보 같은 인사말과 어정쩡한 자세. 강우는 세상에서 가장 찌질한 모습으로 남자의 앞에 다가가 섰다. 그런 상황이 재밌는지 남자가 웃으며 악수를 청했다. 적어도 지금 상황이 자신을 협박하거나 무엇인가를 강요하는 분위기는 아닐 것임을 느낀 강우가 남자와 어색하게 악수하며 어깨를 조금 폈다.

"앉으세요. 뭐, 차라도 한 잔 드릴까요?"

"아니요. 괜찮습니다."

그런데 생각해 보니 뭔가 이상했다. 아무리 생각해도 자신이 차 대접이나 받을 만한 상황이 아니건만, 상대방이 너무 정중하고 친절하게 자신을 대했기 때문이다. 그 상황을 인지하자 강우는 그때부터 다시 겁이 나기 시작했다. 오면서 상상했던 수많은 최악의 상황, 그 상황의 결말은 결국 경찰에 잡혀가는 것이었다. 하지만 지금 이 사람이 자신의 예상을 아득히 뛰어넘는 결말을 만들어 버릴지도 모른다는 두려움이 생긴 것이다. 강우는 자신이 장사를 하며 많은 사람들을 만나 본 경험에서 나오는 본능적인 촉이 있다고 믿었다.

"긴장을 너무 많이 하셨네요. 안 되겠다. 그냥 우리 빨리 본론으로 들어갈까요?"

"아…… 예…….."

"지금 제 집에서 뭐 하시는 거죠?"

"예?"

"제 집에서 뭐 하시냐고요. 뭔가 이상한 짓 하고 계시잖아요, 지금."

남자는 차분하고 친절하게 말하고 있었지만, 낮고 굵

은 목소리에는 쉽게 맞설 수 없는 카리스마가 담겨 있었다. 강우가 그의 카리스마에 눌려 어버버하고 있는 동안 남자는 조용히 자신의 명함과 서류 몇 장을 내밀었다. 그것들을 보고도 강우가 가만히 있자 읽어 보라는 듯 눈짓을 보냈다. 강우는 그 서류를 가져다가 천천히 확인해 보았다. 모두 익숙한 주소였다. 자신이 납치한 사람들이 살던 집 주소와 자신이 지금 살고 있는 집의 주소가 적힌 등기부 등본이었다. 명함에는 골든브릿지 부동산 그룹 대표라는 직함이 쓰여 있었다.

"다 제 집이에요. 모두."

순간 강우의 눈이 심하게 흔들렸다. 그럴 리가 없는데. 모두 혼자 사는 사람들이었는데. 확인했는데. 어떻게 된 거지? 다시 머리가 복잡해지려던 그 순간, 남자가 말했다.

"물론 제가 사는 곳은 아니죠. 저는 집주인. 임대인이요."

"아……."

그렇다면 말이 안 되는 것은 아니었다. 하지만 최소한의 의문이 풀렸을 뿐 여전히 이상한 점은 남아 있었다. 뭐지? 어떻게 그럴 수가 있지? 어떻게 음주 운전을 했던 사람들이 모두 저 남자의 집에 세 들어 살고 있는 거지? 강우는 우연이라고 부르기도 힘든 그 상황이 도무지 납득되지 않았다. 남자는 그런 강우의 심리 변화가 재미있

느지 강우를 보며 계속 웃고 있었다.

"그래서 다시. 우리 임차인분들 어쩌시려고요?"

상황은 달라진 것이 없었다. 아니 더 복잡해졌을 뿐. 자신의 범죄 사실을 다 알고 있는 남자. 그 앞에 순한 양처럼 얌전히 앉아 있는 자신의 모습이 너무 한심했다. 강우는 앞에 앉아 있는 남자가 남색 더블 정장을 입고 있는 늑대로 보였고, 원한다면 언제든 자신을 잡아먹을 수 있다고 여유를 부리는 것처럼 느껴졌다.

"죄송합니다. 제가 다 돌려놓겠습니다. 자수도 하고요."

어쩌면 이쯤에서 누군가가 자신을 멈춰 주길 바랐는지도 모르겠다. 강우는 금세 모든 것을 포기하고 내려놔 버렸다. 어차피 너무 지쳐서 그만두고 싶다는 마음도 있었으니까. 이왕 이렇게 된 거 차라리 감옥에 가서 죗값을 치르는 것도 나쁘지 않겠다고 생각했다. 드디어 이 고단한 여정을 끝낼 수 있다고 생각하니 차라리 시원한 기분이 들기도 했다. 그런데 그 순간, 민정이 머릿속에 들어왔다. 그러면 민정은 어떻게 하지?

"여자 친구는 어쩌고요? 제정신도 아닌 거 같은데."

답이 없었다. 자신만큼이나 세상에 남은 것이 없는 사람. 그래서 정신마저도 어둠 속에서 헤매고 있는 사람. 자신이 감옥에 간다면 그녀가 어떻게 될지 가늠도 되지 않았다. 민정에게는 이제 돌봐 줄 가족도 의지할 지인도 없었다. 민정은 강우에게 아버지와 단둘이 치열하게 사느라 친구를 사귈 생각 같은 건 하지도 못했다고 했다. 강우는 민정에게 연인이기 이전에 유일한 친구였고, 세상에 남은 마지막 기둥이었다. 그러니 강우가 사라진다면 민정은 이제 정말로 세상에 혼자 남게 되는 것이었다. 그럴 수는 없었다.

"제가 왜 그쪽을 여기 불렀을 거 같아요?"

"예?"

"자꾸 못 듣지 말고, 잘 들어 봐요. 제가 집이 좀 많아요. 관리하기 좀 빡세겠죠? 그래서 제 소유의 집 문 앞에는 죄다 CCTV를 달아 놨는데, 이상한 걸 본 거예요. 술 취한 세입자 집에 따라 들어가는 배달원. 그리고 한참 있다 나와서는 다시 여자 한 명이랑 같이 들어가고 나오지를 않더라고요. 그렇게 한 2개월을 주야장천 배달 음식만 먹더니, 이번에는 제 소유의 다른 집으로 또 세입자를 따라 들어가요. 그리고 똑같아. 밤에는 그때 봤던 여자랑 술 취한 전 세입자들을 집에 데리고 들어가고 배달되는 음식량은 점점 늘고. 결국에는 삼익아파트까지 갔더라고요. 그래서 도대체 무슨 계획인지 너무 궁금했어요. 저 위험한 짓을 왜 하는지. 언제까지 할 건지. 뚜렷한 목적은 있는 건지. 그런 게 궁금하더라고요."

남자의 말에 강우는 생각에 잠겼다. 나는 왜 이 짓을

시작했을까? 언제까지 이러려고 했을까? 도대체 무슨 생각이었을까? 하지만 아무리 노력해 봤자 그 어떤 답도 할 수 없었다.

"그냥 집이 필요했어요. 처음에는. 그러다 한 집에 계속 살 수는 없으니 자꾸 옮겨 갈 수밖에 없었고요. 죄송합니다. 큰 잘못인지는 알고 있었지만, 차마 그때는 다른 선택을 할 수 없었어요. 시간이 얼마나 걸리든 제가 다 돌려놓겠습니다. 약속드릴 테니 선처 좀 부탁드리겠습니다. 말씀하신 대로 여자 친구가 저 하나만 기다리고 있습니다. 정말 죄송합니다."

"무슨 소리예요?"

"예?"

"뭐가 자꾸 죄송해요? 왜 나한테 자꾸 죄송하대요. 난 상관도 없는 사람인데."

"예?"

"살다 보면 그럴 수도 있죠. 설마 그쪽이 그러고 싶어서 그랬겠냐고요. 난 다 이해해요. 다 살기 힘든 세상 탓이지, 뭐. 너무 걱정하지 마세요. 저는 신고를 한다거나, 그걸 핑계로 무슨 협박을 하려고 보자고 한 게 아니거든요. 저는 그저 우연히 본 CCTV에 찍힌 내용이 너무 신기해서. 그리고 들어 보니 역시 사연이 너무 딱해서. 그래서 도와드리고 싶어서 오시라고 한 거예요."

335

"예? 지금 무슨……?"

"무슨 말이긴요. 제가 도와주겠다는 뜻이죠. 제가 좀 알아봤더니 원래 이 동네에서 유명하신 분이시던데요. 부지런하고 성실한 분으로요."

"아. 아닙니다."

"아, 그리고 그 여자 친구 아버지 얘기도 들었어요. 진짜 말도 안 되는 일을 겪으셨던데……."

"아…… 예……."

"그래서 제가 마음이 더 쓰였어요. 남 일 같지 않아서. 오히려 제가 도울 수 있는 건 좀 돕고, 저도 좀 도움받을 것이 있으면 받고 싶었어요."

강우도 보통 사람은 아니었다. 어린 나이부터 장사를 시작하고, 수많은 사람을 겪어 봤다. 처음부터 웃음으로 본색을 속이고 있는 이 남자의 속내까지는 알 수 없어도, 뭔가 다른 꿍꿍이가 있을 것이라는 생각은 하고 있었다. 그런데 아니나 다를까. 점점 남자가 본색을 드러내기 시작했다.

"제가 그쪽한테 도움이 될 만한 일을 해야 한다는 뜻인가요?"

남자는 예상과 달리 정신 줄을 놓지 않고 대화의 핵심을 정확히 파악해 내는 강우의 모습에 놀라며 계속 대화를 이끌었다.

"뭐. 그럼 이왕 이렇게 된 거 빙빙 돌리지 않고 직접적으로 말할게요."

"예."

"여자 한 명만 더 납치해서 데리고 있어 주세요. 지금 하시는 일이랑 똑같아요. 그냥 제 집에 들어가서 여자 한 명만 납치하면 되는 겁니다. 그리고 딱 일주일만 데리고 있어 주면 끝."

"예? 뭐라고요?"

"어려운 거 아니잖아요. 지금까지 네 번이나 했던 일, 한 번만 더 하면 돼요. 밥도 어차피 시키실 거 김밥이나 한 줄 더 챙겨 주면 되고요."

"아…… 하지만……."

"아, 맞다. 그래도 설마 제가 이런 부탁을 하는데, 맨입으로 하겠어요? 저 부동산 하는 사람이에요. 건축업도 같이 하고. 그냥 그 여자가 좀 거슬려서 그래요. 제가 부탁 좀 드릴게요. 죽이는 것도 아니고, 하시던 일에 진짜 밥 숟가락 하나 더 얹어 주시기만 하면 되는 거니까. 이번 일 잘 처리하시면 제가 다음 달에 완공되는 저희 빌라 꼭대기 층 하나 드릴게요. 옥상까지 쓸 수 있는 데로요. 그 정도면 신혼집으로 딱이에요. 모르긴 몰라도 그쪽이 날렸다는 스리룸 빌라보다 좋을 거예요."

강우는 직접 듣고서도 남자의 제안이 이해되지 않았

다. 겨우 여자 하나를 일주일 동안 데리고 있는 것만으로 빌라를 한 채 주겠다고? 그것도 옥탑까지 딸린 곳으로? 균형이 맞지 않는 거래였다. 그래서 더 찜찜했다. 저렇게 유리한 제안을 받기에는 자신의 입장이 압도적으로 불리했기 때문이다. 강우가 여러 고민으로 인해 대답하지 못하고 주저하는 사이, 조용히 자신의 시계를 만지던 남자가 아주 천천히 말했다.

"아. 지금 제가 말한 거 선택하라고 얘기한 거 아닌데. 혹시 고민하고 있었던 거 아니죠?"

강우는 남자의 말에 고개를 들어 그를 봤다. 거짓말처럼 웃음기가 사라진 남자가 다시 말했다.

"아까 바로 대답했으면 선택한 척이라도 할 수 있었을 텐데. 저기요. 정신 차려요. 이제부터 당신은 그냥 하는 거예요. 제가 제안한 일을 할지 말지 고민할 처지가 아니고요. 그냥 하고, 주는 걸 받는 거라고요. 알았어요?"

그때부터 강우는 남자의 마리오네트가 되었다. 강우로서는 어쩔 수 없는 일이었고, 자신의 의지가 아니었다. 그저 일주일이라는 시간이 빨리 지나가기만을 바랐다. 일주일이 빨리 지나 모든 걸 되돌릴 수 있기를 기도했다. 남자는 강우에게 다정이 사는 집의 주소를 줬다. 심지어 다정의 스마트폰을 해킹해서 복사한 스마트폰까지 줬다.

"혹시 몰라서 제가 복사해 놨어요. 이런 거야. 뭐 집주인이 뭘 확인해야 한다고 링크 하나 보내면 다들 바로 들어가 주시더라고요."

강우는 그 복제 스마트폰을 통해 다정이 청약에 당첨됐다는 사실도, 그래서 전세금을 빼 달라고 요구한 사실도, 이사를 가겠다고 남자에게 으름장을 놓은 사실도 알아냈다. 그리고 다정이 종일의 여자 친구라는 사실도 알게 되었다. 그 사실을 알고 난 후 조금 더 망설여지긴 했지만, 남자의 말처럼 이미 그에게는 선택권이 없었다. 그저 그의 말대로 따를 뿐.

"어! 배달시켰다! 그 콜 잡아요! 빨리!"

다정이 종일에게 헤어지자고 말했던 날, 남자의 사무실에서 복제 스마트폰을 함께 보고 있던 중에 다정이 마카롱과 커피를 주문했다. 남자는 바로 강우에게 콜을 잡으라고 했고 강우는 어쩔 수 없이 그 콜을 잡았다.

"자, 이게 물뽕이라는 겁니다. 이거 두 방울이면 그 여자, 정신 못 차려요. 그러니까 그 커피에 슬쩍 타서 가져다주는 거예요. 알았죠? 아! 쉽다!"

강우는 결국 다정에게 물뽕이 들어간 커피를 배달했다. 다정은 강우를 보고 뭔가 실망한 표정으로 커피를 받아 들고 집으로 들어갔다. 1시간 후, 남자가 강우에게 말했다.

"납치하고 감금하고 그런 거 하면 기분이 어때요? 내가 그래도 나름 나쁜 짓도 많이 하고 살았는데, 그런 건 해본 적이 없어서요. 우리 같이 갈래요?"

강우는 내키지 않았지만 여전히 자신에게 남자의 말을 거부할 권한이 없다는 것을 알고 있었다. 그렇게 둘은 다정의 집에 같이 들어갔다. 그 남자는 집주인답게 카드 키로 다정의 집 현관문을 열었고, 약에 취해 누워 있는 다정의 뺨을 손으로 툭툭 건들며 장난도 쳤다. 그러다 체격에 비해 다소 큰 잠옷을 입고 있는 다정의 다리를 보는 순간 남자의 눈빛이 흔들렸다. 남자가 다정의 다리를 향해 팔을 뻗었다. 그때, 강우가 강하게 남자의 팔목을 잡았다.

"이건 아니지!"

순간 분위기가 싸해졌다. 남자가 자신의 팔목을 잡은 손에 점점 더 힘을 주는 강우를 노려보다가 한순간에 표정을 풀었다. 그리고 웃으며 강우의 손을 뿌리쳤다.

"왜 그래요? 사람을 뭐로 보고. 나도 약에 취한 여자는 건들지 않아요."

그 말을 듣고도 여전히 강우가 자신을 노려보는 눈에 힘을 풀지 않자 남자도 좀 언짢은 표정을 지으며 지시했다.

"자. 그 여자 폰으로 배달이나 하나 더 시킵시다."

"뭐요?"

"봤잖아요. 아까 이 여자 남자 친구랑 헤어진 거. 이 여자가 사라진 명분을 좀 구체적으로 만들면 우리도 나중에 편하니까. 배달 하나 시키고, 그 남자 친구가 콜 받아서 쪼르르 달려오면, 뭔가 아다리가 딱 맞지 않아요? 헤어진 남친에게 스토킹을 당하고 있다! 이런 거요."

강우는 남자의 명령대로 배달을 시켰고, 밖에서 배달 오는 사람이 남자 친구가 맞는지 확인하기로 했다. 약에 취한 다정을 그 남자와 단둘이 두는 것이 마음에 걸렸지만, 그렇다고 그의 말을 거절할 수는 없었다. 그래서 그저 조금 전 남자가 했던 말이 사실이기만을 바랐다. 약에 취한 여자를 건들지 않는다던 말. 다행히 계획대로 종일이 그 콜을 받았고, 시간은 오래 걸렸지만 강우는 배달 기사가 종일임을 확인할 수 있었다. 그리고 종일이 그 남자의 손을 보는 모습까지도 목격했다.

"자. 여기 세팅은 완벽하게 끝났어요! 이제 저 여자는 헤어진 남자 친구에게 스토킹을 당하고 있는 겁니다. 그러니까 한 일주일 정도는 남자 친구가 무서워서 도망 다닐 수도 있겠죠? 일주일이 지나면 그쪽은 저에게 빌라를 한 채 받을 거고요."

그렇게 강우는 그 남자의 손에서 놀아났다. 모든 건 남자의 계획대로 흘러가고 있었다. 정확히 말하자면 처음에는 그랬다. 하지만 그도 강우도 몰랐던 것이 있었다.

341

그건 종일의 마음과 두 친구의 존재였다. 다정을 향한 종일의 마음은 생각보다 깊고 간절했으며, 그의 친구들은 집요하고 똑똑했다. 그들은 포기하지 않고 계속 다정을 찾았고, 심지어 다정이 살던 건물 앞 편의점에 취직까지 하며 건물 앞을 감시했다.

불안해진 강우는 남자에게 전화해 자초지종을 설명했다.

"여기서 지키고 있어요. 화장실도 안 가요. 잠도 안 잔다고요."

—세상에 그런 사람이 어디 있어요? 자기 여자 친구도 아닌데.

"진짜예요. 눈이 빨개졌는데도 안 자고 맥스봉만 먹으면서 지키고 있다고요."

—아! 알았어요. 우선 집을 빼시죠.

결국, 강우는 그렇게 애플하우스에서 이사를 나왔고 그 이사를 시작으로 수백 명의 옛 동료들에게 쫓기게 된 것이다.

심신미약

종일은 눈앞에 펼쳐진 광경을 믿고 싶지 않았다. 계단을 올라오며 수많은 가능성에 대해 상상하고, 그곳에서 어떤 일이 벌어져도 놀라지 않겠노라 다짐했지만, 현실은 종일이 상상한 영역을 넘어서 있었다. 종일과 정석, 순경이 옥상으로 나왔을 때 제일 먼저 눈에 들어온 것은 줄다리기 줄을 잡고 있는 네 명의 사람이었다. 굳이 묻거나 확인하지 않아도 강우가 그동안 납치했던 사람들이라는 것을 알 수 있었다. 그들은 가운데 있는 줄다리기 줄을 잡고 두 줄로 서있었다. 두 손은 케이블 타이로 줄에 묶여 있었고 두 발 역시 케이블 타이로 묶인 채였다. 잡고 있는 줄이 팽팽한 것으로 봐서 네 사람이 줄 끝에 매달려 있는 무언가를 잡아 당기고 있는 것 같았다.

그중 가장 괴기스러웠던 것은 그들의 입에 연결되어

있는 링거 줄이었다. 링거 줄은 바늘을 통해 몸에 연결된 것이 아니라 네 명의 입에 들어가 있었다. 그리고 링거 줄의 시작점에 검은 옷을 입은 사람이 보였다. 검은 옷을 입은 사람 옆에는 소주 상자가 가득했고, 그는 의자에 앉아 사람들의 링거 줄이 연결된 소주병을 수액걸이에 걸고 있었다. 다시 말해, 줄을 잡고 있는 네 사람은 자신의 의지와는 상관없이 입에 연결된 링거 줄을 통해 입안에 소주를 들이붓고 있던 것이었다.

또한 그들이 손에 쥔 줄을 따라 시선을 옮기면 난간 끝에 커다란 커터를 들고 있는 강우가 보였다. 강우는 언제든지 줄을 끊을 수 있도록 커터를 벌려 날과 날 사이에 줄을 넣고 있었다. 그리고 강우의 뒤에는 검은 옷을 입은 여섯 명의 남자가 더 서 있었다.

"결국 여기까지 온 거야?"

강우는 종일을 보자마자 큰 소리로 화를 냈다. 하지만 종일은 강우의 말이 귀에 들어오지 않았다. 그곳에 들어선 순간부터 오로지 다정만 찾고 있었으니까. 하지만 아무리 봐도 그 공간에 다정의 모습은 보이지 않았다. 종일은 겁이 났다. 지금 다정의 모습이 보이지 않는다는 것은 네 사람이 힘겹게 잡고 있는 저 줄의 끝에 다정이 있다는 말이었으니까.

줄은 아파트 뒤쪽 난간으로 이어졌다. 종일은 아닐 거

라고 아닐 거라고 속으로 계속 외치면서도 천천히 난간을 향해 다가가 시선을 조금 떨어뜨렸다. 아파트 뒤쪽에는 무성한 수풀로 뒤덮여 잘 보이지도 않는 천변이 있었고, 꽤 넓은 하천이 흘렀다. 다정은 밧줄 하나에 의지한 채 난간 아래 매달려 흔들렸다. 줄이 끊어지거나 줄을 붙잡고 있던 사람들이 손을 놓으면 그대로 수풀에 떨어지거나 하천으로 굴러 빠지도록 설계된 구조였다. 그나마 다행인 점이라면 다정이 의식을 잃지는 않았다는 점이었다.

"다정아!"

종일이 큰 소리로 다정의 이름을 불렀다. 다정은 고개를 뒤로 꺾어 난간 위를 올려다본 후 종일을 발견하자마자 속없이 활짝 웃었다.

"오빠. 미안."

종일은 피눈물이 난다는 게 어떤 말인지 알 것 같았다. 자신의 눈을 볼 수는 없었지만, 지금 자신의 눈에서 흐르는 것이 피눈물임을 확신했다. 너무 화가 나고 미안해서 온몸이 부들부들 떨렸다. 이성의 끈이 끊어지는 것이 느껴졌다. 지금 당장 이러면 안 된다는 것을 알았지만 도저히 참을 수가 없었다. 종일은 앞뒤 따지지 않고 무조건 강우를 향해 소리를 지르며 달려들었다. 다행히도 종일의 상태를 미리 눈치챈 정석과 순경이 종일을 온몸으로 막았다. 하지만 종일의 돌발 행동에 깜짝 놀란 강우가 커

345

터에 힘을 줬고, 그 바람에 줄의 올이 좀 풀리면서 더 격하게 흔들렸다. 다정이 자신도 모르게 소리를 질렀다.

"악!"

다정의 소리에 강우가 더 크게 놀라 되레 소리쳤다.

"진짜 다 죽이고 싶어? 다 죽여 줄까!"

다정의 비명에 종일도 크게 놀랐다. 몸이 더욱 더 부들부들 떨렸다. 조금씩 올이 풀리는 소리와 줄을 잡고 있는 사람들의 낑낑거리는 소리. 그 소리를 꿰뚫고 종일의 울부짖음이 옥상 가득 퍼졌다.

"놔! 놓으라고! 당장 저 새끼 사지를 다 찢어 죽여 버릴 거니까, 좀 놓으라고!"

"온종일! 정신 차려. 진짜 다정이 죽일 거야?"

"다정이 살리자! 같이 돌아가자! 제발!"

"으아아악!"

종일은 울부짖었다. 사람의 소리가 아니었다. 동물의 소리로 들리지도 않았다. 분노만 남은, 세상에 존재하지 않는 생명체의 괴이한 울부짖음이었다. 그런 종일의 소리에 강우가 반응했다. 어쩌면 종일의 감정을 가장 잘 이해할 수 있는 사람은 강우일지도 몰랐다. 상실감, 좌절감, 무기력함, 사랑하는 사람을 지키지 못했다는 패배감. 그 모든 감정을 온전히 공유할 수 있는 것은 종일과 강우, 오직 그 둘뿐일 테니까. 강우는 분노만 남은 표정으로 종일을 노려보며 소리를 질렀다.

"너만 아니었어도! 너만! 너만 아니었어도!"

강우의 눈에도 피눈물이 흘렀다. 분노가 온몸을 뒤덮은 것은 종일만이 아니었다. 둘 사이에 그 누구도 끼어들 수 없는 절대적인 분노의 충돌이 발생했다. 그리고 그 안에서 세상의 모든 소리가 사라진 것 같은 정적이 흘렀다. 그 속에서 누구도 함부로 입을 열지 못했다. 그때, 먼저 침묵을 깬 것은 강우였다. 강우는 커터를 들고 있는 두 손을 덜덜 떨며 천천히 말했다.

"너만 아니었으면, 다 되돌려 놓을 수 있었어. 너만 아니었으면 다 되돌아 가는 거였다고!"

"그게 무슨 개소리야!"

"나라고 뭐 이러고 싶어서 이런 줄 알아? 살고 싶어서! 나도 살리고 싶어서 이렇게 된 거라고!"

"그건 알아! 나도 들었어! 당신에게 무슨 일이 있었는지. 그리고 복수였겠지? 음주 운전으로 인생이 망가져 버린 것에 대한 복수! 그래. 어때? 이제 복수를 하니까 뭐가 후련해졌어?"

강우의 일은 '아까 치킨 배달 온 놈'에게 모두 들었다. 강우와 민정의 이야기, 민정의 아버지에 관한 이야기, 마지막으로 강우가 최근에 밤마다 음주 운전자만 찾아다니는 것 같다는 이야기까지. 그래서 강우의 말이 무슨 말인지, 왜 저 사람들을 증오하는지도 충분히 공감할 수 있었다. 하지만 그렇다고 해서 이 모든 행동이 정당해지는 것은 아니다. 그리고 강우의 그 대단한 명분에 다정은 상관도 없었다.

"쉽게 말하지 마! 네가 알아? 저 사람들이 술을 마시고 운전대를 잡았을 때의 표정을? 웃고 있었어! 지금 자신이 하는 행동이 다른 사람을 어떻게 망가뜨릴 수 있는지도 모르면서! 웃으며 차에 탔다고! 복수? 맞아! 복수지! 하지만 아직 아니야. 지금까지 한 건! 내가 잃은 것에 비해서는 아무것도 아니라고!"

"그럼, 다 죽여서 복수를 완성하려고 한 거야? 그래서 그렇게 술까지 먹이면서 끌고 온 거고? 그럼 다정이는 왜 데리고 온 건데? 술도 안 마시고, 운전도 못 하는 다정이는 왜 납치해서 저렇게 매달아 놓은 건데!"

"나도 아니까. 부질없다는 거! 저런 새끼들을 아무리 죽여 봤자, 어차피 술 처먹고 운전하는 다른 새끼들이 또 스멀스멀 기어 나올 거라는 거 알고 있다고! 그래서 포기했어. 그깟 복수보다 차라리 우리 삶을 다시 찾기로 한 거라고. 딱 일주일이면 됐는데. 딱 일주일! 일주일만 내가 저 여자를 데리고 있으면 다 돌려놓을 수 있었다고!"

"그건 또 무슨 말이야!"

"딱 일주일만 데리고 있으면 된다고 했어. 내가 저 여자를 일주일만 데리고 있으면 아무 일도 없었던 것처럼 만들어 주고 민정이랑 내가 살 집도 준다고 했어! 그런데 저 여자랑 이미 헤어진 네가 왜 갑자기 끼어들어서 상황을 이렇게까지 만드냐고!"

역겨웠다. 결국 그의 명분은 복수가 아니었다. 집! 살 곳! 다시 시작할 공간이 필요해서 음주 운전을 핑계 삼아 사람들을 납치하고 집들을 훔쳤을 뿐이었다. 그리고 그 역겨운 행동의 결과로 다정이 다쳤다. 아무런 잘못도 없는 다정이. 종일은 절대로 강우를 이해하거나 용서할 수 없었다. 그러고 싶지 않았다.

갑자기 폭주한 강우를 저지하려 강우의 옆에 있던 검은 옷의 남자들이 다가왔다. 강우가 해선 안 되는 말들을 너무 많이 한 모양이었다. 강우도 그들이 다가오자 더 이상 말을 하지 않았다.

"누가 있구나, 뒤에?"

종일과 정석, 순경은 강우의 말과 검은 옷의 남자들이 보인 지금의 행동으로 강우의 뒤에 누군가가 있다는 사실을 확인했다. 강우는 종일의 질문에 아무런 답도 하지 않았다. 하지만 종일은 물어본 것이 아니라 확인한 것이었다. 그래서 누군가가 있다는 가정으로 대화를 이어 갔다.

349

"그게 말이 돼? 당신은 진짜 그게 말이 된다고 생각하고 믿은 거야? 당신 뒤에 있는 그 새끼가 얼마나 대단한 새끼인지는 잘 모르겠지만, 일주일간 사람 하나 데리고 있으면 모든 걸 돌려 주고 집까지 준다는 그 약속을 정말 믿은 거냐고!"

종일은 그 허무맹랑한 약속을 믿고 이런 일을 벌인 강우가 도저히 이해되지 않았다. 하지만 강우의 입장에서는 자신의 상황도 정확히 모르면서 자신의 탓만 해대는 종일의 말에 더 화가 났다. 강우는 이를 악물고 종일을 보며 천천히 말했다.

"나는 그 말이 납득이 돼서 믿었을까? 아님 그 바보 같은 말이라도 믿고 싶었을까? 아니, 처음부터 나에게는 선택지가 없었어. 그저 믿을 수밖에. 시키는 대로 할 수밖에 없었다고. 알아! 어차피 내가 내 손으로 다 파고 들어간 무덤이야. 내가 스스로 나올 수 없다면 어떻게 해야겠어? 그냥 믿어야지. 나갈 수 있는 유일한 방법이 그것뿐이라면, 그냥 믿고 가야지! 그렇지 않으면 나는 또 누군가를 잃어야 하니까."

다정을 두 번이나 잃어 본 종일은 강우의 마음이 어떨지 어렴풋하게나마 알 것 같았다. 그래서 지금 그의 마음이 얼마나 괴로울지도 예상이 됐다. 하지만 그렇다고 해도 달라질 것은 없었다. 그는 결국 넘지 말아야 할 선을 넘었고, 아직도 돌아오는 길을 모르고 있었다.

"그래서 결국 이거야? 다정이도 죽이고 저 사람들도

죽이고 우리도 죽이고, 당신도 같이 죽기라도 하게?"

"아니. 나는 아직 포기하지 않았어. 난 더 이상 잃을 수 없거든. 다시 돌아갈 거야. 무조건 다시 돌아갈 거라고!"

강우의 말이 끝난 순간, 줄을 잡고 있던 네 명 중 한 명이 쓰러졌다. 그러자 남은 사람들은 부족한 힘만큼 앞으로 끌려갔고, 다정은 사람들이 끌려간 만큼 덜컹거리며 밑으로 내려갔다. 다정은 깜짝 놀라 소리를 질렀다.

"뭐 해? 누가 좀 대신 잡아야 하지 않겠어?"

모두가 다정의 비명에 당황한 사이 다시 냉정함을 찾은 강우가 종일과 정석, 순경에게 말했다.

"뭐?"

"그럼 이대로 두게?"

순간 종일과 정석, 순경의 눈이 빠르게 돌아갔다. 남은 세 사람은 오르는 취기와 감금된 동안 떨어진 체력으로 인해 점점 더 힘들어하는 것 같았다. 그리고 누군가 한 사람이라도 더 쓰러져 버리면 다정이 떨어져 버릴 것만 같았다.

"아직 상황 파악이 안 돼? 저 사람들 많이 취했어. 점점 더 취할 거고. 그럼 포기하고 쓰러지지 않을까? 나라면 우선 달려가서 줄부터 잡을 텐데. 소중한 걸 잃지 않으려면 말이야."

강우의 말을 들은 종일, 정석, 순경의 등에 식은땀이 351

흘렀다. 무엇을 해야 할지 정리도 안 된 상태에서 상황이 너무 급박하게 흘러가고 있었다. 순간, 줄을 잡고 있는 사람들이 앞으로 한 발짝 더 끌려가는 모습이 보였다. 다정이 또다시 짧은 비명을 질렀다. 그 비명을 들은 종일은 고민할 필요가 없었다. 종일이 줄을 잡으러 가겠다며 앞으로 나선 순간, 순경이 종일을 막아섰다.

"넌 마지막이야! 다정이 지켜야지. 지금은 내 순서야."

순경은 처음부터 이런 상황이 온다면 자신이 첫 타자라고 생각했다. 정석은 지금 머리를 써야 하고, 종일은 마지막 보루니까. 그럼 결국 1번은 본인이었다. 억울한 점도 있었지만, 지금은 감정의 문제를 핑계로 삼을 때가 아니었다. 순경은 크게 심호흡한 후 달려가서 줄을 잡았다.

순경이 줄을 잡자마자 검은 옷을 입은 사람 중 한 명이 다가와 케이블 타이로 순경의 손을 줄에 묶고 입에 링거 줄을 넣었다. 그리고 쓰러진 사람의 케이블 타이를 끊은 후, 한쪽으로 데려가 내팽개치듯 던져 버렸다.

"오빠. 미안해요."

순경이 줄을 잡은 것을 알고, 다정이 말했다.

"아니야, 다정아. 늦게 와서 미안해. 내가 그래도 최선을 다해 볼게."

난간 아래에서 들린 다정의 목소리는 최대한 힘든 티를 내지 않으려고 노력한 목소리였다. 그 목소리가 순경의 마음을 더 아프게 했다. 순경은 생각했다. 지금껏 살면서 누군가를 이겨 본 적은 한 번도 없지만, 그래도 버티는 것 하나만은 잘해 왔다고. 1등은 하지 못해도, 합격은 하지 못해도, 언제나 끝까지 버티는 것 하나는 잘했다고. 지금 이 싸움에 버티기가 필요하다면 최선을 다해 끝까지 버틸 수 있다고. 순경은 최대한 밝게 웃으며 줄을 잡았다.

"우리 다정이 가볍네! 걱정하지 마. 내가 1년은 버틸 수 있어!"

종일은 순경의 말에 다시 화가 나서 소리를 질렀다.

"지금 뭐 하자는 거야?"

"거기서 지켜봐. 진짜 1년 정도 버틸 수 있을지 나도 궁금하네. 입 막아."

검은 옷의 남자는 순경이 더 이상 말을 하지 못하도록 테이프로 입을 막았다. 강우는 웃으며 말했지만 순경의 그 허세에 화가 났다. 아직도 의리나 정을 이야기하는 관계. 아무런 이해관계 없이 서로를 챙기는 사람들. 그래서 이런 상황에서도 아무런 고민 없이 먼저 나설 수 있는 순경. 너무 기분 나빴다. 자신도 분명히 그런 사람들 사이에서 그렇게 살아왔는데, 그 누구보다 계산 없이 베풀며 살아왔는데, 결국 자신은 이렇게 되었다. 종일과 정석, 순경의 모습을 보자 자신의 변해 버린 모습이 더 도드라

353

지는 것 같았다.

"술은 얼마나 센지 모르겠네."

정석은 마음이 급해졌다. 줄을 잡고 있는 나머지 세 사람의 상태가 그리 좋아 보이지는 않았기 때문이다. 무엇이든 빨리 방법을 찾아야 했다. 하지만 초조해지면 초조해질수록 머리는 굳어 갔고 손에는 땀만 가득 찼다. 어서 이 상황을 깨부술 방법을 찾아야 한다고 생각했지만 아무 생각도 나지 않았다. 그런데 그때, 힘겹게 줄을 잡고 있던 사람 중 한 명이 쓰러져 버렸다. 그러자 줄을 잡고 있던 나머지 사람들 모두가 또다시 한 걸음씩 앞으로 끌려갔다. 다행히 이번에는 다정이 소리를 지르지 않았지만, 정석이 다급하게 종일의 어깨에 손을 얹으며 말했다.

"술은 네가 제일 약하잖아. 뭐든 방법을 찾아."

정석은 종일을 믿었다. 머리라면 본인이 더 좋을 수도 있다고 생각했지만, 지금은 종일의 간절함을 믿는 것이 옳은 선택이라고 생각했다. 정석은 알고 있었다. 종일은 절대 다정을 포기하지 않을 거라는 사실을.

정석은 줄을 향해 달려가기 직전, 종일의 귀에 입을 바싹 붙이고 조용히 속삭였다.

"강운가 뭔가 하는 저 새끼 잘 봐 봐. 뭔가 이상해."

"뭐?"

종일이 다급하게 물었지만 이미 정석은 멀어져 버린

뒤였다. 재빠르게 달려가 줄을 잡은 정석이 다정을 향해 외쳤다.

"다정아! 나도 절대 안 놓친다!"

"아주 지랄들을 하네."

강우는 점점 독이 올랐다. 이 모든 상황이 자신의 새로운 삶을 위한 과정이었지만, 지금 눈앞에 보이는 이들의 행태가 너무 꼴 보기 싫었다.

"어디 보자고! 술에 취해서도 줄을 안 놓는지."

이제 남은 건 종일뿐이었다. 종일은 이제 정말로 방법을 찾아야 한다는 마음으로 그곳에 있는 모든 것을 다시 살피기 시작했다. 줄을 잡고 있는 사람들, 그 줄에 매달린 다정, 힘겹게 버티고 있는 친구들. 그리고 그 가운데에서 커터를 들고 있는 강우. 강우 옆을 지키고 있는 검은 옷의 사람들까지. 특히 종일은 정석의 마지막 조언대로 강우의 모든 것을 관찰했다. 그런데 그때, 강우의 귀가 이상하다는 것을 느꼈다. 자세히 보이지는 않았지만, 아무래도 강우의 귀에 뭔가가 있는 것 같았다.

"지금 누군가가 이 상황을 지시하고 있구나."

강우도 누군가에게 조종당하는 거라는 생각이 들자, 종일은 그것이 상황을 뒤집을 수 있는 유일한 틈이라고 생각했다. 그래서 강우의 모든 것을 더 자세히 관찰했다. 신체적 변화부터 표정과 자세, 자신을 바라보는 모습까

355

지. 그리고 결국 종일은 강우의 시선으로부터 자신이 무엇을 해야 하는지에 대한 실마리를 찾았다.

"그래서 약속은 확실하게 받은 거야? 여기 있는 사람들 다 처리하면 집을 받기로?"

강우는 자신에게 여유롭게 질문하는 종일을 노려봤다. 뭔가 침착해 보이는 종일의 목소리와 표정이 강우의 심기를 건드렸다. 어째서인지 자신이 자꾸 지고 있다는 생각이 들게끔 하는 종일의 표정. 그것은 이대로 가다가는 자신만 망가져 버리는 것이 아닐지 불안해하는 강우의 공포를 모두 알고 있는 사람의 것 같았다. 강우는 몹시 화가 났다.

"네가 알 바 아니잖아. 너희야 여기서 죽겠지! 아마 이대로 있으면 저 둘은 급성 알코올 중독으로 먼저 죽을 거야. 그러고 나면 저 여자도 곧 따라 죽겠지."

"그게 진짜 네가 바라는 거야?"

"그래! 왜?"

"아니, 당신 말고!"

"뭐?"

"지금 우리 얘기 훔쳐 듣고 있는 네가 바라는 게 맞냐고. 우리가 다 죽는 게!"

강우는 무언가 들키면 안 될 것을 들킨 사람처럼 깜짝 놀랐다. 그리고 불안해했다. 그리고 그때,

—스피커폰으로 해 줘요.

강우의 귀에 꽂힌 무선 이어셋 안에서 상황을 지켜보고 있던 남자의 목소리가 들렸다. 남자의 말에 강우는 순간 움찔했다. 하지만 이내 주머니에 있던 스마트폰을 꺼내 통화 모드를 스피커폰으로 바꿨다. 그러고는 그것을 말없이 자신과 종일 사이로 던졌다.

—똑똑하네.

"별말씀을."

—그래서, 뭐가 궁금한 거지?

"아무래도 우리를 어떻게 할 건지가 제일 궁금하지."

—그거야, 뭐. 다 죽는 거지. 사이좋게.

"이 사람도?"

—설마 아니겠어?

순간 강우의 눈빛이 달라졌다. 지금까지 계속 그가 시키는 일을 하면서 마음속으로 부정했던 말이었다. 설마 하는 의심이 계속 강우의 목덜미를 잡고 있었지만, 그래도 계속 아닐 거라고 믿었다. 아닐 거라고. 다 돌려놓을 거라고. 괜찮아질 거라고. 그런데 지금 그 믿음이 무너져 버렸다.

"그럼 민정이 누나는?"

종일은 다시 천천히 물었다. 그 질문에 강우가 깜짝 놀라 스마트폰을 바라봤다.

357

─그년? 그년이야 뭐, 알 게 뭐야. 그 새끼 죽으면 어차피 챙길 사람도 없는데, 어디서든 자기가 알아서 죽겠지. 뭐 하러 내가 그런 것까지 신경을 써?

　그때, 수화기 너머에서 시끄러운 소리가 남자의 말에 섞였다. 아무래도 남자는 어디론가 이동 중인 것 같았다. 차에서 창문을 연 건지, 아니면 오픈카라도 타고 있는 건지, 잡음이 심했다.

　"어디 가냐?"

　─어. 그 새끼 덕분에 무사히 다 처리했으니까 난 이제 떠야지!

　그 순간 종일의 귀에 어렴풋하게 잡음의 내용이 들려왔다. 마트. 개업. 행사 상품. 종일은 최대한 집중해서 그 소리를 들었다.

　"어디로?"

　─그건 비밀!

　"처음부터 이럴 생각이었지?"

　─글쎄. 의도했다기보다는 그냥 운이 좋았어. 내가 진짜 귀찮아질 뻔했는데, 거기 있는 우리 강우 씨가 딱 나타나서 여자도 납치해 주고, 이렇게 필요한 순간에 세입자들 명의도 갖다줘서 새로운 동네 신축 빌라 사기도 훨씬 수월하게 세팅할 수 있었어. 심지어 마지막까지 깔끔하게 혼자 다 안고 가 주실 예정이라, 솔직히 나한테는

거의 귀인이야!

"그럼 처음부터 우리까지 다 없앨 생각이었다고?"

—아니, 너희들이야 내 안중에 있었겠어? 솔직히 내 입장에서는 너희가 그 여자를 쫓든 말든 아무 상관도 없었어. 나야 시간만 보내면 되니까. 근데 괜히 겁먹은 우리 강우 씨가 자꾸 불안해하니까, 여기까지 온 거지 뭐.

"결국 우리가 변수였다는 말이네."

—맞아. 변수. 너희라는 변수가 우리 강우 씨 심장을 계속 쫄리게 한 거고. 그 덕에 나도 그 징징거리는 거 싫어서 이렇게 다 모아 놓은 건데, 모아 놓고 보니 그림은 좋은 것 같아. 어때? 맘에 들어? 내가 급하게 세팅하기는 했지만 그래도 간지나게 하려고 신경 좀 쓴 건데.

"사이코 새끼."

—고마워. 칭찬이지?

강우는 지금 자신이 듣고 있는 모든 말이 믿기지 않았다. 너무 거짓말 같아서. 아니 모두 거짓말이길 바라는 간절한 마음으로, 모든 사실을 부정했다. 민정의 아버지가 자기 대신 배달을 나갔다가 사고가 나고, 화 하나 다스리지 못해 가해자의 차에 불을 질러 소송도 엉망으로 만들고, 민정을 핑계로 합의까지 해서 결국 민정을 무너지게 만들어 버리고, 그러고도 모자라 이제 사람들을 납치하고 감금해서 다 죽게 만들기 직전이었다. 스스로 생각하기에 강우 자신은 그 모든 상황을 인정하는 순간 살아 있으면 안 되는 사람이었다.

종일은 강우의 표정을 보면서, 한 사람을 저렇게까지 교활하게 이용하고 철저히 능멸하는 수화기 속 남자의 목소리가 못 견디게 역겨웠다. 하지만 아직은 무엇이라도 더 알아내야 한다는 마음으로 힘들게 대화를 이어 갔다.

"그래서 당신이 그린 엔딩이 뭔데?"

—질문하는 타이밍 봐. 진짜 예술이야. 내 계획보다 철수가 늦어진 것 같아서 얼른 정리하려던 참이었거든. 자, 이제 마무리해 볼까?

남자의 말이 끝나자 옆에 서 있던 검은 옷을 입은 사람들이 일제히 움직이기 시작했다.

—깔끔하게 부탁해요. 지금 대화하고 있는 사람과 강우 씨는 말 정도는 할 수 있게 해 주시고.

검은 옷을 입은 남자들은 이미 술에 취해 쓰러져 있는 사람들을 한쪽으로 치우고 종일을 잡아다가 그 자리에 묶었다. 바닥에 널브러져 있던 강우 역시 데려다가 함께 묶었다. 그런 다음, 그 둘의 입에 링거 줄을 깊숙이 넣고 간신히 입을 벌릴 수 있을 정도의 틈만 둔 채 테이프로 단단히 고정했다. 링거 줄의 반대편 끝은 커다란 담금주 통에 연결했다. 나머지 사람들의 링거 줄에 연결되어 있던 소주병도 커다란 담금주 통으로 바꿨다. 작업을 끝낸 후에는 스마트폰으로 다가가 남자에게 모든 처리를 끝냈다고 말했다. 그러고는 옥상에서 나갔다. 잠시 후 옥상 출입구 너머에서 요란한 소리가 들려왔다. 옥상으로 통하는 모든 문을 물리적으로 막는 중인 것 같았다.

—어때? 이제 내 엔딩을 알겠어? 이제 아무도 거기서 못 나와. 너희들은 곧 술에 취해 정신을 잃을 거고, 그대로 사이좋게 굶어 죽는 거지. 아니지. 급성 알코올 중독으로 먼저 죽으려나? 그 집이 꼭대기 층이고 옥상도 단독으로 사용하는 데다, 이제 추워지면 너희가 죽고 썩어 가는 냄새도 다 날아갈 거야! 적어도 6개월은 잠잠하겠지? 운이 좋으면 몇 년도 숨길 수 있을 거고. 그런데 시간이 중요할까? 어차피 나는 한국에 없을 텐데.

강우는 참지 못하고 소리를 질렀다. 자신이 믿고 있던 모든 것이 무너져 버린 이 순간을 견딜 수 없었다. 그동안 묻지 못했던 질문을 목이 터질 것 같은 목소리로 물었다.

"그럼, 나한테 왜 이런 걸 시킨 거야! 왜 저 여자를 납치하라고 시킨 거냐고!"

—그년이 내 모든 계획을 망칠 뻔했으니까!

그때였다. 땀과 술이 범벅돼서 테이프가 떨어진 순경이 큰 소리로 외쳤다.

"야…… 이 씨! 동네 월세 사기가 다 네 짓이지?"

—오호~ 근데 월세 아니고 전세!

"넌 그걸 어떻게 알았어?"

종일이 깜짝 놀라며 물었다. 순경의 말에 남자도 크게 놀라며 웃었지만, 그보다 정석과 종일이 훨씬 더 크게 놀랐다. 아무도 모르고 있었던 것을 순경만 눈치챘다는 사실이 놀라웠기 때문이다.

"아. 시바. 진짜 알딸딸하니 기분 좋다. 야. 너희 내가 공안 중고사 준비했던 거 알지? 어?"

"뭔 말이야? 너 혀 꼬였다, 순경아."

"어허! 꼬인 건 내 혀가 아니라 인생이고! 아무튼 공인중개사 말이야, 이 새끼야!"

"너 그거 책만 사고 바로 포기했다고 하지 않았어?"

"일주일은 했다고! 됐고! 하여튼 내가 아까 거기 카페 머시기에 들어갔는데, 2년 전에 저 새끼가 전세를 엄청 많이 샀더라고! 모조리! 어? 원래 갭 투자 머시기도 한 5000만 원은 든다는데…… 이 새끼야, 네가 부동산 사장들이랑 짬짜미해서 매매가는 후려치고! 전세는 팍팍 올려서 다 받았지? 그렇게 황금탑 머시기에서 산 것만 1,000세대가 넘는다던데…… 너 그거 재계약 기간 돌아오니까, 마지막으로 신축 빌라 사기까지 마무리하고 튀려고 한 거 아니야, 이 시봉봉 새끼야! 어?"

취기가 오르기 시작한 순경은 조금씩 말하는 내용과 말꼬리가 꼬이기 시작했다.

"그럼 내가 들어간 집마다 저놈 명의였던 게, 우연이 아니었네."

강우가 허무한 표정으로 말했다.

"그르치. 이 코딱지만 한 동네에 1,000세대…….
1,000세대면 코딱지가 왕 코딱지인가? 뭐. 여하튼! 그
물량들이 지난달부터 재계약 시점이 왔고요. 2년 전에
비해 전셋값이 엄청 떨어졌으니까요. 전세금을 돌려 달
라는 사람들이 나오기 시작했겠지요?"

"맞아! 나도 그랬어! 그래서 나도 돈 돌려 달라고 했다
고! 근데 저 개새끼가 진짜 완전 재수탱이야! 싸가지도
없어!"

매달려 있던 다정이 순경의 말을 듣고 흥분해서 소리
를 질렀다. 소리를 지르는 것뿐만 아니라 바둥거리기까
지 하자 줄이 흔들렸고, 순간적으로 속이 안 좋아진 순경
이 줄을 잡은 채 옆으로 오바이트를 했다.

"다정아. 나 힘들…… 욱!"

순경은 다시 한번 올라오는 토를 꾹 참으며 속으로 삼
켰다. 그 모습을 옆에서 보던 정석은 속이 메스꺼워지기
시작했다.

─그래. 저년이 문제야! 가뜩이나 슬슬 사람들 말이 나
오기 시작하는데, 저년이 겁도 없이 고소를 하느니 마느
니 뭐라고 하면서 설쳐 대니까 이 꼬락서니가 난 거잖아. 363

네가 닥치고 딱 일주일만 있었으면 계약도 다 끝났을 텐데! 네가 그렇게 설치고 다니는 바람에 내가 얼마나 힘들었는지 알아? 여기저기 들어가는 떡값도 얼마나 많은데…….

"그래서 일주일이 필요했던 거구나? 신축 빌라 사기에, 도망갈 시간까지 벌어야 하니까!"

강우는 지금 그냥 죽고 싶었다. 너무 미안하고 한심해서 스스로가 너무 비참하고 바보 같았다. 자신은 이대로 죽어야 한다고 생각했다. 그래서 고개를 떨군 채 그저 눈물만 흘리고 있었다.

"정신 차려!"

그때, 종일이 소리쳤다. 자신의 잘못으로 같이 죽음의 문턱 앞에 서 있는 종일이 자신을 북돋고 있었다. 그 말이, 종일의 목소리가 강우의 심장을 때렸다.

"아직 늦지 않았어! 기회가 있다고!"

"미안해…….."

"포기하지 마! 아직! 아직이라고! 우리 아직 살 수 있다고!"

수화기 너머의 남자는 아쉬워했다. 이 장면을 직접 보지 못한 것을. 이미 자신이 그린 엔딩 페이지에 도달했는데도 사람들이 아직 포기하지 않고 서로의 용기를 북돋아 주는, 이 미련한 장면을 직접 보고 싶다고 생각했다.

—진짜 감동이야! 역시 내가 운이 좋은가 봐. 한국을 떠나기 전에 이렇게 느글느글하고 진부한 대사들을 듣고 갈 수 있으니 말이야. 아. 직접 봤으면 더 대박이었을 텐데, 아쉽다. 부디 여러분의 그 희망과 열정이 살길을 만들어 주길 바랄게. 난 이제 바빠서 이만.

전화가 끊겼다. 침묵이 모두의 마음속에 공포를 불러일으켰다. 마치 장마철의 안개가 도시의 모든 시야를 눌러 버리듯, 한 번 시작된 침묵은 오랫동안 무거운 정적을 만들었다. 목구멍으로 술이 넘어가는 소리. 점점 거칠어지는 숨소리. 어딘가로 바람이 지나가는 소리. 가끔 줄이 움직였지만, 다정은 아무 말도 하지 못했다. 근거 없는 희망이든, 모든 걸 놓아 버린 절망이든, 서로의 선택에 대한 비난이든, 그 어떤 말도 쉽게 꺼낼 수 없었다. 그사이 줄을 붙잡고 있던 네 사람의 손은 점점 떨리기 시작했고, 들어가는 술에 의해 의식은 점점 흐려져 갔다. 그때, 순경이 마지막 힘을 다해 한마디 했다.

"야! 온종, 썩썩! 끝나지 않았다. 야. 진짜라고오…….아직이야……."

"알았다고 새끼야."

"농담이 아니라고, 진짜아!"

마지막 객기였을까. 포기 섞인 농담이었을까. 그들의 마지막 대화 뒤로 다시 정적이 찾아왔지만, 그 정적을 깨고 경적 소리가 들리기 시작했다. 환청이라고 생각했던 사람들은 소리가 점점 커지자 고개를 들고 소리에 집중했다. 그리고 그 소리를 기다리고 있던 순경의 심장이 빠르게 뛰기 시작했다. 희미하게 들리던 소리는 점점 더 가까워지더니, 결국 아파트 단지 내에서 들려오는 것 같았다. 그리고 잠시 후 종일과 정석도 그것이 무슨 소린지 알아차렸다.

수많은 오토바이가 삼익아파트를 향해 몰려들고 있었다. 그리고 그 오토바이가 삼익아파트 주차장을 장악하는 바람에 1201호를 정리하고 나오던 검은 옷의 사내들도 미처 아파트를 빠져나가지 못하고 있었다.

"야. 이 새끼들 뭔가 싸하다. 잡아."

그렇게 검은 옷의 사내들은 배달 기사들에 의해 어디론가 끌려갔다. 잠시 시간이 흐른 후 옥상 출입구 너머에서 웅성거리는 소리가 들려왔다. 몇 번의 둔탁한 소리가 반복된 후 문이 열렸고, 배달 기사들이 끝없이 들어와 믿기지 않는 광경을 목격했다.

"아…… 씨……. 배달은…… 시간이…… 생명인데……."

배달 기사들은 누가 먼저랄 것도 없이 달려들어 줄을 잡고 있는 그들을 구했고, 매달려 있던 다정도 끌어 올렸다. 술에 취한 순경은 배달이 늦었다며 술주정을 했다.

그리고 종일은 배달 기사들 앞에 무릎을 꿇고 감사하다며 울었다. 정석은 어느새 기사들을 한 명씩 다 안으며 감사 인사를 하고 있었다. 그리고 그 순간 정신이 든 종일이 모두가 들을 수 있도록 큰 소리로 외쳤다.

"형님들 하나만 더 부탁드립니다. 녹색 마세라티가 10분 전에 길훈동 새로 개업한 하모니마트를 지나서 인천공항이나 부두로 향했을 겁니다. 그놈 꼭 잡아야 해요! 그래야 진짜 끝나요!"

"그 정신에 그걸 또 들었냐?"

"예……. 우린 라이더잖아요."

"오야. 알았다. 그럼, 마세라티 잡으러 가 보자!"

우렁찬 배달 기사의 목소리와 함께 수많은 기사들이 출발했다. 그들은 저마다 다른 배달 조끼를 입고 있었지만, 향하는 방향은 같았다. 각자 자신들만의 배달 박스를 뒤에 단 채 경적을 울리며 출발하는 모습은 뭔가 웅장하고 거룩한 느낌까지 들었다. 종일은 옥상 난간에 기대어 그들이 마세라티를 잡으러 가는 모습을 지켜봤다. 그리고 누군가가 '가자!'라고 소리치자 동시에 수많은 배달 기사들이 함께 '가자!'를 외치며 경적을 울렸다. 종일도 아주 작은 소리로 그들에게 힘을 더했다.

"가자!"

에필로그 하나

다정의 울음은 쉽게 그치지 않았다. 다정은 종일의 품에 안겨 계속 울었다. 종일은 그런 다정을 안고 있는 현실이 너무 감사했다. 그래서 아무 말도 하지 않고 그저 다정의 등을 토닥여 주기만 했다. 그런데 그때 갑자기 순경이 일어나서 춤을 추기 시작했다.

"야! 다 해결됐는데, 왜 울기만 해! 이럴 때는 춤을 춰야지!"

갑작스러운 순경의 행동에 다정은 당황했다. 그런데 더 당황스러운 것은 그 옆에서 정석도 함께 춤을 추기 시작했다는 것이다.

"그래, 이럴 때 안 추면 언제 추냐! 우리 춤추자! 다 일어나 춤추자고!"

다정은 이 상황이 도저히 이해가 가지 않았지만, 잠시

후 깨달았다. 그들이 지금 술에 취해 있다는 사실을. 그래서 다정도 옆에 놓여 있던 술을 한 모금 마시고는 같이 춤을 추기 시작했다. 참 이상한 광경이었다. 음악도 없는 아파트 옥상에서 춤을 추고 있는 사람들의 모습. 그래도 그나마 종일은 정신이 좀 있는지, 차분하게 춤을 추며 말했다.

"야. 근데 음악은 없어?"

"있지! 있어야지! 시리야! 음악 틀어 줘! 신나는 걸로!"

그때였다. 강우가 가지고 갔던 그들의 스마트폰을 들고 경찰들이 옥상으로 올라왔다. 그리고 마침 경찰이 건넨 순경의 스마트폰에서 신나는 음악이 나왔다. 술에 취한 그들은 경찰의 존재와는 상관없이 계속 춤을 추었다. 경찰은 그 녹색 마세라티가 공사 중인 고가 도로에 진입했다가 빠져나가지 못하고 가만히 선 채 배달 기사들에게 둘러싸여 있었고, 잠시 후 출동한 경찰에 의해 체포되었다고 말해 주었다. 종일과 다정, 정석, 순경은 경찰의 말에 환호성을 지르고 박수를 치며 좋아했다. 마치 클럽에서 샴페인이라도 터뜨린 것 같은 분위기였다. 기뻐하던 다정이 문득 궁금해졌다는 듯이 종일과 친구들에게 물었다.

"근데 기사님들은 어떻게 알고 오신 거예요?"

그 순간 리듬을 놓치지 않고 춤을 추고 있던 순경이 씨 369

익 웃으며 말했다.

"애치가 우리를 구해 주고 나서부터는 내가 당당하게 손목에 차고 있었거든. 그래서 아까 입에 붙어 있던 테이프가 떨어지자마자 말했지. 시리야, '아까 치킨 배달 온 놈'한테 위치 정보 보내 줘, 하고."

순경은 테이프가 떨어지자마자 '아까 치킨 배달 온 놈'에게 위치 정보를 보내고 전화도 걸었다. 그리고 그 전화를 받은 '아까 치킨 배달 온 놈'이 모든 상황을 실시간으로 단톡방에 중계했다. 기사들은 그 내용을 통해 그들이 붙잡혀 있다는 사실과 그들을 잡고 있는 사람이 전세 사기꾼이라는 사실을 알았다. 그래서 종일, 정석, 순경, 다정을 구하겠다는 마음과 전세 사기꾼을 직접 잡고 말겠다는 의지까지 더해져 단톡방에 있던 기사들이 모두 몰려온 것이었다.

그리고 또 하나, 순경은 경찰서에서 유난히 의욕적이었던 경찰대 출신의 형사가 마음에 들어 슬쩍 그의 명함 하나를 챙겼다. 그리고 '아까 치킨 배달 온 놈'에게 그 형사를 단톡방에 초대해 달라고 부탁했다. 그래서 마지막에 마세라티를 찾으러 가는 길에 경찰 오토바이 한 대가 섞여 있었고, 고가에서 남자를 잡았을 때 그 경찰대 출신의 형사가 직접 수갑을 채우고 기사들에게 박수를 받았다.

에필로그 둘

 결국 이 모든 것이 자신의 범행임을 자백한 강우는 유치장에 수감됐다. 그리고 강우가 수감된 경찰서로 설렁탕 한 그릇이 도착했다. 경찰은 아무 말 없이 강우를 유치장에서 꺼내 책상에 앉혔다. 책상 위에 설렁탕을 내려놓은 배달 기사가 헬멧을 벗었다. 종일이었다.

 잠시 후, 설렁탕을 두고 마주 앉은 강우와 종일 사이에 무거운 침묵이 흘렀다. 그리고 종일이 침묵을 끊고 강우에게 말했다.

 "형. 얘기 들었어요. 혐의 다 인정하셨다고."

 "어. 근데 여긴 어떻게……."

 "배달 왔죠. 여기는 하루에 다섯 번은 오는 데예요. 형도 알잖아요."

 "그렇지, 원래 내 구역이었으니까."

둘 사이에 또 잠시 침묵이 흘렀다. 종일도 강우도 무슨 말을 해야 할지 모르는 사람들 같았다. 그때, 어색함을 견디지 못한 종일이 또다시 말했다.

"형. 그거 알아요?"

"뭐?"

"들어오다 보니까 또 왔더라고요."

"누가?"

"민정이 누나 아버지 죽인 사람."

"뭐?"

순간 강우의 표정이 변했다. 도저히 감정을 읽을 수 없을 만큼 복잡한 표정을 짓고 있는 강우에게 차분한 표정을 한 종일이 천천히 말을 이어 갔다.

"걱정 마세요. 이번에는 진짜 쉽게 못 나갈 거 같으니까. 이번에도 사람이 크게 다쳤대요. 여전히 그 새끼는 어떻게든 빠져나가려고 용을 쓰고 있고요. 근데, 이것 보세요."

종일은 강우에게 자신의 스마트폰을 보여 줬다. 스마트폰 화면 속에는 그 가해자의 회사 앞에서, 법원에서, 경찰서 앞에서 1인 시위를 하고 있는 배달 기사들의 사진이 있었다. 강우는 사진을 보고 가슴이 먹먹해졌다. 자신이 했던 수많은 행동이 그 사진들로 인해 더 부끄럽게 느껴졌다. 강우는 울기 시작했다. 수감된 후 처음으로 흘리는 눈물이었다.

"이번에는 절대 가만히 안 두겠대요. 벌써 단톡방에서 조 짜고, 순서대로 1인 시위하고 있어요. 신문사랑 방송사랑 유튜버들도 많이 다녀갔고요. 이제 진짜 자기가 지은 벌 다 받을 거예요."

"미안하다."

강우는 고개를 들지 못하고 계속 울기만 했다. 그리고 그때 종일이 가방에서 작은 상자를 꺼냈다. 그 상자에는 '온종일 다정한 김밥'이라는 상호가 적혀 있었다. 그 상호 위에는 마스크와 조리모를 쓰고 있는 다정의 캐릭터가 그려져 있었다. 강우는 가만히 그 김밥 상자를 바라봤다.

"다정이가 김밥 장사를 시작했어요. 지금은 인스타로 소풍이나 야유회 단체 주문만 받기로 했고요."

"잘됐네……."

"형도 몇 달 동안 사람들이랑 똑같이 김밥만 먹었다면서요."

"어."

종일은 알 듯했다. 그가 어쩔 수 없는 상황에 밀려 나쁜 일을 벌이긴 했지만, 다른 사람들에게는 김밥을 먹이면서 자신은 먹고 싶은 것을 먹을 만큼 뻔뻔한 사람은 아니라는 것을.

"다정이가 냄새도 맡기 싫은데 그래도 싸 준 거라고, 373

아무리 질렸어도 꼭 다 먹으래요. 자기가 주는 벌이라고."

"어. 다 먹을게."

강우는 다정이 싸 준 김밥을 하나 집어 먹었다. 잘 넘어가지도 않는 김밥을 꼭꼭 씹어 먹으며 서럽게 울었다. 그 모습을 가만히 바라보던 종일이 강우에게 말했다.

"저 형 용서는 못 해요."

"어."

"잘 살라는 말도 못 하고요."

"어."

"그런데 이건 말해 주고 싶었어요."

강우가 종일의 말에 숙이고 있던 고개를 들었다. 종일은 강우를 보며 말했다.

"저 다정이랑 결혼해요."

"미안하다……."

강우는 종일의 말에 이전보다 더 큰 소리로 울기 시작했다. 종일은 알고 있었다. 지금 흐르는 강우의 눈물에는 미안함보다 안도감이 더 크게 담겨 있을 거라는 사실을. 그래서 더 해 줄 말이 많았지만, 굳이 하지 않았다. 그저 다정이 정성껏 싼 김밥이 강우의 목에 걸리지 않도록 생수병을 건네주었을 뿐이었다.

에필로그 셋

라이브 방송이 시작됐다는 알림이 도착했다. 요즘 인기가 급상승한 여성 유튜버의 채널이었다. 원래 그 유튜버의 주요 콘텐츠는 미용이었지만, 그날 방송의 콘텐츠는 미용이 아니었다. 한동안 대한민국을 떠들썩하게 만들었던 전세 사기 사건에 대한 비하인드 스토리를 공개하는 방송이었다.

—우선 구독자님들께 좋은 소식부터 전하면요. 화제가 되었던 전세 사기 사건의 피해자분들을 대상으로 정부에서 대책을 마련하고 있다고 합니다. 우선 중앙 정부 차원에서 특별 대책반이 구성되었고요. 원칙적으로는 범죄 수익에 대한 환수 절차를 먼저 진행하고 그 환수금을 피해액에 따라 돌려주게 되는데, 돌려받는 기간이 어마어

마하게 오래 걸리거든요! 그럼 어떻게 해요? 피해자들 대부분은 당장 보증금을 못 받으면 갈 곳이 없는 사람들인데. 그래서 정부에서는 우선 지금 거주하고 있는 사람들을 내보내지 않고 계약을 연장하면서 계약 기간 동안 보증금을 보상해 줄 수 있는 방안을 논의할 것이라고 하고요. 이미 월세로 이사한 사람들은 월세를 지원하는 방향으로 대책을 준비 중이라고 합니다.

정부의 적극적인 보상 대책에 구독자들의 반응은 뜨거웠고, 방송을 시청하는 사람들의 수도 급격하게 늘었다. 유튜버는 점점 늘어나는 시청자 수를 보며 놀라는 리액션을 보였다.

—그리고 이번 사건의 피해자이자 가해자였던 강우 씨는 납치, 감금 등 범죄의 죄질은 나쁘지만 그 사건으로 인하여 더 큰 사건을 해결할 수 있었다는 점과 피해자들과 합의가 이루어졌다는 점, 피해자들이 적극적으로 청원서를 작성하여 제출한 점 등을 사유로 감형이 확정되었다고 합니다. 강우 씨의 약혼자였던 민정 씨도 비록 자신은 범죄 사실을 정확하게 인지하지 못하고 있었지만, 그래도 공범이라며 자수를 했고요. 법정에서는 단순 가담으로 판단, 집행 유예로 석방되어 지금은 요양원에 입

원한 상태라고 합니다.

사람들의 반응은 아무리 안타까운 사정이 있었다고 해도 처벌은 공정하게 모두 받아야 한다는 의견과, 그래도 그 정도면 충분히 합당한 처벌을 받았다는 의견으로 나뉘었다. 논란과 대립이 생기자 해당 방송의 시청자 수는 더 늘어났다.

—그리고 다들 아시죠? 이번 사건이 〈그것이 알고 싶다〉에 나왔던 거요. 취재를 나름 열심히 해서 궁금했던 내용들도 잘 알려 줬었고, 이후에 2편도 나와서 진짜 재미있었잖아요. 근데 방송에 나가고 난 뒤에 난리가 난 사람들이 있다고 합니다. 원래 〈그것이 알고 싶다〉팀에서 취재 중에 사건 해결을 도와주었던 모든 기사님들을 인터뷰했었는데요. 그런데 막상 방송을 보니 딱 두 분의 인터뷰만 방송에 나오고 나머지는 다 편집되었더라고요. 게다가 하필이면 그 두 분이 좀 생겼었잖아요! 그래서 지금 그 두 분의 기사님들을 제외한 모든 기사님들이 난리가 났습니다. 도대체 인터뷰 선정 기준이 뭐냐? 잘생기면 다냐? 등등의 반응으로 방송국과 전면전도 불사하겠다는 선전 포고를 하고 조를 짜서 1인 시위에 들어갔다고 합니다.

사람들은 예상치 못한 배달 기사들의 반응에 웃음이 터졌고, 그들의 억울함을 풀어 주기 위해 적극 지원하겠다는 응원을 보냈다. 그리고 유튜버는 마지막으로 인사말을 전했다.

―좀 안타까운 말씀을 전하고자 합니다. 제가 그동안 미용 유튜버가 되어 보겠다고, 방송을 3년 넘게 했는데 구독자 수가 백 명을 넘지 못했어요. 그런데 이번 사건이 터지면서 아무것도 안 했는데 구독자 수가 만 명이 넘더라고요. 지금도 동시 접속자가 3천 명이 넘어요. 그래서 정신을 좀 차리기로 했어요. 저도 나름 미용 유튜버인데, 친오빠만 팔아서 구독자 늘리는 게 쪽팔려서요. 그래서 저는 우선 방송을 쉬고, 미용 공부를 좀 해 보려고 합니다. 명색이 미용 유튜번데, 뭐라도 할 수 있는 것이 있어야 할 것 같아서요. 그래서 저는 내일부터 미용실에 출근합니다. 언제가 될지는 모르겠지만, 진짜 실력 있는 헤어 디자이너가 되어서 반드시 돌아오겠습니다. 기다려 주세요.

그리고 몇 년이 지나, 그녀는 구독자들과 한 약속을 지키지 못했다. 왜냐하면 '온종일 다정한 김밥 2호점 사장'이라는, 더 적성에 맞는 일을 찾았기 때문이다.

같이 읽고 싶은 이야기
텍스티 (TXTY)

텍스티는
모두가 같이 읽고 싶은 이야기를
만들고 제안합니다.

읽고 나면
주변에서 벌어지는 일에 관심이 생기고
다른 이들과 나누고 싶어지는 이야기를 만들겠습니다.

계속해서
이야기의 새로운 재미를 발견하고
이야기를 통한 공감이 널리 퍼지도록 애쓰겠습니다.

텍스티의 독자라면 누구나
이야기 곁에 있도록 돕겠습니다.

추리의 민족: 범인은 여기요

초판 1쇄 발행　　2024년 11월 28일

지은이　　　　　박희종

사업 총괄　　　　조민욱
책임 편집　　　　김하명
IP 제작　　　　　이원석 조민욱 박혜림
IP 브랜딩　　　　홍은혜 텍수LEE
IP 비즈니스　　　조민욱 김하명
경영지원　　　　박영현 김미성 손혜림
교정·교열　　　　이원석
예타단 1기　　　 신효영 이현수 천희원
일러스트　　　　ARISOL(오수미)
디자인　　　　　그리너리케이브
북-음　　　　　 최희영
인쇄　　　　　　금비피앤피
배본　　　　　　문화유통북스

발행인　　　　　유택근
발행처　　　　　㈜투유드림
출판등록　　　　제2021-000064호
주소　　　　　　(02810) 서울특별시 성북구 종암로13길 16-10
대표전화　　　　02-3789-8907
이메일　　　　　txty42text@gmail.com
인스타그램　　　@txty_is_text
홈페이지　　　　http://www.toyoudream.com
ISBN　　　　　 979-11-93190-21-0(03810)
정가　　　　　　16,800원